Helene Wiedergrün

Apollonia Katzenmaier und der Tote in der Grube

Helene Wiedergrün

Apollonia Katzenmaier und der Tote in der Grube

Ein Oberschwaben-Krimi

Silberburg-Verlag

Alles in diesem Buch ist frei erfunden, alle Personen, Orte und Ereignisse.
Alles, bis auf das Bild.

2. Auflage 2008

Umschlaggestaltung: Wager ! Kommunikation, Altenriet.
Druck: CPI books, Leck.
Printed in Germany.

ISBN 978-3-87407-721-7

Besuchen Sie uns im Internet
und entdecken Sie die Vielfalt unseres Verlagsprogramms:
www.silberburg.de

Allerheiligen, 1. November. Die Kelten glaubten, dass an diesem Tag die Geister der Toten umgingen, und trugen Masken, um sich davor zu schützen. Die Kirche hat dann das Fest aller Heiligen auf dieses Datum gelegt, um den Mummenschanz zu beenden. Aber die Toten kümmert das nicht, und so ist Allerheiligen bis heute der Tag, an dem man zum Friedhof geht. Um alte Bekannte zu treffen. Solche, die nicht mehr älter werden, weil sie tot sind. Und solche, die alt geworden sind, weil sie noch leben. Nur dass wir heute keine Masken mehr tragen, was vielleicht manchmal besser wäre.

***

»Vor Blitz, Hagel und Ungewitter bewahre uns, oh Herr Jesus Chrischtus!« Das Grollen des Donners begleitete Finas Gebet, während sie eine geweihte Kerze anzündete und auf den Tisch stellte. »VaterunserderdubischtimHimmel ...« fielen in murmelndem Singsang die zwei Buben ein, die mit staub- und rotzverschmierten Gesichtern auf der Eckbank saßen und ihrer Mutter müde zusahen. Von dem Fenster, das nach Westen ging, kam noch ein letzter fahlgelber Lichtstrahl in die Stube, der das Büfett grell erleuchtete und einen seltsamen Kontrast bildete zu der schwarzen Wolkenwand, die durch das Südfenster zu sehen war. Von dort kam das Gewitter, vom ›Weißen Bronnen‹ herauf.

Die Weißen-Bronnen-Wetter sind die schlimmsten, dachte Fina. Es kam ihr manchmal so vor, als ob das alte Gasthaus mitten im Achtal-Wald direkt an der Entstehung der schlimmen Unwetter beteiligt wäre, die immer wieder mit Feuersbrünsten das Dorf heimsuchten. Letztes Jahr hatte es beim Endres eingeschlagen; der Hof war bis auf die Grundmauern abgebrannt. Manche sagten, der alte Endres sei gar nicht so unglücklich darüber gewesen; der Hof war gut versichert ... Du sollst nicht ohne Not schlecht über andere sprechen! GegrüßetseischDuMariavollderGnade ...

Vor vielen Jahren hatte im ›Weißen Bronnen‹ der Schwarze Veri gehaust, ein Räuber und Mörder, der mit seiner Bande den Altdorfer Wald und die umliegenden Dörfer unsicher gemacht hatte. Die Banditen überfielen Bauernhöfe, misshandelten die Leute und führten das Vieh weg, zur Versorgung der Bande, und hin und wieder nahmen sie auch eine junge Magd mit, zur Versorgung der Bande. Fina schauderte, als sie sich den Schwarzen Veri vorstellte, so, wie er auf der Wand des ›Weißen Bronnen‹ dargestellt war, mit wilden schwarzen Haaren und krausem Bart. Am Ende hatten sie ihn doch gefangen und in Biberach in den Turm gesperrt, und dort war er gestorben, vom Blitz erschlagen worden. Was für ein passendes Ende für einen, der im ›Weißen Bronnen‹ gehaust hat!, dachte Fina und zuckte zusammen, als wie zur Antwort der nächste Donner über den Hof hinwegrollte. Sie stimmte ein weiteres Vaterunser an; drei mussten es sein, damit das Gewitter abgewendet wurde. Nun hörte man auch die Wetterglocke vom Turm der Wallfahrtskirche läuten. Etwas erleichtert ließ sie ihre Gedanken weiterschweifen, und unwillkürlich, fast gegen ihren Willen, wanderten sie vom ›Weißen Bronnen‹ den Berg hinauf, über die Wiesen und die Höfe des kleinen Ortes Salmtal, weiter durch den Wald hoch zum Eckhäusle, um schließlich zum Herrenweiher zu gelangen, in das Wäldchen ...

Sie wollte nicht weiterdenken, GegrüßetseischduMaria, aber dann sah sie ihn doch vor sich, ein Bild, das ihr im Gedächtnis bleiben würde, solange sie lebte, Matthes, ihren Schwager, der sich dort vor 16 Jahren erhängt hatte. Niemals würde sie es vergessen, es war der Sommer gewesen, in dem der General Paulus nach Stalingrad marschiert war, sie hatten die Nachricht im Radio gehört. Aber der Matthes war nicht dabei gewesen in Russland. Der Förster hatte ihn entdeckt frühmorgens – er hing noch gar nicht lange – und war zum Hof gelaufen und hatte geschrieen: Anton, Fina! Aber Anton war schon auf dem Feld, und so war sie mitgegangen, ohne zu fragen, nur mit der Ahnung von etwas Schrecklichem, und der Schock war riesig gewesen. Sie sah ihn vor sich, den Matthes, schmächtig, aber furchtbar langlecht, wie er im Leben nicht gewesen war, und die Augen hervorgequollen, der Kopf schief, seine Zunge ... sie war ihr unanständig vorgekommen, wie sie heraushing und dick und blau war.

In der Nacht vom 22. zum 23. August 1942 hat sich Matthäus Walser aus Baselreute, 32 Jahre alt, vom Leben zum Tod gebracht durch Erhängen – so stand es später im Polizeiprotokoll. Im Wäldchen am Herrenweiher sei es seitdem nicht mehr ganz geheuer, sagten die Leute im Dorf.

»Oh Herr, gib ihm die ewige Ruhe ...«, wandelte Fina den Gewittersegen ab im Gedenken an den Matthes, der zwar nicht mehr außen an der Kirchhofmauer begraben worden war, wie bei Selbstmördern zu früheren Zeiten üblich, den man aber auch nicht ins Familiengrab der Walsers gebettet hatte. Der Anton hatte es nicht geduldet, und so war

Matthes zwar innerhalb der Mauer, aber am Rand des Friedhofs begraben worden, und an die Mauer hatte man eine kleine steinerne Gedenktafel gesetzt.

»Vaterunser...«

Inzwischen war der letzte Sonnenstrahl von der Wolkenwand geschluckt worden, Blitz zuckte auf Blitz, und die Kinder schraken jedes Mal zusammen. Fina begann sich Sorgen zu machen um die Männer, die noch auf dem Feld waren, um die letzten Fuhren Heu einzubringen.

Es war ein drückend heißer und feuchter Tag gewesen, der Heustaub hatte das Atmen schwer gemacht und die aufgehäuften Reihen schienen kein Ende zu nehmen. Hineinstechen mit der Gabel und hochschwingen auf den Wagen – hinein und hoch – hinein und hoch –, und der Schweiß lief übers Gesicht, und die Arme wurden wie Blei. »Da hinten blüht der Regen«, hatte Elis plötzlich gerufen und in Richtung ›Weißen Bronnen‹ gezeigt, wo sich Wolkenballen auftürmten mit gleißenden Rändern, wie Blumen. Der Bauer war immer nervöser geworden, »macht schneller!« – und sie machten schneller, hinein und hoch, bis Marie, die älteste Tochter, plötzlich hinfiel. »Mir isch schlecht«, stöhnte sie, und als der Bauer sie anschrie, stellte sich Fina schützend vor sie hin. »Jetzt isch genug, Anton. Ich geh mit ihr heim!« Sie hatte den Korb genommen, in dem Elis das Mittagessen gebracht hatte, und war mit Marie nach Hause gegangen, wo die beiden größeren Buben schon warteten. Sie hatten am Hohbühl die Kühe gehütet und sie noch vor dem Unwetter heimgetrieben. Marie wurde ins Bett geschickt.

»... in Ewigkeit. Amen.«

Mit dem letzten Gebet hörte man das Tuckern des Bulldogs und das Schreien der Männer draußen im Hof. Fina löschte rasch die Kerze und lief zur Tür. Als sie die Klinke drückte, riss ein heftiger Windstoß die Tür auf und fegte ihr Staub ins Gesicht. Die Hände schützend über die Augen gelegt, sah sie die Männer mit einer Fuhre Heu in den Hof einbiegen. Der Wagen fuhr knarrend in die Tenne, als die ersten schweren Tropfen fielen. Immer schneller trommelten sie auf das Dach und peitschten im Hof den Staub hoch, um ihn im nächsten Augenblick fortzuspülen. Rasch bildeten sich Pfützen, in denen die Jungen herumhüpften, mit dem Gesicht zum Himmel, die kühle Dusche genießend.

Die Männer und Elis standen noch in der Tenne, auf die der Regen jetzt mit ganzer Wucht niederprasselte. Regen und Donner lärmten so sehr, dass man sein eigenes Wort nicht mehr verstand. So warteten sie ergeben in der Tenne, deren Tore vorn und hinten offen standen, bis das Schlimmste vorbei war, und starrten auf die Blitze, die nacheinander und nebeneinander den Himmel überzogen.

Als der Regen schließlich etwas an Heftigkeit verloren hatte, wandten sie sich zum Gehen. Da schrie Ferdinand, der Bruder des Bauern plötzlich auf. Alle wandten sich um und erstarrten vor Schreck: Ein Kugelblitz rollte durch das Scheunentor herein, ein rasender Feuerball, schoss an ihnen vorüber und auf der anderen Seite wieder zum Tor hinaus. Sie starrten sprachlos auf das Tor, durch das die feurige Kugel verschwunden war. »Jesssesmariaundjosef!«, entfuhr es schließlich Sepp, einem der Knechte, »das bedeutet nix Gutes!«

Diese Worte lösten auch den anderen die Zunge, und unter lautem Rufen rannten sie durch den nachlassenden Regen zum Wohnhaus hinüber, wo Fina inzwischen das Vesper gerichtet hatte.

»Stell dir vor, wenn da einer im Weg gestanden wäre!«

»Oder wenn's den Wagen mit dem Heu getroffen hätt!«

Fina war entsetzt, als sie hörte, was passiert war, und dankte der Heiligen Maria Muttergottes für ihren Beistand.

Dann erst fragte sie: »Anton, habt ihr denn alles Heu heimgebracht?«

»Nein«, murrte der Bauer, »eine halbe Fuhre isch draußen geblieben. Da müssen wir morgen neue Huizen machen.«

In aufgereizter Stimmung setzten sich alle an den großen Holztisch. Fina bekreuzigte den riesigen runden Brotlaib und schnitt jedem eine Scheibe ab. Die Kinder bekamen einen Apfel zum Butterbrot, die Großen ein Stück Speck. Zu trinken gab es Most, für die Kinder mit Wasser verdünnt. Alle hatten Hunger, und vor allem Anton schien nicht genug zu bekommen.

Während sie aßen, erzählten sie noch einmal von dem Kugelblitz, jeder seine eigene Version. Während der Bauer es bei einem knappen »Da haben wir Glück gehabt!« beließ, breitete der Sepp das Geschehen in allen Einzelheiten vor Fina und den Kindern aus.

Auch Ferdinand wollte erzählen; er war der Erste gewesen, der den Blitz bemerkt hatte, aber er konnte ja nicht richtig sprechen; näselnd verschluckte er alle Konsonanten, sodass keiner lange Geduld hatte, ihm zuzuhören. Ferdinand war der jüngste Bruder des Bauern und der Depp auf dem Hof.

»Jaja, schon gut, Ferdi!«, sagte der Sepp und wollte selber fortfahren, zu erzählen.

In diesem Augenblick klopfte es. Alle verstummten, und nur ganz fern hörte man noch leises Donnern. Es klopfte wieder.

»Herein!«, rief der Bauer.

Die Tür ging auf und der Postbote trat in die Stube. Er schüttelte sich wie ein Hund das Wasser vom Regenumhang.

»Was tust du denn um die Zeit da, Poschtle, und noch dazu bei dem Wetter?«, fragte der Bauer, nicht sonderlich erfreut über den späten Besuch. Der Postbote Alois Jäger war ein kleiner, gedrungener Mann mit breitem, fast kahlen Schädel, breiter Nase und wulstigen Lippen. Er hatte ein kleines Höfle, das er mit seiner Mutter umtrieb, aber der Erlös reichte für den Lebensunterhalt nicht aus, sodass er die Stelle als Posthalter angenommen hatte.

»Ich war heut Mittag schon mal da, aber ihr wart alle weg.«

»Haja, jetzt isch Heuet!«, erklärte Fina.

»Ich weiß schon, drum komm ich jetzt noch mal. Außerdem hat's schon aufgehört zu regnen. Ich komm wegen dem Gesangverein!«

Jäger war Tenorsänger und Kassier beim Baselreuter Gesangverein, und Anton Walser war passives Mitglied. »Ich möchte, dass gesungen wird bei meiner Leich! Das soll eine schöne Leich werden!«, pflegte er zu sagen. Selber singen konnte er nicht besonders gut, hatte auch nicht die Zeit, dafür sang Marie mit. Sie hatte eine hübsche Sopranstimme.

»Ja und, was willst du?«, fragte Anton müde und strich mit der Hand über die Stirn, als ob der Besuch ihm Kopfschmerzen bereite.

Fina besann sich auf ihre Gastgeberinnenpflichten und schickte Elis um einen Schnaps und ein paar Gläser.

»Setz dich doch, Alois!«, sagte sie, und Elis schenkte den Männern ein.

»Ja, ich komm wegen dem Jahresbeitrag«, erklärte der Kassier, und zu Fina gewandt: »Das wär aber nicht nötig gewesen!« Dann prostete er den anderen zu und schlürfte vorsichtig den scharfen Obstler.

Auch die anderen tranken ihren Schnaps, als der Postbote fortfuhr: »Und habt ihrs schon gehört?«

»Was denn?«

»Das vom Matthes.«

Einen Moment lang herrschte vollkommene Stille. Dann stöhnte Ferdinand laut auf, und der Bauer fragte mit betont normaler Stimme:

»Was?«

»Man hat ihn wieder gesehen!«

Alle schwiegen betroffen und schauten aus den Augenwinkeln den Bauern an, der ganz ruhig dasaß; nur Ferdinand wimmerte wie ein Kind.

»Ja, der Nonnenmacher Uli, der arbeitet doch in Salmtal unten in der Fabrik, und wie er letzte Nacht zur Nachtschicht ist, da muss er doch immer am Herrenweiher vorbei, und da hat er ihn gesehen. Es muss grausig gewesen sein, eine feurige Gestalt, ohne Kopf, mit einem Strick in der Hand.«

Elis hatte wie in Trance den Männern Schnaps nachgeschenkt, und der Postbote trank nun erst einmal genüsslich sein nächstes Glas.

»Ja und dann?«, rief ungeduldig der Sepp.

»Der Uli hat drei Kreuze gemacht, da ist der Geist verschwunden. Aber die Haare sind ihm noch zu Berge gestanden, wie er unten ankam, der Uli!«

Auch der Bauer trank nun ein weiteres Glas Schnaps, stürzte es hinunter, dann presste er zwischen den Zähnen hervor:

»Gesehen hat er ihn. Gesehen hat er ihn. Besoffen wird er gewesen sein wie immer! Tot ist tot!« Die letzten Worte schrie er laut, stellte mit Wucht sein Glas auf den Tisch und lief hinaus.

Alle schwiegen und starrten ihm nach, nur der Ferdinand wimmerte weiter vor sich hin, während er seinen Oberkörper vor- und zurückwiegte, und schließlich ging sein Wimmern in ein lautes Heulen über, bis auch er aufsprang und hinauslief.

Der Postbote war nun etwas betreten. »Ich wollte ja nur ...«, begann er, »... ich glaube, ich geh dann lieber.«

»Und der Jahresbeitrag?«, wandte Fina mit belegter Stimme ein.

»Ich komme ein anderes Mal wieder! Gute Nacht!«, antwortete der Kassier, schon halb draußen.

Auch die Knechte erhoben sich, murmelten etwas von »Zeit für den Stall« und verschwanden.

Als die Tür zugefallen war, hörte man eine Zeit lang nur das weit entfernte, leise Donnerrollen, bis Elis, die ganz still gewesen war, murmelte: »Die Lebenden sind viel grausiger als die Toten!«

Anton lief den Feldweg entlang. Der Regen hatte tatsächlich aufgehört, der Postbote hatte Recht gehabt. Aber im Westen standen immer noch schwarze Wolken, sodass es fast schon dunkel war. Hin und wieder sah man es aufleuchten in der Ferne, und lange danach hörte man leises Grollen. Der Bauer ging immer weiter, ihm war es hell genug, er kannte hier alle Wege.

Ha, gesehen hatte er ihn, so ein Unsinn! Es war schon das vierte Mal, dass jemand behauptete, den Matthes gesehen zu haben, seit er tot war. Er hatte nie daran geglaubt. Er, ja er, Anton Walser, hatte ihn gesehen, seinen Bruder, den Selbstmörder, damals vor 16 Jahren. Ein Nachbarjunge war zu ihm gekommen, aufs Feld, wo er frühmorgens am Mähen war, und hatte laut gerufen: »Walserbauer, komm schnell, es isch ebbes passiert!« Zuerst hatte er befürchtet, die Polizei sei da; sie hatten schwarz geschlachtet, und man konnte nie wissen, ob einen nicht jemand verpfiff. Es gab da ein paar Nazibonzen im Dorf, denen war alles zuzutrauen! Aber als er heimgekommen war, hatte das Auto des Doktors im Hof gestanden. Der war einer der wenigen, die sich ein Auto leisten konnten, damals im Krieg, und er war einer der wenigen Männer, die überhaupt noch da waren, außer manchen Bauern wie er, die für die ›Volksversorgung‹ wichtig waren. Sogar der Matthes hatte gehen müssen, dieses kleine, schmächtige Männlein, konnte ja nicht einmal ein Gewehr halten, aber sie hatten ihn als Schreibkraft eingesetzt bei der Infanterie, da konnte er ja weiterhin seine Gedichte schreiben. Ein Mann, der Gedichte schreibt – Anton hatte schon immer gefunden, dass der Matthes kein richtiger Mann war, und es hatte sich ja gezeigt, dass er damit Recht hatte ...

Als er zum Haus kam, hörte er ein furchtbares Schreien, er dachte, einem der Kinder sei etwas passiert, aber der, der schrie, war Ferdinand. Ferdinand und Matthes – was für ein Paar waren sie gewesen! Was dem einen im Kopf fehlte, hatte der andere zu viel, aber wie zum Ausgleich hatte der Ferdinand Körperkraft für zwei, während Matthes ein richtiger Mickerling war. Wahrscheinlich verstanden sie sich deshalb so gut. Anton hatte mit Ferdinand nie viel anfangen können. Er hatte nicht die Geduld, dessen Sprachfetzen, die er mit Grimassen und Händefuchteln unterstrich, zu verstehen. Matthes schon, der schien unendlich Geduld zu haben. Ihm hatte Ferdinand es zu verdanken, dass er wenigstens seinen Namen schreiben konnte. Sie hatten zusammen gesungen, auch wenn sich Ferdinands Singen für Antons Geschmack eher wie Grunzen anhörte. Matthes konnte schön singen, er sang auch im Gesangverein. Anton selbst hatte für solche Sachen keine Zeit, er war der Hoferbe und musste sich darum kümmern, dass alles so lief, wie es sollte.

Als ein Zweig unter seinen Schuhen knackte, schreckte er auf. Er war schon ein ganzes Stück vom Hof weg, man sah die Lichter nicht mehr und es war sehr dunkel und still um ihn. Er wusste plötzlich nicht mehr, wie lange und wohin er gegangen war.

Ja, er hatte ihn gesehen, den Matthes, auf dem Kanapee liegen. Der Doktor hatte ihm eine Binde um den Kopf gemacht, die seinen Unterkiefer oben hielt. Am Hals hatte er einen hässlichen, blutunterlaufenen Striemen. Die Augen waren geschlossen. Anton starrte eine ganze Weile nur auf den Toten. Dann murmelte er: »Nein, nein.« Da bemerkten ihn auch die anderen: der Doktor, der noch an dem Toten herumnestelte, seine Frau Fina, die rotverweinte Augen hatte, und Elis, der die Tränen still über die Wangen liefen, während sie ihn groß anschaute, und schließlich Ferdinand, der vor dem Kanapee kniete, völlig verzweifelt, und immer wieder Schreie ausstieß. Wie ein Tier, dachte Anton bei sich. Da drehte Ferdinand sich plötzlich um und stürzte sich auf ihn, umklammerte mit Riesenhänden seinen Hals. Obwohl der Junge damals erst 17 Jahre alt war, hatte er solche Kräfte, dass Anton sich nicht aus seinem Griff befreien konnte. Für einen Augenblick glaubte er, dass nun auch er sterben müsse, aber da kamen der Doktor und die Knechte ihm zu Hilfe und zerrten Ferdinand fort. Der Doktor gab dem Jungen eine Spritze, worauf der nur noch leise wimmernd dasaß und vor sich hin starrte.

Oh ja, er hatte den Toten gesehen, der sich selber zu Tode gebracht hatte; Schande hatte er über die Familie gebracht, Gerede im Dorf, warum und wieso ... Wieso? Weil er kein Mann war! Wenn er sich schon umbringen wollte, dann hätte er ja an die Front zurückgehen können, da hätte er bestimmt eine Möglichkeit gefunden. Aber so!

Anton merkte plötzlich, dass er mitten im Wald war, auf dem Weg zur Kiesgrube. Dieses Waschweib von Postbote. War extra deswegen noch einmal herausgekommen! Von wegen Jahresbeitrag! Und dieser Uli! Alle im Dorf wussten, dass der öfter einen über den Durst trank. Tot ist tot. Und Matthes war tot! Wegen einem Weib! Oh ja, er liebte sein Weib auch, irgendwie, aber deswegen würde er sich doch nicht umbringen, wenn sie mal ...

Plötzlich hielt er an; er stand am Rand der Kiesgrube. Kies und Sand, davon hatte seine Familie neben der Landwirtschaft jahrzehntelang gelebt. Die Leute im Dorf nannten ihn deshalb auch den Kieswalser. Aber schließlich waren die Vorräte an natürlichem Baumaterial zu Ende gegangen, und so war er froh gewesen, als ihm die Gemeinde vorgeschlagen hatte, gegen ein gutes Entgelt seine Grube als Abfallgrube zu nutzen. Seither konnte jeder Baselreuter dort seinen Abfall hinbringen, und so kamen sie, die, die keine eigene Miste vor dem Haus hatten, vor allem am Samstag, mit Leiterkarren, am Hof vorbei, dann den Herrenweiher entlang, bis zur Grube gefahren, um die Reste ihres wöchentlichen Daseins zu entsorgen.

Der leichte Wind trieb den Geruch des Mülls zu ihm nach oben sowie ein leises Rascheln, wohl ein Fuchs, der die vom Abfall fetten Ratten jagte, aber wie sehr er sich auch anstrengte, es war so dunkel geworden, dass er den Grund der Grube nicht sehen konnte. Er stützte sich mit den Händen einen Augenblick auf den Holzzaun, der verhindern sollte, dass Menschen oder Tiere in den Abgrund stürzten, und seufzte tief. An die 25 Meter unter ihm lagen die vermodernden Haufen von Unrat, die an schwülen Sommertagen zum Himmel und bis zu seinem Hof stanken. Aber man hatte ihm versprochen, dass die Grube wieder zur Wiese gemacht würde, wenn sie voll war.

Er hatte sich nun etwas beruhigt und beschloss, zum Hof zurückzukehren. Der kürzeste Weg dahin führte am Herrenweiher vorbei, und er zögerte einen Moment. Aber seine Schuhe waren durchweicht vom regenfeuchten Gras und er hatte keine Lust, noch einmal durch den Wald zu gehen. Außerdem fühlte er sich unendlich müde und in seinen Armen und Beinen kribbelte es, als ob Millionen Ameisen darüberliefen. Er hasste diese gewittrige Hitze!

Es war sowieso alles Blödsinn, was die Leute redeten. Tot ist tot! Und mutig stapfte er den Feldweg entlang auf den Hof zu. Zur Rechten tauchten nun die hohen Föhren auf und ein paar Pappeln, die den Weiher umstanden. Im Gefolge der abziehenden Wolken war jetzt auch der Mond hervorgekommen. Abnehmend, stellte er fest. An einzelnen Lichtreflexen auf dem Wasser konnte er erkennen, wo der Weiher lag. Und dahinter das kleine Wäldchen ... das Wäldchen, wo diese Memme damals ... Tot ist tot, Anton. Versündige dich nicht an einem Toten! Er wollte nicht mehr daran denken und ging noch schneller und stampfte noch heftiger auf. Doch dann zögerte er plötzlich. Er spürte ein Prickeln im Genick; seine Nackenhaare sträubten sich langsam. Etwas war anders am Weiher! Er fühlte es mehr, als dass er es sah, denn trotz des Mondlichts herrschte unter den hohen Bäumen am Wasser fast völlige Dunkelheit. »Wer ist da?«, wollte er rufen, aber er brachte nichts heraus. Er stand einfach nur still und stocksteif da, und dann hörte er die Stimme: »Anton!« Das war nicht möglich; jemand spielte ihm einen Streich! Es war 16 Jahre her, dass er diese Stimme zum letzten Mal gehört hatte. Aber da war sie wieder: »Anton!«, näher diesmal, und er versuchte verzweifelt, im Dunkeln zu erkennen, wer zu dieser Stimme gehörte.

Als er es sah, packte ihn ein solches Grauen, dass er nur ein geröcheltes »Oh, Gott!« herausbrachte, aber dann drehte er sich um und lief los, ohne zu überlegen, voller Entsetzen, panisch, nur fort, und als er zur Grube kam, sah er keinen Zaun und lief immer weiter, bis sich seiner Kehle ein so grässlicher Schrei entrang, dass der Fuchs sich erschrocken unter einen umgestürzten Baumstamm duckte.

Aus den Bäumen am Weiher löste sich ein Schatten und bewegte sich zur Grube hin.

***

Langsam ging ich die Gräberreihen entlang. Auf dem Grabhügel des zuletzt Beerdigten trotzten verblichene Blumenkränze der novemberlichen Kälte. »Matthias Buck, 23. März 1928 bis 25. Oktober 1998« stand auf dem Standardholzkreuz, das einstweilen den Platz des Grabsteins einnahm. Darunter hing das Totenbildchen mit dem Foto des Verstorbenen. Ja, das Gesicht kam mir noch irgendwie bekannt vor. Ich ging weiter und kam schließlich am Ende der Reihe zum Grab meines Vaters, der nun schon fast drei Jahre tot war. Meine Mutter hatte es schön geschmückt, mit einem Mooskranz und Erika und Chrysanthemen. Ich stand eine Weile davor, betete ein bisschen und doch nicht recht, gab dann aus alter Gewohnheit mit einem Thujazweig das Weihwasser und wollte wieder gehen. Da sah ich sie auf mich zukommen: klein geworden, ihre kurzen Haare vollkommen weiß, mit einem Stock und ihrem herzlichen Lächeln, bei dem die Augen zwischen den unzähligen Falten verschwanden. Sie hieß wie ich, Apollonia Katzenmaier, und sie kannte mich länger als ich sie. Sie war meine Tante und hatte mich zur Welt gebracht.

»Polli, das ist aber schön, dass man dich einmal wieder sieht!«

Ich freute mich auch, zumindest über das Treffen, weniger über den Spitznamen, den man mir schon als Kind gegeben hatte. ›PolliLolli‹ hatten die anderen Kinder auf dem Schulhof gesungen, und auch mein Nachname hatte sich recht gut für allerhand Verballhornungen und Spöttereien geeignet. In den ersten Schuljahren hatte ich versucht, mich mit Fäusten zu wehren, mit eher geringem Erfolg, aber als ich dann aufs Gymnasium in die Stadt ging, war das nicht mehr nötig. Da gehörte ich zu den ›Gescheiten‹, die täglich mit dem Schulbus fuhren. Trotzdem würde ich hier im Dorf wohl für alle Ewigkeit die ›Polli vom Schreiner Katzenmaier‹ bleiben.

»Apollonia, grüß dich Gott!«

»Gibst dem Vater das Weihwasser? Es werden immer mehr, jedes Jahr, denen man das Weihwasser geben muss, gell!«

Ich lächelte, denn bei mir waren es noch nicht ganz so viele wie bei ihr. Sie musste schon über neunzig sein.

»Dieses Jahr sind besonders viele gestorben, der Schuhmacher Manz, der alte Vogelbeck ...«

Bevor sie mir eine komplette Totenliste geben konnte, fragte ich sie, wie es ihr denn gehe. Sie wich aus. »Vielleicht kannst du nächstes Jahr mir das Weihwasser geben«, bemerkte sie nur.

Wir gingen dann gemeinsam ein Stück über den Friedhof. Ich gehe gern durch Friedhöfe, besonders an Allerheiligen. Da sind alle Gräber geschmückt, die Lichter brennen, der Totenacker scheint so lebendig ...

»Schau, da liegt die Hummler Kreszenz, das war die alte Pfarrhauserin, noch beim Pfarrer Weber, weißt du.«

Wir gaben der Hummler Kreszenz das Weihwasser.

»Da liegt der Alt, der ist auch nicht alt geworden.«

Apollonia schmunzelte ein bisschen ob ihres makabren Witzes.

»Ach ja, der Friseur!«

Wir gaben auch dem Friseur Alt das Weihwasser.

»Und das da ist das Grab vom Rektor Maier. Den kanntest du auch noch. Der ist dann bald in Pension gegangen, als du in die Schule gekommen bist.«

Auch der Rektor Maier bekam sein Weihwasser.

»Da ist das Walser-Grab. Der Ferdinand, das war der, der immer so gelallt hat. Ein lieber Junge, und schaffen konnte der! Aber der Krebs ... Es ist noch nicht so lange her.«

Nach dem Datum waren es immerhin acht Jahre. Aber wenn man so alt ist, hat man wohl eine andere Zeitrechnung.

Also gaben wir auch dem Walser Ferdinand das Weihwasser.

»Und die Fina. War ein braves Weib, die Fina. Erinnerst du dich noch an sie? Sie hat's nicht leicht gehabt, damals, nach dem Tod vom Anton!«

Sie gab der Fina das Weihwasser und ich tat es ihr nach.

Ich erinnerte mich nur noch vage. Bevor ich Näheres erfragen konnte, trat eine andere alte Frau an das Familiengrab der Walsers, in die schwarze Tracht der Franziskanerschwestern gekleidet. Ich hätte sie auf hundert Jahre geschätzt, aber vermutlich war sie etwa Apollonias Jahrgang. Ihr Rücken war fast völlig in die Waagrechte gebeugt, sodass sie auf ihren Stock gestützt seitlich an uns hochschaute, als sie fragend mit hoher und etwas heiserer Stimme feststellte: »Grüßt euch Gott; soo, sind er au do!« Ihre wasserblauen Augen blickten uns aus einem bleichen Gesicht streng und prüfend an, und Apollonia antwortete fast erschrocken: »Ja, Elis, bischt du au do!« Beim Händeschütteln erfuhr ich dann, dass auch Elis auf dem Walserhof gearbeitet hatte, bevor sie ins Kloster gegangen war, und Elis erfuhr, dass ich die Polli von Apollonias Bruder Karl war und studiert hatte und Bücher schrieb. Bevor Apollonia noch weitere Details aus meinem Leben ausplaudern konnte, verabschiedete ich mich und ging weiter.

Aber die Begegnung mit ihr ließ mich nicht los, und als ich später meiner Mutter den üblichen Allerheiligen-Kaffeebesuch abstattete, fragte ich sie nach ihr.

»Ach, unsre Hebamm«, sagte meine Mutter seufzend, »der Doktor hat Krebs bei ihr festgestellt. Man weiß nicht, wie lange es noch dauert; bei so alten Leuten kann man das nie sagen, weißt du! Das war ja beim Vater auch so!«

Mit Tränen in den Augen erzählte sie mir dann, wer alles gestorben war im letzten Jahr: der Schuhmacher Manz, der alte Vogelbeck ...

Da läutete das Telefon.

»Die Apollonia ist dran! Sie will mit dir sprechen!«, sagte meine Mutter erstaunt. Nicht minder erstaunt ging ich an den Apparat.

Apollonia zögerte etwas.

»Polli, hör mal ... ich weiß nicht ... ich wollte dich fragen ...«

Schließlich bat sie mich, am selben Tag noch bei ihr vorbeizuschauen. Da sie im Haus nebenan wohnte, versprach ich ihr, kurz rüberzukommen, auch wenn ich nicht viel Zeit hatte.

»Was wollte sie denn?«, fragte meine Mutter.

»Kann ich dir nicht sagen, sie klang so komisch!«, war alles, was ich ihr antworten konnte.

Eine halbe Stunde später saß ich auf dem Kanapee in Apollonias kleiner Küche. Es war erstaunlich für mich, dass sich hier in all den Jahren kaum etwas geändert hatte. Die Wohnküche mit dem alten Sofa, das Schlafzimmer, das winzige Bad, alles war wie damals. Das einzig Neue waren einige Bücherregale, die im Flur standen und zu meinem Erstaunen recht gut gefüllt waren. Aber selbst der Geruch ihrer Wohnung nach Essen, Zigaretten und einem Hauch Odol war derselbe geblieben. Kindheitserinnerungen stiegen in mir hoch. Apollonia hatte nie eine eigene

Familie gehabt, nur ihre drei Geschwister. Zwei ihrer Brüder waren in der Stadt verheiratet, der eine Beamter bei der Stadtverwaltung, Lehrer der andere, während der jüngste – mein Vater – mitten in Baselreute ein Haus gekauft und eine Schreinerwerkstatt aufgemacht hatte. In diesem Gebäude, im ›Hinterhaus‹, befand sich auch ihre kleine Wohnung, und sie war selbst dann noch dort geblieben, als meine Eltern in den 60er-Jahren auf dem Grundstück daneben neu gebaut und das alte Haus mit der Werkstatt vermietet hatten. Dafür hatte sie auf ihr Erbe verzichtet, hatte zugelassen, dass ihr Elternhaus verkauft und das Geld unter den drei anderen aufgeteilt wurde – »du hast ja keine Familie, Apollonia, was willst du denn mit dem Geld. Wir müssen bauen, wir haben Frau und Kinder!«, bekam sie immer wieder zu hören – und im Grunde gab sie ihnen Recht. Ihr genügte das Wohnrecht, und ein wenig konnte sie auch am Familienleben ihres jüngsten Bruders teilhaben. Mein Vater war schon an die vierzig gewesen, als er doch noch geheiratet hatte. Die etwas herbe, aber nicht unattraktive Handarbeitslehrerin der Baselreuter Volksschule hatte er sich ausgesucht, oder sie sich ihn, da waren die Zeitzeugen nicht ganz einig. Sie war über zehn Jahre jünger als er und bekam drei Kinder, bei deren Geburt seine Hebammenschwester natürlich dabei war. Ich war das Nesthäkchen, und Apollonia vergötterte mich. Von klein an nahm sie mich mit zum Einkaufen oder in die Kirche, zum Friedhof, wo Großvater und Großmutter lagen.

»Weißt du noch, Polli, wie du immer Zigaretten für mich geholt hast?«, fragte sie nun lächelnd.

Natürlich wusste ich das noch. Es war ja eine regelrechte Vertrauensstellung gewesen, die ich innehatte, denn im Dorf wussten zwar alle, dass sie rauchte, aber sie wollte nicht, dass es jemand erfuhr.

»Während der Besatzungszeit hab ich angefangen damit«, erinnerte sie sich nun, »›Golddollar‹, Geschenke der Besatzungssoldaten. Ich hab mich gut verstanden mit denen, Feind hin oder her. Der eigentliche Feind war sowieso der Hitler gewesen! Ich war ja nicht hässlich und auch nicht auf den Kopf gefallen. Aber weißt du, was ihnen am meisten imponiert hat? Dass ich immer mit meinem Moped unterwegs war!« Sie lächelte verschmitzt. Vor meinem inneren Auge brauste eine kleine schwarze Gestalt mit Fliegerbrille und langem Rock auf ihrem Zweirad vorbei.

»Das war etwas ganz Tolles, nach dem Krieg, so ein Moped zu haben. Zuerst hatte ich eine Quick, und später, in den Fünfzigern, da kam die Quickly raus. Die war leichter und wie für mich gemacht. ›Nicht mehr laufen, Quickly kaufen!‹ hieß es in der Werbung. Und ich war die Erste in Baselreute, die sich eine gekauft hat! War nicht billig, aber als Hebamme musste ich ja immer mobil sein, wie man heute sagt. Tja, und den Franzosen hat das gefallen. ›Madamm la saschfamm‹ haben sie mich genannt! Richtig gereimt hat sich das. Und sie haben mir Zigaretten geschenkt!«

Das Problem mit der Raucherei war, dass es ›Golddollar‹ nicht im Automaten gab, und als die Franzosen abgezogen waren, musste die Besitzerin der örtlichen Drogerie jeden Monat eine Stange für Apollonia besorgen. Wenn es so weit war, trat ich in Aktion, und zwar streng nach ihren Instruktionen: Zur Drogerie gehen, so lange im Laden bleiben, bis er leer war, dann der Drogistin sagen, ich wolle die ›Golddollar‹ für die Tante abholen, diese dann gut in der mitgebrachten Tasche verstauen, damit niemand sie sehen konnte auf dem Heimweg, und auf direktem Weg zu ihr zurückkommen. Dafür bekam ich ein angemessenes Entgelt.

»Ach, ich hab so lange keine Zigarette mehr geraucht; der Arzt hat gesagt, ich darf nicht mehr! Sonst kannst du mir schon morgen das Weihwasser geben!«

»Die Mutter hat's mir erzählt, Apollonia. Es tut mir Leid!«

»Jaja, der Krebs. So was liegt in der Familie, heißt es! Aber ich nehm jetzt Tabletten, und sie haben gesagt, wenn man einmal so alt ist, da tut sich nicht mehr viel, da wächst auch der Krebs nicht mehr so schnell.«

Was sollte ich dazu sagen? Ich schaute auf die Uhr; eigentlich hatte ich ja nur kurz hereinkommen wollen. Sie bemerkte es sofort und seufzte tief. Dann sagte sie: »Ich hab dich nicht angerufen, damit ich dir meine Krankengeschichten erzählen kann, Polli, es ist wegen etwas anderem. Du weißt ja, dass ich dich schon immer gern gehabt habe, schon als kleines Mädchen. In den letzten Jahren haben wir nicht mehr viel miteinander zu tun gehabt, das ist auch klar, du bist erwachsen, hast deinen Beruf ... Trotzdem war ich immer auf dem Laufenden!«, fügte sie ein wenig stolz hinzu. »Deine Mutter hat mir immer alles erzählt, was du gemacht hast!«

Ich ging in Gedanken meine Sünden der letzten zwanzig Jahre durch und fragte mich, was Mutter wohl alles ausgeplaudert hatte: ›Ach Apollonia, es ist ein Kreuz mit der Polli, stell dir vor ...‹

Ich stellte es mir lieber nicht vor und fragte sie: »Aber warum hast du mich denn nun angerufen?«

Sie seufzte tief, schaute auf ihre nervös verschränkten Hände, und das Lächeln war von ihrem Gesicht verschwunden.

»Sag mal, Polli, glaubst du an Gott?«, fragte sie dann unvermittelt.

Ich war verblüfft.

»Warum fragst du? Ich meine, ich ..., ja irgendwie schon, aber warum?«

»Glaubst du, dass es eine Hölle gibt, dass man nach dem Tod für seine Sünden bestraft wird?«

Mir kamen sofort Bilder aus Dantes *Inferno* in den Kopf, von Seelen, die ihren Kopf wie eine Laterne vor sich her tragen oder die für ewig in einen Baum eingeschlossen sind.

»Weißt du, in der Literatur ...«, begann ich. Aber sie unterbrach mich: »Ich weiß schon, dass du dich in der Literatur auskennst, aber ich will wissen, ob du daran glaubst!«

Nach kurzem Nachdenken sagte ich: »Naja, nicht so recht. Das wäre doch ungerecht, wenn einer, der nur eine Person umgebracht hat, gleich bestraft würde wie Hitler, oder? Also ist das Ganze unlogisch und ungerecht, und wenn es einen Gott gibt, dann glaube ich nicht, dass er unlogisch und ungerecht ist, zumindest wäre das dann kein Gott für mich!«

Sie schaute mich eine Zeit lang an, und ich konnte nicht erkennen, was sie von meiner Antwort hielt. Dann sagte sie mit einem Kopfnicken: »Soso, du glaubst also nicht daran. Hör zu, ich will dir etwas erzählen! Ich muss es dir erzählen. Ich muss es irgendjemandem erzählen. Die ganzen Jahre hat es mich gedrückt, hat mich schlaflose Nächte gekostet, der Gedanke, dass ich zu entscheiden hatte: Strafe oder nicht. Du hast Recht, die Hölle ist ungerecht. Aber auch das Leben ist manchmal ungerecht. Wie schwer wiegt eine Schuld? Ich hätte nie mit Gott tauschen wollen. Und trotzdem hab ich es müssen, irgendwie. Aber es ist eine so schwere Last. Als der Arzt gesagt hat, dass ich Krebs habe, da habe ich mir überlegt, zum Pfarrer zu gehen, es ihm zu beichten, um seinen Rat zu bitten, aber dieser neue junge Pfarrer – ich weiß nicht recht, ob der sich in so etwas hineindenken kann. Er ist ein Reingeschmeckter, einer, der das Dorf und die Leute nicht kennt. Schon nett, aber ... Dann wollte ich es aufschreiben, mir von der Seele schreiben. Es hat mich gedrängt, aber ich bin halt nicht so begabt im Schreiben, und außerdem weiß ich nicht, ob ich noch genug Zeit habe, und meine Augen sind auch nicht mehr gut, und meine Hände zittern.«

›Und der Magen hat 'nen Schaden, und der Kopf ist ein Tropf ...‹, ergänzte ich in Gedanken respektlos die Litanei mit einem alten Kinderreim, der mir durch den Kopf schoss.

»Und als ich dich heute auf dem Friedhof gesehen habe und wir vor dem Walser-Grab gestanden sind, da ist es mir nicht mehr aus dem Kopf gegangen. Die Polli ... Wir haben uns doch immer so gut verstanden, und ich hab doch keine eigenen Kinder oder Enkel, und wenn ich dann tot bin ... Du glaubst nicht an eine Bestrafung der Sünden nach dem Tod, gut, ich werde dir etwas erzählen, und wenn du willst, kannst du's auch aufschreiben, aber ich muss es dir erzählen!«

Ich versuchte, abzuwiegeln: »Ich habe halt viel zu tun, weißt du, ich muss noch einige Artikel fertig machen, dann hab ich schon wieder neue Themen zu bearbeiten, und dann geb' ich doch ab Januar einen Italienischkurs an der Volkshochschule, den muss ich auch vorbereiten ...«

Sie saß da und schaute mich nicht an, trotzig-traurig.

»Ich hab's noch nie jemandem erzählt«, sagte sie leise. »Eine Zeit lang hatte ich es fast vergessen, ich wollte es vergessen. Aber immer wenn einer von ihnen gestorben ist, ist es mir wieder eingefallen, und in den letzten Jahren hat es mich nicht mehr losgelassen.«

Sie schaute mich an und ihre Augen waren wässrig. »Bitte!«, sagte sie nun, immer noch leise, aber mit eindringlichem Flehen in der Stimme.

Ich räusperte mich und beeilte mich, zu sagen: »Ja, gut, dann erzähl halt mal, ich seh' dann ja, ob ich was darüber schreiben kann!«

Gewohnheitsmäßig nahm ich Notizblock und Bleistift aus meinem kleinen Lederrucksack.

»Nein, du musst mir vorher noch etwas versprechen!«

»Was denn?«

Ich war nahe daran, die Geduld zu verlieren, aber sie schien es nicht zu bemerken.

»Ich werde sicher nicht mehr lange leben, und du musst mir versprechen, dass du über die Geschichte erst schreiben wirst, wenn ich gestorben bin. Ich und auch alle anderen, die dabei waren. Erst wenn wir alle auf dem Friedhof liegen, dann kannst du damit machen, was du willst!«

Genervt, aber nun doch neugierig geworden, sagte ich: »Okay, ich verspreche es.« Ich konnte nicht ahnen, wohin uns beide dieses Versprechen führen würde.

»Erinnerst du dich noch an die Geschichte mit dem Anton Walser?«, begann sie.

»Da waren wir doch heute am Grab, oder?«, fiel mir ein.

»Ja, eben der. Und weißt du noch, wie er umgekommen ist?«

»Der ist doch damals in die Abfallgrube gefallen, die sie dann später zugeschüttet haben. Ich weiß noch, wie wir als Kinder immer mit dem Leiterwagen da rausgefahren sind am Samstag und unseren Abfall hingebracht haben.«

»Ja, und heute hält der Franz Walser eine Schafherde dort.«

»Ah ja? Und was war da mit dem Anton? Mutter hat mal etwas darüber erzählt. Ich war damals ja noch nicht geboren. Hieß es nicht, er habe Selbstmord begangen?«

»Ja, so hieß es!«

Und dann fing sie an zu erzählen.

»Ich saß an diesem Abend auf dem Kanapee und habe gelesen. Es stand keine Geburt an und so konnte ich auch ein Bier trinken. Und da, wo du jetzt sitzt, saß das Mohrle, sie war ja eigentlich ein Tigerle, aber sie hieß halt Mohrle. Die kanntest du nicht mehr; ist dann unter ein Auto gekommen. Aber ich weiß es noch wie heute. Ich hatte mir aus der Pfarrbücherei einen Roman geholt, das hab ich gemacht, so oft es ging, und er war furchtbar spannend. Dabei hab ich das Mohrle gestreichelt und sie hat geschnurrt. Ab und zu hab ich einen Schluck Bier genommen und dann hab ich sie weitergestreichelt, ohne vom Buch hoch zu schauen.

Möchtest du übrigens ein Bier haben? Ich hab welches da!«

Da merkte ich erst, wie durstig ich war, wie lange wir schon saßen. »Ja, gern!«, antwortete ich, und sie holte noch ein paar Landjäger und etwas Brot dazu.

»Komm, jetzt vespern wir erst mal ein wenig!« Auch dazu sagte ich nicht nein. Aber dann sah ich auf die Uhr und erschrak. Eigentlich hätte ich mich schon lange auf den Weg machen müssen; ich hatte meinem Freund versprochen, vor Dunkelheit zurückzufahren. Aber dazu war es nun ohnehin zu spät. Deshalb fragte ich: »Sag mal, Apollonia, du hast doch ein Telefon, kann ich das mal benutzen?«

»Klar hab ich ein Telefon. Ich war sogar eine der Ersten in Baselreute, die ein Telefon hatten, gleich nach dem Krieg!«, erwiderte sie fast beleidigt, so als ob ich ernsthaft bezweifelt hätte, dass sie mit diesem modernen Medium ausgestattet war. »Eine Hebamme braucht doch ein Telefon! Da drüben steht's!« Und sie zeigte auf den altertümlichen Apparat mit Wählscheibe, der auf der Schuhkommode im Flur stand. Wahrscheinlich war es noch das Nachkriegsmodell.

Michael antwortete sofort, allerdings war er wenig begeistert, als ich ihm sagte, dass es später würde als geplant, während Apollonia meine Aussage mit sichtlicher Genugtuung registrierte.

»Ja, ich bin hier auf eine Geschichte gestoßen, die möglicherweise interessant sein könnte ... Nein, ich erklär's dir später. Nein, wirklich, ich beeil mich. Versprochen!«

Mit einem Seufzer legte ich auf. Apollonia sah mich etwas zweifelnd von der Seite an.

»Ist er denn nett, dein Freund? Wie lange kennst du ihn schon?«

»Ach, jaja, er ist schon nett. Ich kenn ihn schon eine Weile, aber das ist nicht so wichtig!« Ich zerbrach mir oft genug den Kopf über ihn und hatte keine Lust, nun auch noch darüber zu reden.

»So, naja!«, lächelte sie und fuhr fort mit ihrer Geschichte.

»Weißt du«, sagte sie mit einem gewissen Stolz, »ich war über vierzig Jahre lang Hebamme in Baselreute, hab die Hälfte der Einwohner zur Welt gebracht und der anderen Hälfte geholfen, sie zur Welt zu bringen. Ich habe alle und jeden im Dorf gekannt. Heute, mit den vielen Zugezogenen, ist das was anderes. Aber damals kannten auch mich alle, die Frauen als Helferin, wenn es ›rumging‹, die Männer, weil ich sie beruhigt hab, wenn's nötig war, und die Kinder kannten mich einfach als die ›Tante Hebamm‹, die immer gerufen wurde, wenn die Mama einen dicken Bauch hatte, wobei sie – glaube ich – nicht so recht wussten, was die Tante Hebamm eigentlich damit zu schaffen hatte, außer, dass sie heißes Wasser machte und geheimnisvoll tat.«

Sie lächelte verschmitzt in der Erinnerung.

»Jahraus, jahrein bin ich bei jedem Wetter und zu jeder Tages- und Nachtzeit auf meine Quickly gestiegen, hab in die Pedale getreten und mich auf den Weg gemacht, wenn es am Telefon hieß: ›Es geht los!‹ Und weißt du, was das Schlimmste war? Das Aufstehen! Ich schlaf doch so gern aus. Da habe ich vierzig Jahre gegen meine Natur ankämpfen müssen, bin aus dem Schlaf gerissen worden und hab taumelnd meine Kleider angezogen. In den ersten Jahren musste ich mir dann immer noch rasch die langen Zöpfe hochstecken, bis es mir dann irgendwann zu viel geworden ist: Da bin ich zum Alt gegangen ...«

»Das war doch der Herrenfriseur!«, warf ich ein.

»Ja, und der hat mir auch bloß sehr widerwillig das Einzige verpasst, was er konnte: einen Herrenschnitt, einen ›Taij a la garson‹ haben die Franzosen immer gesagt. Und wie du siehst, hab ich ihn bis heute. Inzwischen schneidet's mir die Rosemarie; der Alt ist ja auch schon eine Weile tot, gell!«

Das hatten wir ja nun auf dem Friedhof schon festgestellt, und ich wollte endlich wissen, worum es ging.

»So ein gemütlicher Abend, an dem ich in Ruhe lesen konnte, das war schon etwas Seltenes für mich, aber da hab ich mich dann auch ganz vergessen und nur an die Erzählung gedacht. Es war – glaub ich – *Die schwarze Spinne* von Jeremias Gotthelf. Kennst du das Buch?«

»Ja, das haben wir mal in der Schule gelesen.«

»Hat's dir gefallen?«

»Ja, schon, aber es war etwas unheimlich, wenn ich mich recht erinnere.«

»Genau, unheimlich, und an dem Abend hat's draußen gedonnert, und dann ist's noch schöner, wenn man ein unheimliches Buch liest.«

»Jaja, aber wie geht denn deine Geschichte weiter?«

»Pass auf. Es hat wieder gedonnert, aber weit entfernt, und ich hab mir eine Zigarette angezündet. Ganz still war es plötzlich, der Regen war vorbei. Und da hat plötzlich das Mohrle angefangen zu fauchen. Ich bin erschrocken, das kannst du dir ja vorstellen. ›Mohrle‹, hab ich geflüstert, ›was ist denn?‹ Das Mohrle hat einen Buckel gemacht und alle Haare aufgestellt. Und in dem Augenblick hat das Licht angefangen zu flackern. Es hat nur ein paar Sekunden gedauert, dann war alles wieder normal. Die Katze hat sich hingesetzt und angefangen, sich zu putzen, aber ich hatte eine Gänsehaut.

›Mohrle, da hat sich jemand verzeigt!‹, hab ich geflüstert und damit begonnen, ein ›HerrgibihmdieewigeRuhe‹ zu beten für die Seele von demjenigen, der in diesem Moment gestorben war.«

»Der Anton!«, flüsterte ich nun ebenfalls.

Sie nickte.

***

Apollonia saß beim Frühstück. Sie las die »Schwäbische Zeitung«und tunkte nebenbei ihre Brezel in den Milchkaffee.

»Hör einmal, Mohrle, ›Raubüberfall auf Sparkasse in Biberach‹! Da glaubt man immer, so etwas passiert nur in Büchern!«

Sie war fast durch mit der Zeitung, als es an die Tür klopfte. »Herein!«, rief sie. »Es ist offen!«

Die Tür ging auf und ein Sonnenstrahl fiel plötzlich in die Küche.

»Apollonia, hast du es schon gehört?«, fragte aufgeregt eine näselnd-knarrige Stimme.

»Guten Morgen erstmal, Kreszenz! Was meinst du denn, den Raubüberfall auf die Sparkasse in Biberach, in der Schwäbischen?«

Die Pfarrhauserin Kreszentia Hummler war eine kleine, dürre Person. Sie trug immer schwarz gemusterte Schürzen, die ihr um die mageren Beine schlotterten, und ihr dünner, grauer Haarschopf war in einer Zopffrisur um den Kopf geschlungen. Außerdem war sie die größte Klatschbase von Baselreute. Immer wenn wirklich wichtige Dinge passierten, Hochzeiten, Kindstaufen oder Sterbefälle, dann war sie aufgrund ihres strategisch günstigen Postens im Pfarrhaus als eine der Ersten unterrichtet. Doch sie hortete ihr Wissen nicht, sondern gab es großzügig weiter, und ab und zu beglückte sie einen schon in den frühen Morgenstunden damit. Apollonia war ihr deswegen aber nicht böse, obwohl sie gern lange schlief, denn noch stärker als ihr Schlafbedürfnis war ihre Neugier.

»Guten Morgen«, sagte Kreszentia nun rasch und fuhr dann mit einer wegwerfenden Handbewegung fort: »Ach was, Raubüberfall! Viel schlimmer! Stell dir vor, der Walser Anton ist heute Nacht abgestürzt in der Kiesgrube. Der Förster hat ihn gefunden, am Morgen, als er mit dem Hund los ist.«

»Ja und?«, fragte Apollonia mit banger Vorahnung.

»Er ist tot. Genickbruch, sagt der Doktor!«

»Was, tot?«

Apollonia brauchte einen Moment, um diese Nachricht zu verdauen.

»Ja, es ist ein Fluch auf dem Hof, glaub mir!«

»Weißt du, wann es passiert ist, Kreszenz?«, fragte Apollonia, ohne auf die letzte Bemerkung einzugehen.

»Irgendwann nach dem Gewitter gestern Abend. Und weißt du, was die Leute sagen? Sie sagen, der Matthes war's! Der hat ihn gestoßen!«

»Nach dem Gewitter, sagst du. Dann war es also der Anton, für den ich ein ›Herrgibihmdieewigeruhe‹ gebetet habe!«

»Was, wieso?« Kreszentia war verwirrt.

»Ja, er hat sich bei mir verzeigt.« Und sie schilderte der Pfarrhauserin das unheimliche Vorkommnis vom Abend vorher. Darauf wiederholte Kreszentia noch einmal ihre Mutmaßung, dass der Matthes schuld sei. Aber Apollonia schüttelte den Kopf.

»So ein Blödsinn! Der Matthes! Der ist doch selber schon lange tot!«

»Ja, eben. Aber vorgestern hat ihn der Nonnenmacher Uli gesehen, am Herrenweiher. Und die Kiesgrube ist nicht weit entfernt vom Herrenweiher!«

»Jaja, das hab ich gehört, vom Nonnenmacher Uli. Aber vielleicht war der auch nur betrunken und wollte sich wichtig machen.«

»Aber nein, Apollonia, er war nicht betrunken. Die anderen Arbeiter in der Talmühle haben es gesagt. Ihm standen alle Haare zu Berge, als er unten ankam!«

***

»Hast du das denn geglaubt, Apollonia?«, unterbrach ich ihren Erzählfluss.

»Ach, was soll ich dir darauf antworten?«, erwiderte sie. »Du bist auch in diesem Dorf aufgewachsen, du kennst doch all die Geschichten von Geistern und Hexen, von der alten Linderin, die mit dem Teufel im Bund war und die Förstersfrau krank machte, indem sie einen Pferdehuf in deren Garten vergrub, oder vom Braunegger, der sein Handtuch gemolken hat und dafür gaben dann die Kühe des Nachbarn keine Milch mehr. Deine Mutter hat sie dir doch sicher auch erzählt, oder?«

Natürlich hatte mir meine Mutter diese Geschichten erzählt, von der weißen Frau auf der Waldburg und vom schwarzen Hund, der mit glühender Kette um den Hals durch das Ried rannte. Als Kind hatte ich Angst gehabt in der Dunkelheit deswegen; in meinen Träumen hatte er mich verfolgt, der schwarze Hund, der eigentlich der Braunegger war, der mit dem Teufel im Bund war ...

»Dann, bei meiner Ausbildung hab ich ja eine Zeit lang in der Stadt gelebt«, fuhr sie fort, »da ist mir das alles plötzlich sehr fremd vorgekommen, da gab es Autos und Lichtreklamen und Radios, und daneben haben Hexen und Geister ziemlich lächerlich gewirkt.«

Nach ihrer Rückkehr war sie nicht mehr dieselbe gewesen wie vorher. Sie ging zwar immer noch in die Kirche, aber an bestimmte Dinge konnte sie nicht mehr so recht glauben. Umso mehr beunruhigte es sie, wenn sich solche Dinge trotzdem ereigneten.

»Ich hab ja auch keine andere Erklärung dafür, weißt du, und so hab ich mir halt wieder angewöhnt, doch ein ›HerrgibihmdieewigeRuhe‹ zu beten, wenn das Licht flackert. Schaden kann es jedenfalls nicht! Aber diese Geschichte mit dem Matthes, das war mir dann doch zu viel!«

***

»Vielleicht ist er ja nur gestolpert oder ausgerutscht! Ein Unfall!«, sagte Apollonia zu Kreszentia.

»Von wegen Unfall! Wenn der Anton die Grube nicht kennt, wer denn dann! Und der Alois hat erzählt, dass der Poschtle am Abend gekommen ist und das vom Matthes erzählt hat, und da hat sich der Anton furchtbar aufgeregt und ist rausgelaufen.«

»Ja, und dann ist er zur Kiesgrube gelaufen und in der Dunkelheit ausgerutscht!«, mutmaßte Apollonia.

Kreszentia sagte nichts mehr, aber man merkte, dass ihr diese Version nicht passte.

Und auch Apollonia war nicht wirklich damit zufrieden, wenn sie ehrlich war. Irgendetwas stimmte bei dieser Geschichte nicht.

»Es ist auf jeden Fall furchtbar!«, sagte sie dann. »Da ist die Fina ja jetzt mit ihren vier Kindern allein.«

»Ja, und das mitten im Heuet!«

Apollonia fand diese Bemerkung unangebracht pragmatisch, aber sie wusste auch, dass Kreszentia im Grunde Recht hatte. Der Walser Anton war einer der größten Bauern hier gewesen, ein tüchtiger Mann, der viel arbeitete. Wie würde seine Frau jetzt allein zurechtkommen mit dem großen Hof und den Knechten? Außer dem Ferdinand war kein Bruder mehr da, nur noch eine Schwester, Radigundis, so lautete zumindest ihr Klostername. Sie war Franziskanerschwester geworden, nachdem ihr Verlobter bei einem Unfall ums Leben gekommen war. Die beiden ältesten Brüder, Matthes und Anton, waren tot, beide auf unnatürliche Weise gestorben.

»Weißt du was, Kreszenz, ich werde zu ihr rausfahren und sehen, ob ich irgendwie helfen kann!«

Als sie sich ihre Schuhe anzog – ausgebeulte schwarze Ungetüme, die sich im Lauf der Jahre an die Unform ihrer winterbeulengeplagten Füße angepasst hatten und deretwegen sie Stammkundin beim Schuhmacher Manz war – zweifelte sie selber daran, dass ihre Absicht, zum Walserhof hinauszufahren, so uneigennützig war, wie sie es Kreszentia gegenüber dargestellt hatte. Sie spürte ein leichtes Kribbeln im Magen, unbändige Neugier hatte sie erfasst. Der Matthes hatte seinen Bruder sicher nicht umgebracht, aber war es wirklich nur ein Unfall gewesen?

Dann war sie schon draußen auf ihrem Moped, trat in die Pedale, wünschte Kreszentia einen guten Tag und fuhr los zum Walserhof.

Apollonia wohnte im Hinterdorf; der Walserhof lag auf der entgegengesetzten Seite außerhalb des Ortes. Sie fuhr ins Dorf hinein, an der alten Linde und dem Kirchhügel vorbei, dann kam der Gasthof Adler und gegenüber der Sportplatz des SV Baselreute. Der hatte im letzten Jahr die Meisterschaft in der B-Klasse gewonnen, und seither hatte der Sportplatz sogar eine kleine Tribüne. Dann passierte sie das Ortsschild, auf dem stand: Salmtal 2 km. Nach 500 Metern bog sie rechts ab und fuhr auf einem staubigen, von Apfelbäumen gesäumten Weg zum Hof. Der lag in der Morgensonne glänzend da, mit einem Garten davor, von hohen Bäumen umstanden. Ganz ruhig war alles, und nur der Hofhund bellte – wie das seine Pflicht war –, als Apollonia mit der Quickly knatternd vors Haus fuhr. Er vollführte einen Heidenlärm und sie war froh, dass er an der Kette war. Hof und Hund strahlten eine Normalität aus, die Apollonia kaum fassen konnte. Aber was hatte sie erwartet? Dass alles mit einem Schlag grau und still geworden wäre, trotz Sonnenschein und tierischen Instinkten? Sie fühlte sich plötzlich befangen und fragte sich, warum sie eigentlich gekommen war. Aber da sah sie das Fränzle, den Jüngsten vom Anton, unter der offenen Haustür stehen. Er lutschte am Daumen und sagte zunächst nichts, schaute sie nur an. Apollonia war ein bisschen verlegen. Was sagt man zu einem Kind von sechs Jahren, dessen Vater gerade auf schreckliche Weise ums Leben gekommen ist?

Da machte er den Anfang: »Apollonia, hasch schon ghört vom Vater?«

»Ja, ich hab's ghört, Fränzle«, antwortete sie mit mitleidssanfter Stimme. »Es isch furchtbar, gell?«

»Und sie sagen, der Matthes war Schuld!«, berichtete das Fränzle eifrig weiter. Apollonia hatte den Eindruck, dass der Junge eher fasziniert war von dem Ereignis als bekümmert. Vielleicht war es ja besser so. Gleichzeitig ärgerte sie sich, dass man sogar dem Kind den Unsinn vom Matthes erzählt hatte.

»Weißt du, ich glaube nicht, dass der Matthes Schuld war«, sagte sie deshalb. »Der Matthes ist tot und schläft auf dem Friedhof.«

»Aber wenn ihn der Uli doch gesehen hat?«, hielt das Fränzle dagegen.

Apollonia seufzte.

»Ist deine Mutter da?«, fragte sie resigniert, und er führte sie in die Stube.

Fina saß an dem großen Holztisch, der in der Ecke des Raumes stand, mit dem Herrgottswinkel darüber: einem schräg aufgehängten Holzkreuz, darunter in einem Einmachglas ein Blumenstrauß aus Margeriten, Kornblumen und Hahnenfuß, von dem die meisten Blütenblätter schon abgefallen waren. Neben dem Glas brannte eine Kerze. Fina saß mit dem Rücken zur Tür, ihre breiten Schultern unter der Schürze bebten hin und wieder, und man hörte ein leises Schluchzen. Marie saß mit gesenktem Kopf neben ihr auf der Eckbank und hatte ihrer Mutter einen Arm auf die Schulter gelegt. Als Apollonia eintrat, schaute sie auf. Sie weinte nicht und eine breite Haarsträhne fiel ihr ins Gesicht.

»Ach, du bischts, Apollonia«, sagte sie schwach, und Apollonia wäre am liebsten wieder gegangen, so sehr fühlte sie sich als Eindringling. Aber dann erklärte sie den beiden Frauen, dass sie gekommen sei, um – wenn irgend möglich – zu helfen.

»Ach, Apollonia«, schluchzte Fina eins ums andere Mal. »Es isch ein Unglück!«

Apollonia schickte Marie schließlich einen Schnaps holen.

»Der tut deiner Mutter jetzt bestimmt gut!«, meinte sie, und: »Bring dir nur auch ein Glas mit!« Marie kam schließlich mit der Flasche und zwei kleinen Gläsern, aber sie beharrte darauf, dass sie keinen wolle. Also tranken Fina und Apollonia zusammen, sie stießen an, wagten aber nicht zu prosten, das wäre ihnen wie ein Sakrileg vorgekommen. Als das Obstwasser eine brennende Spur bis in ihren Magen zog, seufzten beide tief, und Fina zog die Nase hoch. Dann begann sie zu sprechen:

»Schau da drüben auf dem Büfett, Apollonia, unser Hochzeitsbild, erinnerst du dich noch?«

Natürlich erinnerte sich Apollonia noch, obwohl es zwanzig Jahre her war. Viele hatten sich damals gewundert, dass der Walser Anton ausgerechnet die Fina heiraten wollte, deren Vater nur Amtsbote war. Er hatte einen großen Hof und sah dazu noch gut aus, er hätte jede Bauerstochter der Umgebung haben können.

»Er war so ein schöner Mann, der Anton«, schwärmte Fina jetzt noch. Sie war ein ebenfalls hübsches Mädchen gewesen, auch wenn man ihr das jetzt nicht mehr ansah. Alles an ihr schien breiter geworden, das Gesicht, die Nase, die Hände, die Hüften. Aber wenn man Marie daneben sah mit ihren langen dunklen Haaren und den großen, braunen Augen, dann konnte man sich vorstellen, warum sich der Anton vergessen hatte, damals.

»Weißt du, ich hab mich so geschämt bei der Hochzeit, wegen dem schwarzen Schleier. Aber es isch halt passiert. Am Gartenfest ... da haben wir getanzt, und alle anderen Mädchen waren neidisch. Und der Anton ...« Sie brach ab, schaute nur auf das Bild, das einen alterslosen, aber wohl noch jungen, kräftigen Mann zeigte mit einem mächtigen Schnurrbart, tiefem Haaransatz und streng nach hinten gekämmtem Schopf. Ausdruckslos schaute er den Betrachter an, und die Braut stand mit zur Seite geneigtem Kopf verschämt lächelnd daneben. Apollonia erinnerte sich jetzt auch wieder an all den Klatsch: Finas Vater, der alte Hepp, hatte dem jungen Bauern die Hölle heiß gemacht, weil er seine Tochter geschwängert hatte, und so musste Anton gute Miene zum bösen Spiel machen und Fina heiraten. Eigentlich war ihm das nicht schlecht bekommen. Obwohl nicht auf einem Hof aufgewachsen, war Fina eine gute Bäuerin geworden und hatte ihm vier Kinder geboren.

»Weischt, Apollonia«, sinnierte Fina weiter, »er hat's mich nicht vergelten lassen, dass er mich hat heiraten müssen.« Und leiser: »Er hat mir nie Blumen gebracht oder Gedichte geschrieben wie der Matthes der Elis, aber er war ein guter Mann. Er hat nicht getrunken und er hat haushalten können. Viel geschafft hat er, und er isch nie grob gewesen zu mir und auch nicht zu andern Frauen gegangen.« Sie begann wieder zu weinen, und Apollonia legte ihr die Hand auf den Rücken.

»Sag einmal, Fina«, begann sie vorsichtig, »glaubst du auch die Geschichte mit dem Matthes?«

Fina zuckte mit den Schultern. »Ich weiß doch nicht, Apollonia, die Polizei war da.«

Apollonia verstand, wie schrecklich es für Fina war, die Polizei im Hause zu haben.

»Wie damals, als der Matthes gestorben isch«, erzählte sie weiter mit heiserer Stimme. »Sie sagen, der Anton isch nicht einfach gerutscht, es war kein Unfall. An der Stelle ist der Zaun, da fällt man nicht einfach im Dunkeln runter. Den hat der Anton selber mal hingemacht, nachdem ein Rindle hinabgefallen war. Außerdem lag er zu weit unten ... Sie sagen, entweder ist er selber vom Zaun aus gesprungen oder jemand hat ihm einen kräftigen Stoß versetzt. Sag, Apollonia, warum sollte er springen? Er hat doch alles gehabt hier, es isch ihm doch gut gegangen!« Und wieder begann sie zu weinen.

Jetzt wurde Apollonia klar, dass die Geschichte mit Matthes für die Familie offenbar leichter zu ertragen war als der Gedanke, dass Anton sich selbst umgebracht haben könnte.

»Ja, aber warum der Matthes? Der ist doch tot, Fina, und warum sollte er dem Anton etwas zuleid tun?«, fragte sie deshalb vorsichtig.

»Aber wer soll es denn sonst gewesen sein?« Finas Stimme wurde vor Panik schrill, und Apollonia fragte sich, an wen sie wohl dachte. Sie schenkte der Bäuerin noch einen Schnaps ein, und nachdem diese ihn getrunken hatte, sagte sie leiser: »Und du hättest ihn sehen sollen, Apollonia, sein Gesicht, verzerrt, und seine Hände, völlig zusammengekrampft, die sahen aus wie Vogelkrallen; sogar der Doktor hat gesagt, er hat noch nie einen Toten mit solcher Angst im Gesicht gesehen. Wie wenn er den Leibhaftigen gesehen hätte! Neinnein, der Anton isch nicht von allein gesprungen! Den hat der Matthes in den Tod getrieben!«

Apollonia bekam eine Gänsehaut.

»Und was sagt die Polizei sonst noch?«

»Sie haben ihn mitgenommen, zur – Obduktion. Und sie werden morgen wieder kommen.«

***

Obwohl Apollonia so erzählte, dass einem nicht langweilig wurde, konnte ich ein Gähnen nicht mehr unterdrücken.

»Entschuldige bitte, Apollonia, aber ich bin seit heute Morgen unterwegs, und jetzt bin ich so müde ...«

Ein Blick auf die Uhr zeigte mir, dass es schon nach ein Uhr war.

»Oh Gott, jetzt kann ich nicht mehr nach Konstanz zurück, ich müsste ja ewig auf die Fähre warten.«

»Du kannst doch bei deiner Mutter schlafen, die freut sich bestimmt!«, meinte Apollonia.

»Ja, dann muss ich eben morgen ganz früh zurückfahren.«

Wenig begeistert darüber, dass ich nicht in mein eigenes Bett kam, verabschiedete ich mich, aber nicht ohne ihr zu versprechen, dass ich am Wochenende drauf wiederkäme.

»Dann bringe ich mein Diktiergerät mit, das ist einfacher!«

Aber das lehnte sie kategorisch ab. »Ich will nicht mit einer Maschine sprechen!«, war ihr Kommentar.

So kam ich am folgenden Samstag mit Block und Bleistift wieder. Bei meiner Mutter hatte ich bereits die Übernachtung gebucht; sie freute sich einerseits sehr über meine Anwesenheit, andererseits war sie fast ein wenig beleidigt.

»Wegen den alten Geschichten von der Apollonia kommst du ein ganzes Wochenende. Wegen mir tätest du das nicht!«

Sie war natürlich selbst fürchterlich neugierig, was das denn nun für Geschichten waren, denn sie war zwar eine »Reingschmeckte«, die erst in den fünfziger Jahren als Lehrerin nach Baselreute gekommen war, aber sie kannte natürlich inzwischen alle Leute. Doch ich hatte Apollonia mein Versprechen gegeben und sagte nichts.

Als ich bei ihr an der Glocke zog, machte Apollonia sofort auf. Offenbar hatte sie mich schon erwartet. Sie strahlte.

»Das ist schön, dass du da bist. Ich hab uns einen Kaffee gemacht!«

Aber sie bot mir nicht nur Kaffee an, nein, diesmal hatte sie sich richtig vorbereitet. Ein großer Teller mit verschiedenen Keksen stand auf dem Tisch vor dem Sofa und der Kaffee wurde im guten Geschirr mit dem Goldrand serviert.

Sie konnte es kaum erwarten, loszulegen.

»Ich war ja bei der Fina draußen, gell, und hab ihr meine Hilfe angeboten«, begann sie.

»Übrigens, das war die Fina, die auch im Familiengrab der Walsers begraben ist, oder?«, fragte ich dazwischen.

»Ja, eben die!«, antwortete sie. »Sie ist dann 1972 gestorben. Also, sie hat mir genau erzählt, was alles passiert war am Tag vorher, und dass sie darum überzeugt war, dass Antons Sturz etwas mit dem Matthes zu tun hatte.«

Apollonia berichtete mir, was sie von Fina über den Gewitterabend wusste und wie der Anton am Ende verschwunden war.

»Ich war immer noch skeptisch. Eigentlich wollte ich gerade wieder gehen ...«

***

Da ging die Stubentür auf und Fritz, der jüngere der beiden Knechte, lehnte im Türrahmen; er trat nicht ein, weil er die Stiefel noch anhatte und den Stubenboden nicht schmutzig machen wollte.

»Sag einmal, Fina, wo isch denn der Ferdinand? Wir brauchen ihn bei der Arbeit. Wir können doch nicht alles allein machen!«

Fina schaute überrascht auf.

»Ja, aber isch er denn nicht im Stall drüben?«

»Nein, eben nicht. Drum such ich ihn ja!«

Fina schaute Apollonia an und stand dann langsam auf.

»Das isch aber komisch. Aber du hasch Recht, ich hab ihn heute noch gar nicht gesehen. Bei dem ganzen Theater isch mir das noch gar nicht aufgefallen. Hasch du schon in seiner Kammer nachgesehen?«

»Nein«, antwortete Fritz zögerlich, der Gedanke war ihm offensichtlich noch nicht gekommen.

»Dann schau ich mal nach.« Fina seufzte tief, warf noch einen Blick auf die Schnapsflasche, nahm sie dann aber und stellte sie zurück in den Schrank. Als sie sich auf den Weg zu Ferdinands Kammer machte – er schlief wie die Knechte über dem Stall –, folgte Apollonia ihr wie selbstverständlich. Sie gingen am Kuhstall vorbei durch einen Gang über eine hölzerne Treppe hoch zu den Knechtekammern. Bis oben vor der Tür konnte man den Ammoniakgeruch der Kühe riechen, obwohl diese draußen auf der Weide waren.

Fina klopfte in ungewohnter Höflichkeit zuerst bei Ferdinand an, aber als keine Antwort kam, öffnete sie die Tür. Zuerst konnte man nichts erkennen, weil der Laden des einzigen Fensters noch geschlossen war, aber die zwei Frauen hielten sich beide wie auf Kommando die Nase zu.

»Mein Gott, stinkt das!«, stieß Apollonia hervor, während Fina Licht machte. Ferdinand lag auf dem Bett, aber er schlief nicht. Seine Augen waren aufgerissen und seine Kleider an einigen Stellen zerfetzt. Er rührte sich nicht und sagte nichts, er stank nur unsäglich.

»Ferdi, was ist denn?«, rief Fina leise mit weinerlicher Stimme; sie erwartete bereits das nächste Unglück.

Da begann Ferdinand zu sprechen: »Närisnoot!«, murmelte er vor sich hin. »Närisnoot!«

Zumindest hörte es sich für einen Außenstehenden so an, aber Fina kannte ihren Schwager lange genug, um seinen näselnden Singsang besser zu verstehen.

»Der ist tot?«, fragte sie verständnislos, seine Worte nachsprechend, und in diesem Augenblick wusste Apollonia, wonach der Ferdi so furchtbar stank, dass es den Ammoniakgeruch der Kühe bei weitem übertraf: nach vermodernden alten Lumpen, nach Asche und Fäulnis und Schimmel – nach Abfall.

»Er war in der Grube!«, entfuhr es ihr leise, und Fina drehte sich zu ihr um und begann ebenfalls zu verstehen.

»Aber Apollonia ...« Sie schaute wieder auf Ferdinand, der immer noch an die Decke starrte und vor sich hin murmelte: »Närisnoot!«

»Aber der Ferdi würde doch nicht ... Das kann doch nicht sein!« Den letzten Satz hatte sie fast geschrieen, wie um sich selbst zu überzeugen. Fina hatte den Ferdinand immer gemocht; er war so gutmütig, hatte mit ihren Kindern gespielt, besonders mit Marie, und außer dem einen Mal, als er beim Tod des Matthes den Anton angegriffen hatte, hatte sie ihn noch nie gewalttätig erlebt. Sogar mit den Tieren ging er sanfter um als alle anderen Männer auf dem Hof. »Der ist ja selber fast ein Tier!«, hatte der Anton auf seine grobe Art einmal gesagt. Aber das war nicht so gemeint gewesen, und als die Nazis Ferdi wegbringen wollten, hatte Anton das nicht zugelassen. »Wir können auf den Ferdi nicht verzichten auf dem Hof!«, sagte er dem Ortsgruppenleiter, und sie regelten das unter der Hand. Und die Sache damals mit dem Matthes, der Ferdi hatte halt sehr an ihm gehangen, und da hatte er durchgedreht; er wollte den Anton sicher nicht umbringen, er war doch sein Bruder. Und jetzt war der Anton tot und der Ferdinand stank nach Abfall.

Fina merkte, wie sich ihre Gedanken im Kreis drehten, die Tränen liefen ihr über die Wangen.

Fritz bemerkte von der Tür her: »Dann war's der. Der hat ihn gestoßen!«

Fina schrie ihn an: »Sei still!«, während Ferdi weiterhin seinen Satz vor sich hinleierte: »Närisnoot!«

Apollonia nahm Fina am Arm und sagte: »Komm, ich bring dich runter.« Dann verließen sie die Kammer, Apollonia nahm dabei den

Schlüssel mit und schloss von außen ab, was Fritz mit offensichtlicher Genugtuung registrierte.

»So, jetzt wird der Depp eingesperrt!«, sagte er, während Apollonia Fina die Treppe hinabhalf.

»Wir müssen die Polizei anrufen und ihr das sagen. Ich fahr heim und mach das, gell!«, bot sie sich an. Aber Fina sagte nichts mehr, sie weinte nur vor sich hin.

***

»Die sind dann natürlich gekommen und haben ihn abgeholt, den Ferdinand. Das war so ein armer Kerl, weißt du.«

»Ja, ich erinnere mich an ihn! Der hatte riesige Hände und hat immer mitgeholfen, wenn ein Dorffest war. So ein Großer mit ein bisschen schmierigen, blonden Haaren«, ergänzte ich.

»Ja, genau. Ich kann mich noch gut erinnern, wie er zur Welt gekommen ist, weil ich damals erst ein halbes Jahr als Hebamme gearbeitet hab, und er war meine erste schwere Geburt! Er war ja der Jüngste von der alten Walserin, und die hat immer schwer arbeiten müssen, das arme Weible. Auch mit dickem Bauch, da hat der Bauer nichts gekannt. Aber wenn sie halt schon mehrere Kinder gehabt haben, dann war oft alles ausgeleiert, dann haben sich die Kinder gedreht, wie sie wollten. Als sie mich gerufen haben, da hat das Füßle schon rausgeschaut, es war ganz blau. Und sie hat geschwitzt und geschrieen vor Schmerz. Das muss ich dir schon sagen, Polli, ich hab so viele Kinder zur Welt gebracht, ich bin nicht bös, dass ich selber keines kriegen musste! Wie die Frauen gelitten haben manchmal! Und nicht jede hat's überlebt. Die Walserin schon. Aber am Schluss, da musste ich reingehen mit dem Arm – kannst du dir das vorstellen?«

»Oh Gott, wie grässlich!«, konnte ich nur sagen. Mir zog sich alles zusammen.

»Es gibt da so einen speziellen Griff«, fuhr sie fort, » ich weiß nicht, ob die Hebammen den heute noch lernen, aber damals musste man den können. Ich hab also reingegriffen und den Kleinen umgedreht. Die Walserin hat nicht mal mehr geschrieen, nur noch leise gestöhnt. Und dann ist er endlich gekommen, mit dem Köpfchen, wie sich's gehört, aber dafür hatte er die Nabelschnur um den Hals, ganz fest. Und er war blau im Gesicht. Es hat dann lang gedauert, bis er geschrieen hat, ich hab ihm ein paar Klapse gegeben.

Darum ist er ein Depp geworden. Aber er war so ein lieber Kerl!«

Wir schwiegen beide einen Moment. Dann stellte sie mir die Frage, auf die ich mich bei solchen Gesprächen immer gefasst mache.

»Warum hast du eigentlich noch keine Kinder bekommen?«

Wie sollte ich ihr erklären, dass entweder der Zeitpunkt nie der richtige gewesen war oder der Partner; dass ich einmal tatsächlich schwanger gewesen war, aber einen Abbruch hatte vornehmen lassen? Niemand in Baselreute wusste davon, denn dafür hätte wohl kaum jemand Verständnis gehabt, nicht einmal bei Apollonia war ich mir da sicher. Und manchmal kamen mir ja selbst Zweifel, ob es richtig gewesen war. Heute Abend jedoch nicht, angesichts einer solch eindringlichen Schilderung!

Ich seufzte und setzte zu einer Antwort an, aber sie winkte ab.

»Ist schon gut, ich hab ja auch nie welche gehabt!«, stellte sie fest, und damit war das Thema erledigt. Sie fuhr fort, zu erzählen.

»Am nächsten Tag bin ich mit dem Postauto in die Stadt gefahren.«

***

Dreimal am Tag gab es eine Verbindung von Baselreute aus, und Apollonia fuhr früh am Morgen, weil sie zur Polizei wollte. Von der Bushaltestelle ging sie durch das Frauentor und die Herrenstraße hoch zum »Roten Haus«; so wurde der düstere Backsteinbau in der Bevölkerung genannt. Dort waren das Gefängnis und die Polizeidienststelle untergebracht.

Apollonia stieg die drei Stufen zur Pforte hinauf und sagte dem Dienst habenden Beamten, dass sie den Ferdinand Walser besuchen wolle. Der junge Mann musterte kritisch die grauhaarige Frau mit dem Topfhaarschnitt und dem dunklen Trenchcoat.

»Sind Sie mit ihm verwandt?«, wollte er wissen.

»Nicht direkt«, war Apollonias kryptische Antwort. »Ich habe ihn zur Welt gebracht.«

»Dann sind Sie seine Mutter?«

»Nun ja, das nicht, aber ich fühle mich für ihn verantwortlich!«

»Können Sie sich ausweisen?«

Apollonia legte ihm ihren Ausweis hin, der noch in Sütterlinschrift ausgefüllt war. Der Beamte war ziemlich jung und tat sich offensichtlich schwer mit dieser Schrift. Aber schließlich hatte er herausgefunden, dass ihr Name jedenfalls nicht »Walser« war. Er reagierte verärgert.

»Hören Sie, ich weiß nicht, wer Sie sind, aber der Ferdinand Walser ist ein Tatverdächtiger, und zu dem dürfen nur Verwandte oder ein Anwalt.«

Apollonia setzte ihr freundlichstes Lächeln auf.

»Das weiß ich ja, wissen Sie, ich lese manchmal Kriminalromane. Aber der Ferdinand ist ein armer Kerl, der hat bestimmt nichts getan. Und seine Mutter ist schon eine Weile auf dem Friedhof und die Verwandten haben auf dem Hof alle Hände voll zu tun. Jetzt ist doch Heuet!«, fügte sie in einem Ton hinzu, als ob dies für jeden vernünftigen Menschen als Erklärung vollkommen ausreichen müsste. Der Polizist hatte aber offenbar keine Vorstellung, was es bedeutete, wenn Heuet war, und meinte nur:

»Dann muss halt ein Anwalt kommen!«

»Hören Sie, das sind einfache Leute. Die kennen keinen Anwalt. Und sie haben auch nicht so viel Geld. Und außerdem will ich doch nur mit dem Ferdinand reden. Ich kenn ihn so gut!«

Der junge Beamte wusste offensichtlich nicht mehr, was er dieser hartnäckigen Frau entgegnen sollte.

»Warten Sie, ich werde meinen Vorgesetzten fragen.«

Er schloss das Fensterchen und verschwand, während Apollonia weiterhin auf der Treppe stand. Sie schaute sich ein wenig um. Direkt gegenüber vom Gefängnis war ein niedriges Gebäude mit einer großen Leuchtreklame über der Eingangstür: Babalu-Bar. Neben dem roten, gewundenen Schriftzug konnte man eine üppige nackte Frau erkennen.

›Na, da wissen die Gefangenen wenigstens gleich, wo sie als Erstes hin sollen, wenn sie wieder rauskommen‹, dachte sie bei sich.

In diesem Moment tauchte der junge Polizist wieder auf und bedeutete ihr, dass sie eintreten konnte. Apollonia drückte die mächtige Holztür auf und trat in einen langen Flur, wobei ihr der Gedanke durch den Kopf ging, ob der junge Pförtner wohl auch ab und zu in die Babalu-Bar ging, wenn er nach seinem Dienst hier rauskam. Da kam ihr jedoch schon ein älterer Mann entgegen, ohne Uniform, der sich als Hauptkommissar Steinmann vorstellte. Er hatte kurze, graue Haare, ein kleines Oberlippenbärtchen und war recht hager.

***

»Er sah ein bisschen aus wie Thomas Mann, weißt du«, bemerkte Apollonia, und als sie meine Überraschung wahrnahm über ihre Kenntnis von Thomas Manns Aussehen, ergänzte sie voller Stolz: »Ich habe die Buddenbrooks gelesen, und da war vorne ein Bild von Thomas Mann drin!«

»Du hast die Buddenbrooks ganz gelesen?«, fragte ich nun mit vollends ehrfürchtigem Erstaunen.

»Ja, du auch?«, wollte sie wissen.

»Naja, während des Literaturstudiums hab ich zumindest mal angefangen«, antwortete ich etwas zögerlich, »aber ich hab's ehrlich gesagt, nicht bis zum Ende durchgehalten.«

»Magst du Thomas Mann nicht?«

»Doch, doch«, beeilte ich mich zu versichern, denn wie stand ich sonst vor ihr da als ›Studierte‹! »Aber andere Bücher von ihm sind mir lieber.«

»Welche denn?«, fragte sie prompt, und ich antwortete gehorsam noch: »›Tod in Venedig‹ oder ›Der Zauberberg‹«. Aber dann drängte ich sie, ihre eigene Geschichte weiterzuerzählen.

Der Hauptkommissar Steinmann war weder freundlich noch unfreundlich. Er schien höchstens neugierig, und Apollonia fragte sich, was der junge Polizist wohl über sie erzählt hatte.

›Chef, da draußen ist so eine seltsame Tante mit komischen Haaren, die will unbedingt zu dem verrückten Deppen, obwohl sie gar nicht mit ihm verwandt ist!‹

»Polizeiobermeister Stillers hat mir mitgeteilt, dass Sie Ferdinand Walser besuchen möchten«, sagte er, als ob er ihre Gedanken gelesen hätte.

»Ja, ich würde gern mit ihm reden!«

»Verstehen Sie ihn denn?«, wollte er wissen.

Da wurde Apollonia klar, dass die Polizisten vermutlich überhaupt nichts mit Ferdinands gelallter Sprache anfangen konnten. Sie selbst verstand ihn zwar auch nicht immer, aber sicherlich besser als die Leute, mit denen er seit seiner Verhaftung zu tun gehabt hatte.

»Ja, meistens«, antwortete sie daher.

»Dann kommen Sie doch bitte mit!«, forderte der Hauptkommissar sie daraufhin höflich auf.

Sie war erstaunt, dass es plötzlich so einfach ging, aber wahrscheinlich kam sie ihm als Dolmetscherin gerade gelegen. So gingen sie den Flur entlang und gelangten durch eine Gittertür in einen anderen Trakt des Gebäudes. Nachdem sie noch zwei Treppen hinauf- und mehrere Flure hinabgegangen waren, standen sie schließlich vor Ferdinands Zelle.

Unterwegs erklärte ihr Herr Steinmann, dass Ferdinand aggressiv geworden war, als man ihn hierher brachte, und einen Polizisten leicht verletzt hatte. Sie hatten schon mit dem Psychiatrischen Landeskrankenhaus telefoniert und wollten ihn am Nachmittag dorthin verlegen.

»Wissen Sie, wir verstehen ihn einfach nicht, und ich glaube, das macht ihn ganz verrückt.«

Es schien Apollonia, als ob Herr Steinmann wirklich bekümmert darüber wäre.

»Wir haben ihn ja nur vorläufig festgenommen aufgrund dessen, was wir auf dem Hof gehört und gesehen haben. Aber wenn er sich so verhält, dann wird er weiterhin in Gewahrsam bleiben müssen, hier oder im PLK!«, erklärte er ihr.

Apollonia bat ihn, erst einmal allein mit Ferdinand sprechen zu dürfen.

»Sind Sie sicher?«, fragte er besorgt. »Ich weiß nicht, ob er recht bei Sinnen ist. Vielleicht erkennt er Sie ja gar nicht! Es ist bestimmt besser, wenn noch jemand dabei ist!«

»Machen Sie sich keine Sorgen«, erwiderte Apollonia mit einem zuversichtlichen Lächeln. »Das krieg ich schon hin!«

Schließlich öffnete Steinmann die schwere Tür. Ferdinand saß auf seiner Pritsche, mit nervös schaukelndem Oberkörper. Er hatte einen einfachen blauen Done an, und seine Haare hingen ihm wirr ins Gesicht. Ein leichter Abfallgeruch hing in der Zelle. Als er Apollonia sah, strahlte er, überglücklich, endlich ein bekanntes Gesicht zu sehen, und rief ihren Namen, auf seine Art: »Abbononia!«

»Mensch, Ferdi, sag mal, was machst du denn für Sachen?«, sagte sie zur Begrüßung.

»Abbononia!«, wiederholte er nur.

Der Hauptkommissar stand in der Tür und sah interessiert zu. Da bemerkte ihn Ferdinand und sein Gesichtsausdruck änderte sich schlagartig.

»Ber foll weg! Ber foll weg!«, rief er weinerlich und versuchte gleichzeitig, den Polizisten mit seinen Händen wegzuscheuchen.

Herr Steinmann hatte genug gesehen, um sich keine Sorgen um Apollonia zu machen und schloss die Tür, allerdings nicht ohne noch einmal zu sagen: »Sie brauchen nur zu klopfen!« Apollonia nickte und blieb mit Ferdinand allein. Eine Weile saßen sie nur da und Ferdinand wiegte weiterhin mit einer Art Singsang seinen Oberkörper vor und zurück, während sie sich überlegte, was sie eigentlich sagen und fragen sollte. Schließlich setzte sie direkt an:

»Sag mal, Ferdi, was ist denn vorgestern Abend passiert, an der Kiesgrube?«

Ferdinands Singsang wurde lauter, sein Wiegen schneller, nervöser. Aber er sagte nichts. Also versuchte sie erst einmal, ihn zu beruhigen:

»Du brauchst keine Angst zu haben, Ferdi, ich bring dich schon wieder heim.« Er wurde wieder leiser und sein Wiegen verlangsamte sich. Sie setzte sich neben ihn auf die Pritsche und legte einen Arm um ihn. Die ungewohnte Nähe ließ ihn im ersten Moment erstarren, aber mit der Zeit wurde er immer ruhiger, während sie flüsternd auf ihn einredete, und nach einer Weile merkte sie, dass sein Jammern in leises Schluchzen übergegangen war. Da zog sie seinen Kopf an ihre Brust, und er begann heftig zu weinen. Als auch dieser Gefühlssturm vorüber war und er nur noch etwas vor sich hinschniefte, machte Apollonia einen erneuten Versuch, ihm Fragen zu stellen.

***

»Ich hab ihn gefragt, ob er in der Grube war, und das hat er bejaht. Und dann, ob er gesehen hat, wie der Anton runtergefallen ist, und das hat er verneint. Und als ich weitergebohrt hab, kam raus, dass der Ferdi dem Anton nachgelaufen ist, als der vom Hof wegging, bis zum Herrenweiher. Aber da hat er ihn dann plötzlich aus den Augen verloren. Er war einfach in der Dunkelheit verschwunden, und nach einer Weile hat Ferdi einen Schrei gehört. Da hat er gewusst, dass der Anton abgestürzt war. Er ist in die Grube runter und hat ihn gesucht, aber im Dunkeln nicht gefunden. Und dann ist er heim in seine Kammer gegangen.«

»Und du hast ihm das geglaubt?«, wollte ich wissen.

»Das hat der Hauptkommissar Steinmann mich auch gefragt, als ich ihm alles berichtet hatte«, antwortete Apollonia. »›Meinen Sie denn, dass der Herr Walser glaubwürdig ist?‹, hat er gefragt. Und ich hab geantwortet: ›Mehr als Sie und ich, Herr Hauptkommissar.‹ Da hat er mich komisch angeschaut, aber ich hab es ihm erklärt, dass nämlich der Ferdinand in seiner Seele ein Kind geblieben ist, ein ganz kleines Kind. Er sagt, was er fühlt, und das bisschen, was er denkt. Der Herr Steinmann hat mich immer noch zweifelnd angeschaut und gemeint, er will die Obduktion abwarten, bevor er den Ferdi nach Hause lässt.«

Mir kamen die Zweifel des Herrn Steinmann durchaus begründet vor, hatte ich doch während eines Praktikums in einer Behinderteneinrichtung die Erfahrung gemacht, dass geistig Behinderte genau so hinterfotzig sein konnten wie wir anderen auch. Aber mein Praktikum hatte ja nichts mit Apollonias Geschichte zu tun, darum sagte ich nichts. Außerdem erklärte sie mir gerade juristisch versiert:

»Über solche Sachen entscheidet sowieso der Staatsanwalt. Immerhin konnte ich Steinmann überreden, den Ferdinand nicht in die Psychiatrie zu bringen, bis die Sache geklärt war.«

»Und? Wie hat sie sich geklärt?«, wollte ich wissen.

»Immer langsam mit den jungen Pferden! Das werd ich dir schon noch erzählen. Die Obduktion hat jedenfalls ergeben, dass Anton durch Genickbruch gestorben war. Das konnte natürlich vom Sturz kommen oder nachträglich passiert sein.«

»Also doch der Ferdinand, als er unten in der Grube war?«

»Die Kraft dazu hätte er schon gehabt. Aber warum sollte er seinen Bruder umbringen?«

»Naja, er hatte es ja schon einmal probiert. Wenn er es im Affekt getan hat? Weiß man denn bei so jemand, ob er sich immer dessen bewusst ist, was er tut?«, fragte ich vorsichtig.

Apollonia sah mich streng an.

»Du redest genau wie Kommissar Steinmann damals. Ich hab's dir doch erklärt, wie das bei Ferdinand war. Er war ehrlich, und ich hab ihm geglaubt. Und dem Kommissar hab ich gesagt: ›Der Ferdinand wird freikommen, das werden Sie schon sehen! Ich hab ihm schon einmal den Kopf aus der Schlinge gezogen!‹«

Apollonia war offenbar immer noch stolz auf diesen rhetorischen Einfall, der ihre Hebammentätigkeit mit ihrer Aktivität als selbst ernanntem Rechtsbeistand in Verbindung brachte. Aber vermutlich hatte sie Recht. Wenn jemand 25 Meter tief abstürzt, dann muss man aller Wahrscheinlichkeit nach nicht zusätzlich nachhelfen, um ihn zu töten. Es stellt sich dann nur noch die Frage, warum er überhaupt abgestürzt ist.

»Na, und wenn's der Ferdinand nicht war, dann war es also Selbstmord oder ...«, ich zögerte, »jemand anders hat ihn gestoßen!«

»Ja, so scheint es. Aber ehrlich gesagt, bezüglich des Selbstmordes hatte mich die Argumentation von Fina irgendwie überzeugt. Wieso sollte der Anton sich umbringen? Wieso?«

»Oder war er doch vor Schreck gesprungen?«

»Schreck wovor? Vor Ferdinand? Der hatte doch keine Angst vor Ferdinand!«

»Also hat ihn jemand gestoßen?«

»Das war die andere Möglichkeit, aber natürlich eine ganz furchtbare. Niemand wollte daran glauben. Wer hätte denn so etwas tun sollen? Und wie das so ist, wenn etwas so unbegreiflich ist, dann zieht man halt das Jenseits als Erklärung heran. Die Leute haben weiterhin gemunkelt, der Matthes sei schuld gewesen an Antons Tod. Und Fina hat nichts dagegen gesagt.«

»Und wie ging's mit dem Ferdinand weiter?«

»Der blieb fürs Erste noch in Haft. Für die Polizei war er nach wie vor tatverdächtig, vor allem, nachdem der Sepp ihnen brühwarm die Geschichte von Ferdis Angriff auf Anton beim Tod des Matthes erzählt hatte. Es ist schon komisch, die Knechte waren diejenigen, die am ehesten den Ferdinand verdächtigten. Sogar die Elis hat etwas in der Richtung gesagt. Da hatten sie nun Tag für Tag mit ihm zusammengearbeitet, und nun schien es ihnen ganz recht zu sein, wenn er bestraft würde. Vielleicht hat ihnen sein Anderssein trotz allem Angst gemacht, ich weiß es nicht. Zur Beerdigung durfte er dann wieder nach Hause kommen. Es bestand ja keine Fluchtgefahr. Aber er war weiterhin der Hauptverdächtige.«

»War das die Elis, die wir heute auf dem Friedhof getroffen haben?«, fragte ich dazwischen.

»Ja, die war das, bevor sie ins Kloster ging. Jetzt hat sie ja einen Klosternamen, aber für mich ist sie die Elis geblieben!«

»Sag mal, die sieht ja aus wie hundert, wie alt ist sie denn?«, wollte ich wissen.

»Nein, die ist noch jung, höchstens achtzig! Aber sie ist halt schon recht lotterig«, erklärte Apollonia.

Plötzlich überkam mich ein heftiges Gähnen, was sie zu der Bemerkung veranlasste:

»Es scheint, dass es für heute reicht, gell?«

Ich musste ihr Recht geben. Draußen war es inzwischen dunkel geworden. Also packte ich meine Notizen zusammen und verabschiedete mich.

Meine Mutter wartete schon ungeduldig auf mich. Sie traute sich nicht direkt zu fragen, was mir Apollonia denn nun Wichtiges erzählt hatte. Stattdessen meinte sie vorwurfsvoll: »Anstatt immer bei diesem alten Weib herumzusitzen, könntest du auch einmal deine Schwester besuchen, wenn du schon ein Wochenende da bist!«

Ich wusste ja, dass sie Recht hatte. Ich kümmerte mich in den letzten Jahren viel zu wenig um meine Familie. Seit dem Tod meines Vaters hatte sich alles irgendwie verlaufen. Am meisten bedauerte ich, dass ich so wenig Kontakt zu meinen beiden Patenkindern hatte, den Kindern meiner Schwester.

»Also gut, ich ruf die Anna an; vielleicht kann ich ja morgen zum Mittagessen zu ihr gehen!«, willigte ich daher ein. Anna wohnte in Wangen, da konnte ich in einer halben Stunde von Baselreute aus hinfahren. Sie winkte aber ab, als ich sie wenig später am Telefon hatte. Sie würden mit der ganzen Familie schon am Morgen wegfahren, zu ihren Schwiegereltern.

Ich war gar nicht so böse darüber; immerhin hatte ich guten Willen gezeigt, und nun war es nicht meine Schuld, dass es nicht geklappt hatte. Und auch meine Mutter war's ganz zufrieden: »Na, dann kannst du ja bei mir Mittag essen.« Offenbar hatte auch sie das Gefühl, mit ihrem Hinweis die familiären Pflichten erfüllt zu haben.

So konnte ich in Ruhe am nächsten Morgen nach einem gemütlichen Frühstück zu Apollonia gehen. Aber sie war gar nicht da. Logisch, um halb zehn war sie in der Kirche. Da ich nie zum Gottesdienst ging, hatte ich einfach nicht dran gedacht. Ich beschloss, einen Spaziergang zur Kirche zu machen, um mir den Friedhof noch einmal in Ruhe anzuschauen.

Die Baselreuter Kirche – ein hübsches Barockkirchlein mit ausladendem Zwiebelturm – war den Heiligen Jakobus und Philippus geweiht und schon seit Jahrhunderten Ziel einer jährlichen Männerwallfahrt im Oktober. Sie lag in der Mitte des Ortes noch auf einem richtigen Kirchhügel, der nach Osten hin flach abfiel und breit genug war, den Friedhof auch für die seit den sechziger Jahren stark angewachsene Gemeinde aufzunehmen. Allerdings hatte man vor etwa zehn Jahren die Mauer im Osten abgerissen, um dort Platz für Erweiterungen zu schaffen.

Durch Apollonias Geschichte kam ich mir vor, als hätte ich eine Reise in die Vergangenheit unternommen; und nun hatte ich Lust, den Protagonisten noch einmal real zu begegnen oder zumindest dem, was von ihnen übrig geblieben war: ein Name in Stein eingemeißelt. Der Grabstein der Walsers bestand aus dunklem, poliertem Granit; die eingravierten Namen setzten sich hell darauf ab. In der linken oberen Ecke sollten drei stilisierte Ähren wohl an das Bibelgleichnis vom Samenkorn, das in die Erde fällt und reiche Frucht bringt, erinnern. Insgeheim war ich ein bisschen stolz, dass ich trotz jahrzehntelanger kirchlicher Abstinenz noch so bibelfest war, diesen Hinweis zu erkennen. Die Namen der Verstorbenen waren in zwei Reihen aufgelistet: Maria und Josef Walser, die Großeltern, die bereits zu Beginn der Dreißiger Jahre gestorben waren; darunter standen Anton und Josefine, also Fina, und noch weiter unten Ferdinand. Matthes fehlte.

Dann fiel mir ein, dass Apollonia einmal erzählt hatte, Matthes sei innen an der Kirchhofmauer begraben worden, direkt neben der Westpforte, und so beschloss ich, einen kleinen Rundgang außen um die Friedhofsmauer bis zur Westpforte zu machen. Das war nicht ganz einfach, denn es führte nur ein schmaler Fußpfad den Hügel entlang, der bei dem feuchten Novemberwetter recht glitschig war. Erst an der schmalen Westseite wurde der Grund außerhalb der Mauer etwas breiter. Dort befand sich eine kleine Pforte mit einer Gittertür und daneben stand ein Bänkchen, von dem aus man über das Dorf und die rundum liegenden Hügel bis zum Waldrand am Herrenweiher sehen konnte. Heute war allerdings kein Aussichtswetter. Schwere, dunkle Wolken zogen über Dächer und Wald hinweg, obwohl es gerade nicht regnete, und so öffnete ich die Gittertür und betrat erneut den Friedhof. An der Innenseite der efeuüberwachsenen Mauer waren ein paar verwitterte Steinplatten mit Inschriften angebracht, und nur mit Mühe und weil ich wusste, wonach ich suchte, gelang es mir, auf einer von ihnen »Matthäus Walser, gest. 1942« zu entziffern. Dann entdeckte ich, dass am Fuße der Mauer zwischen den braunen Grasbüscheln ein umgestürztes Glas lag, mit ein paar weißen und roten Nelken, die gerade verblüht waren. Sie konnten nicht länger als eine Woche dort gestanden haben. Ob jemand immer noch dem Matthes Blumen hinstellte? Oder waren sie für einen der anderen Unglücklichen gewesen, die hier an der Kirchhofmauer begraben worden waren? Deren Namen waren genauso schwer zu lesen wie der des Matthes, und ich versuchte es gar nicht erst. Aber wenn die Blumen für den Matthes waren, so war es doch erstaunlich; immerhin war er über 50 Jahre tot. An viele Verstorbene, die noch nicht so lange tot, aber mit allen Ehren begraben sind, denkt keiner mehr. Ich beschloss, mit Apollonia darüber zu sprechen.

Inzwischen war der Gottesdienst zu Ende gegangen, und die Männer standen noch auf dem kleinen Platz am Fuß der Kirchentreppe zusammen, um zu ›politisieren‹, wie meine Mutter zu sagen pflegte. Zwischen den alten Frauen, die als Letzte langsam die breite Treppe hinabstiegen, entdeckte ich Apollonia. Rasch ging ich an der Mauer entlang zurück zur Treppe und hakte mich bei ihr unter. Sie ließ es dankbar geschehen und stützte sich auf meinem Arm ab, während sie sich Stufe für Stufe nach unten schob.

»In meinem Alter geht das halt nicht mehr so schnell«, bemerkte sie entschuldigend und fuhr fort: »Es tut mir Leid, Polli, ich hab dir vergessen zu sagen, dass ich heute in die Kirche gehe. Ich geh sonst nicht jeden Sonntag, es ist halt auch ein bisschen beschwerlich, gell, aber heute war Messe für meinen Bruder, nicht für den Karl, deinen Vater, sondern für den Georg, und da wollte ich hin.« Mein schlechtes Gewissen hielt sich in Grenzen, dass ich nicht zur Messe für meinen Onkel gegangen war; ich glaubte ohnehin nicht, dass ihm die Gebete einer Heidin, wie ich es war, genützt hätten.

Die Männer auf dem Platz drehten sich um, als sie die alte Hebamme in so ungewohnter Begleitung die Treppe herabhumpeln sahen. Einige nickten zum Gruß, mehr neugierig als freundlich. Die meisten erkannten mich wahrscheinlich nicht mehr; ich war nun schon fast zwanzig Jahre von zu Hause fort. Ein paar jüngere Männer, naja, eigentlich mittleren, nämlich meinen Alters, schienen sich jedoch an mich zu erinnern.

Sie winkten und grüßten laut herüber, und mir fielen sogar zwei oder drei Namen wieder ein: Hans Vogel, der Jüngste vom Vogelbeck, Martin Manz und der dritte, Anton Obermayer, der Toni. Sie hatten mehr Bauch und weniger Haare als damals, aber vor allem Martin sah immer noch recht gut aus; seine ehemals schwarzen Haare waren grau meliert, was ihn sehr attraktiv machte; er wirkte nicht mehr so jungenhaft, wie ich ihn in Erinnerung hatte. Irgendwie gab es mir ein Gefühl von Daheimsein, dass ich wiedererkannt wurde, und ich erwiderte ihren Gruß mit einem herzlichen Lächeln.

Dann spazierte ich mit Apollonia langsam durch das Dorf heim, und unterwegs fragte ich sie nach den Blumen am Grab des Matthes.

»Ach, die hat bestimmt die Elis hingestellt, an Allerheiligen, wir haben sie doch am Friedhof getroffen, erinnerst du dich?«

Natürlich erinnerte ich mich an die kleine, gebeugte Frau.

»Der Matthes war halt ihre erste, ihre große Liebe!«

Ich war beeindruckt. Nach so vielen Jahren hatte sie ihn noch nicht vergessen! Wenn ich an meine erste Liebe dachte – ich hätte ihm bestimmt keine Blumen mehr hingestellt; es war schon erstaunlich, dass ich mich noch an seinen Namen erinnerte, aber auch nur an den Vornamen. Und das war noch keine 50 Jahre her!

»Ist sie deswegen ins Kloster gegangen?«, wollte ich wissen.

»Sie ist erst später gegangen, nach der Geschichte mit dem Anton.«

»Da hatte sie dann wohl genug von dieser Welt!«, zog ich meine Schlüsse.

»Ja, das hatte sie ganz bestimmt!«, seufzte Apollonia.

Ich wartete auf weitere Ausführungen. Aber es fiel ihr schwer, gleichzeitig zu gehen und zu reden. Sie atmete heftig und sagte daher nur: »Ich erzähl dir nachher mehr darüber.«

Nachdem ich sie zu Hause abgeliefert hatte, musste ich zuerst zum Mittagessen zu Mutter gehen. Meinen Vorschlag, einfach mitzukommen, lehnte Apollonia ab. »Ich hab noch Reste von gestern; die müssen auch gegessen werden«, sagte sie zur Begründung. Das bestätigte mir jedoch nur, was ich schon länger vermutet hatte, dass sie nämlich mit meiner Mutter nicht mehr so gut zurecht kam, seit mein Vater gestorben war. Eigenartig, da saßen diese zwei alten Frauen jede allein in ihrer

Wohnung, statt dass sie sich zusammengetan hätten. Zwei Eigenbrötlerinnen, jede mit sich und ihrer Vergangenheit beschäftigt. Aber – so fragte ich mich – tendierte ich nicht in dieselbe Richtung? Ich hatte zwar einen Partner, lebte aber nach wie vor allein in meiner Wohnung und konnte mir auch nicht vorstellen, diese mit jemandem zu teilen. Würde ich auch so enden wie die beiden?

Das Mittagessen mit Mutter gestaltete sich zunächst sehr angenehm. Sie war guter Dinge, hatte mein Lieblingsgericht gemacht – Kässpätzle, »obwohl das ja kein Sonntagsessen ist!« – und ich genoss es, mal wieder bekocht zu werden, ja, ich entwickelte richtige ›Zuhausegefühle‹. Diese wurden allerdings mit einem Schlag zunichte, als Mutter anfing: »Weißt du, Apollonia«, (wenn sie meinen vollen Namen nannte, wurde es kritisch), »was ich dir einmal sagen wollte«, (sie hatte es schon hundert Mal gesagt), »ich glaube, dieser Mann da ist nichts für dich. Du bräuchtest einen, der dir was bieten kann, einen wie den F., wenn ich dran denke«, (wenn ich an ihn dachte, wurde mir schlecht) »der ist jetzt Professor und hat hier bei mir in der Küche gesessen und Kaffee getrunken, und du hast Schluss gemacht mit ihm!« Es war die ewiggleiche alte Leier, einmal war es F. und dann wieder A. oder wahlweise auch R., bei dem ich hätte bleiben sollen; dann wäre ich jetzt eine glückliche Frau! Ich verabschiedete mich rasch, um zu Apollonia zu gehen. Ich bot nicht einmal an, beim Abwasch zu helfen.

Apollonia hatte schon den Kaffee gemacht, und auch Kekse wurden wieder aufgetischt.

»Du hast heute Morgen etwas von Elis gesagt«, begann ich. Sie schien sich während des Mittagessens überlegt zu haben, was sie sagen wollte und legte sofort los.

»Ja, die Elis. Die war auch bei der Beerdigung.«

***

Anton Walser wurde im Familiengrab beigesetzt. Es war eine ›schöne Leich‹, so wie er es sich immer gewünscht hatte. Der Gesangverein sang »Ich hatt einen Kameraden« und »Üb immer Treu und Redlichkeit«, die Musikkapelle spielte, und der Feuerwehrhauptmann und der Vorstand des Blutreitervereins hielten Reden am offenen Grab. Es war drückend heiß und Apollonia hatte Mühe, sich auf das zu konzentrieren, was da Lobendes über Anton gesagt wurde. »... und war immer zuverlässig zur Stelle ...« Warum war Anton vor Ferdinand davongelaufen, fragte sie sich immer wieder. Hatte er solche Angst gehabt, dass er sich tatsächlich selbst in die Grube stürzte? Er kam doch aus mit seinem Bruder, und wenn er glaubte, der wolle ihm etwas antun, dann wäre er in die andere Richtung gelaufen, zum Hof hin!

Sie schaute zu Ferdinand hinüber, der mit gesenktem Kopf neben Fina stand. »... hat sich immer bemüht, zum Gemeinwohl beizutragen ...« Fina liefen die Tränen herab. Auch andere Trauergäste schluchzten. Es waren erstaunlich viele gekommen, das halbe Dorf nahm Abschied von Anton. Sicherlich waren sie aus unterschiedlichen Motiven da: manche, weil sie verwandt waren oder ihm wirklich nahe gestanden hatten, andere, weil sie immer zu Beerdigungen gingen; das gehörte sich so, und außerdem gab es ja hinterher einen Leichenschmaus, und den wollte man sich nicht entgehen lassen. Aber viele hatte diesmal die Sensationslust hergetrieben; sie wollten sehen, wie der Ferdinand reagierte, auch wenn den meisten der Matthes als Mörder interessanter erschien als dieser Depp.

Aber im Grunde: Was machte das schon? Da zu sein war wichtig, warum, war zweitrangig. Die Beerdigung war ein Ritual, bei dem das ganze Dorf die Trauer tragen half, bei dem auch noch der härteste Mann weinen durfte. »... sind wir alle bestürzt, wie plötzlich Anton von seiner Frau und den vier Kindern weggerissen wurde ...«

In einer Reihe standen sie da, die vier Kinder, ganz vorne am Grab. Alle hatten schwarze Kleidung an; das Kleid, das Marie trug, war ihr offensichtlich zu kurz, übers Knie hochgezogen. Ernst schauten sie drein, Marie fast trotzig, die langen Haare im Gesicht, aber keines weinte. ›Er war ein strenger Vater‹, dachte Apollonia, ›auch cholerisch manchmal. Da gab's wahrscheinlich öfters Schläge!‹

Hinter der Familie hatten sich die Knechte und Elis postiert. Die beiden Männer schnieften ein wenig vor sich hin, während Elis völlig versteinert wirkte. Daneben stand eine schmale, hoch gewachsene Frau mit spitzer Nase in der Tracht der Franziskanerinnen: Antons Schwester, Radigundis. Sie hatte rote Augen, weinte aber nicht.

»... in Ewigkeit. Amen.« Mit einer ausholenden Armbewegung segnete der Pfarrer mit dem Weihwasserwedel noch einmal den Sarg und das offene Grab. Die Musikanten – schwitzend in ihren Uniformen – spielten ein letztes Stück, dann war die Zeremonie vorüber. Nun traten die Trauergäste in Reihe an und kondolierten einer nach dem anderen der Familie, vor allem Fina, nachdem sie dem Anton noch einen Schluck Weihwasser ins Grab hinabgegeben hatten. Da Apollonia ja bereits kondoliert hatte, blieb sie einen Augenblick neben dem Grab stehen. Sie hatte einen kleinen Blumenstrauß mitgebracht, den sie dem Anton auf den Sarg warf.

»Mensch, Anton, was ist bloß passiert? Wovor bist du weggerannt? Und warum bist du zur Grube gerannt? Kanntest dich doch so gut aus! Hast einfach die Fina mit den Kindern allein gelassen! Warum bist du nur da runtergesprungen? Oder hat dich doch einer gestoßen?«

»Natürlich, der Matthes!«, zischte eine boshafte Stimme neben ihr. Da wurde ihr erst bewusst, dass sie ihr Zwiegespräch mit dem Toten laut geführt hatte. Es war die Halderbäuerin, die neben ihr stand und ungebeten ihre Frage beantwortet hatte. Apollonia ärgerte sich, über die Halderin und über sich selbst, dass sie ihr Gelegenheit geboten hatte, ihren Unsinn loszuwerden. Aber sie sagte nichts, wollte nicht am offenen Grab Streit anfangen. So ging sie einfach weg, hinüber zu dem Grüppchen, das sich um die Familie gebildet hatte. Das Defilee der Beileidwünschenden war zu Ende, und Fina sagte: »Gell, kommst auch noch mit in den Mohren, Apollonia!«

Nach Apollonias Erfahrung zählten Leichenschmäuse zu den Veranstaltungen, bei denen am meisten gelacht wurde, was bestimmt einen therapeutischen Effekt auf die Familienmitglieder hatte. So ließ sie sich nicht zweimal bitten.

Im Nebenzimmer des Mohren war der Tisch schon gedeckt; es gab Saitenwürste für alle und zu trinken, was man wollte. Apollonia hatte sich neben Schwester Radigundis gesetzt, die im richtigen Leben Johanna geheißen hatte und zeitweise Apollonias engste Freundin gewesen war.

***

»Die Hanna und ich, wir haben's ganz schön getrieben!«, sagte Apollonia verschmitzt, und auf meinen erstaunten Blick fügte sie hinzu: »Naja, nicht wie heute die Jungen, aber wir waren viel auf den Tänzen am Samstagabend, und wir hatten immer ein paar Burschen am Bandel! Bis sie dann den Heiner kennen gelernt hat; da war sie sehr verliebt. Der hatte einen Hof in Ergatsweiler. Und nach einem Jahr haben sie sich verlobt. Da war sie grade zwanzig. Sie war ein Jahr jünger als ich.«

Ich wartete, dass sie weitererzählte, aber sie schien plötzlich sehr traurig zu sein. Nach einer Weile seufzte sie tief.

»Er ist unter einen Heuwagen gekommen. Bei einem Gewitter. Die Ochsen sind zu schnell gelaufen und er mit der Gabel daneben, damit das Heu nicht herabfiel, und dann haben sie den Wagen an einem Rain umgeworfen und er lag drunter. Zwei Tage hat er noch gelebt, dann ist er im Vierzehn-Nothelfer-Krankenhaus gestorben. Ich weiß noch wie heute, wie sie geschrieen hat, als man es ihr gesagt hat. Wir haben ja in dem kleinen Häusle am Eck auf halber Strecke zum Walserhof gewohnt, keine 300 Meter weg, aber man hat's bestimmt bis nach Baselreute gehört, wie sie geschrieen hat. Es war furchtbar.« Den letzten Satz hatte sie leise vor sich hin gesprochen.

»Und dann ist sie ins Kloster gegangen«, schlussfolgerte ich. Es schien damals in Baselreute die favorisierte Lösung bei Männerproblemen gewesen zu sein, dass die Frauen ins Kloster gingen.

»Ja, aber Jahre vor der Elis. Weißt du, die Franziskanerinnen haben doch das Elisabethen-Krankenhaus in Ravensburg. Dort hat sie eine

Ausbildung gemacht als Krankenschwester und dann war sie im Kloster für die alten Schwestern zuständig, die bettlägerig waren. Ich glaube, sie war eine gute Krankenschwester!«

Ich ließ sie eine Weile ihren Gedanken nachhängen, dann stellte ich ihr vorsichtig die Frage, die mich schon immer bewegt hatte, schon als Kind:

»Apollonia, ist dir auch so etwas passiert? Ich meine, warum hast du nie geheiratet? Du warst doch hübsch!«

Sie lächelte über das Kompliment und überlegte ein bisschen. Dann sagte sie: »Heut haben wir's mit den traurigen Liebesgeschichten, gell!«

»Wie bei Boccaccio!«, fiel mir ein.

»Boccaccio?« Sie sah mich verständnislos an.

»Ach nichts, der hat ein Geschichtenbuch geschrieben, das *Decamerone,* zehn Tage lang haben sich die Leute Geschichten erzählt, und jeder Tag hatte ein anderes Thema. Und an einem Tag haben sie sich unglückliche Liebesgeschichten erzählt.«

»So, naja.« Anscheinend konnte sie im Augenblick mit meinen literaturhistorischen Bemerkungen nicht viel anfangen.

»Ich habe jedenfalls auch so eine Geschichte erlebt. Nicht ganz so tragisch wie die von der Hanna, obwohl es für mich vielleicht gleich tragisch war. Ja, ich war ganz hübsch, glaub ich, und er, er sah richtig gut aus. Er war nicht von hier, kam aus der Stadt. Er sprach hochdeutsch und arbeitete als Buchhalter. Und da kam er bei den Bauern herum, und einmal war ich auch gerade da, weil eine Bäuerin ein Kind bekam, drüben in Enzishofen war das, beim Obermeier. Er war da wegen den Finanzen und ich wegen dem Kind. Er hat mich dann manchmal abgeholt mit dem Motorrad; so eine englische Maschine war das, da haben die anderen Mädchen aber geschaut!« Sie lachte ein bisschen in sich hinein, war wieder zurückgekehrt in die zwanziger Jahre, ihre und die des Jahrhunderts.

Dann atmete sie tief durch, zurück in der Gegenwart, in der Liebesglück und Liebesschmerz überwunden waren, und sagte:

»Dann hab ich gehört, dass ein Mädchen in Leimbach von ihm schwanger war. Eine Bauerstochter. Ich weiß, heute ist das keine Sache mehr. Aber damals war das etwas anderes. Als er das nächste Mal gekommen ist, hab ich die Tür gar nicht erst aufgemacht, durch das Guckfenster hab ich ihm gesagt, er solle nach Leimbach gehen und nie wieder kommen ...« Leise fuhr sie nach einer Weile fort: »Am liebsten hätt ich die Tür aufgerissen und gesagt: ›Nimm mich in den Arm, bleib bei mir, mir ist alles egal‹. Aber das konnte ich doch nicht. Man hat ja seinen Stolz! Und der Vater hat gesagt: ›So ein Saukerl!‹«

Und wieder nach einer Weile, erneut in Gedanken versunken: »Die Leimbacherin ist auch nicht glücklich geworden mit ihm. Er war halt ein Hallodri. Im Krieg ist er dann gefallen.«

»Und dann gab's nie mehr einen anderen?«, wollte ich wissen.

»Ach, es gab schon noch welche, die wollten, aber irgendwie hat es nie so recht gepasst!«

Plötzlich wurde mir bewusst, dass ich diesen Satz wörtlich auch so hätte sagen können. Es gab schon welche, die wollten, aber es passte einfach nie so recht.

Bevor sie eine Gegenfrage an mich richten konnte, sagte ich: »Und beim Leichenschmaus, wie ging es da weiter?«

***

Schwester Radigundis strahlte, als Apollonia sich neben sie setzte. Diese erfüllte zunächst die erwarteten Formalitäten:

»Herzliches Beileid, Hanna, wegen dem Anton. Eine furchtbare Sache!«

»Jaja«, kam die Antwort etwas ungeduldig und nicht nach untröstlichem Kummer klingend, »furchtbar. Aber sag doch, wie geht's dir denn?«

»Ach, was soll ich sagen, immer das Gleiche, Kinder, Kinder, Kinder!«

Radigundis lachte. Sie hatte sich ein Bier bestellt und bereits einen kräftigen Schluck genommen, und Apollonia tat es ihr gleich.

»Normalerweise heißt es Kirche, Küche, Kinder, Apollonia!«

»Mit der Kirche ist bei mir, ehrlich gesagt, nicht so viel los, und mit der Küche, naja. Ich werd jedenfalls nicht dick, und zum Glück kann ich oft bei den Familien was mitessen, die grade ein Kind bekommen haben.«

Radigundis schien zwischen alter Freundschaft und moralischer Pflicht zur Missionierung zu schwanken. Ihre Wangen waren bereits vom Bier leicht gerötet, und sie entschied sich für die Freundschaft und verzichtete auf einen Kommentar zum Thema Kirche. Aber da setzte Apollonia auch schon zu einer Frage an:

»Sag mal, Hanna, wie war denn eigentlich damals diese Geschichte mit dem Matthes? Es ist ja viel geredet worden, aber so recht gewusst hat niemand was.«

Das Lächeln erstarb auf Hannas Gesicht und sie richtete ihren Blick auf das Bierglas vor ihr. Apollonia dachte, dass ihre Frage nach dem Selbstmord des jüngeren Bruders angesichts der gerade erfolgten Beerdigung des älteren eigentlich ziemlich unschicklich war. Sie bereute, mit der Tür ins Haus gefallen zu sein, aber da sagte Radigundis mit leiser, gleichmäßiger Stimme, wie abgelesen: »Ich war damals schon im Kloster; ich hab das nicht so mitgekriegt.«

Apollonia hatte sie fast nicht verstanden, weil um sie herum nun die Gespräche laut aufbrandeten und es – wie sie erwartet hatte – auch manches Gelächter gab. Um weiter nachzuhaken, hätte sie schreien müssen, aber dafür war das Thema zu heikel. So prostete sie den anderen um sie herum zu und beteiligte sich an deren Gesprächen über das letzte Gartenfest, den Aufstieg des SV Baselreute und das feuchtwarme Wetter, bei dem das Getreide so gut wuchs, dass die Ernte kurz bevorstand.

Dabei hatte sie sich aber schon vorgenommen, ihrer alten Freundin demnächst einen Besuch im Kloster abzustatten, um mit ihr noch einmal unter vier Augen über das Thema zu sprechen.

***

»Wie sie gesprochen hat, das hat mich stutzig gemacht. So, als ob sie es auswendig gelernt hätte«, erklärte Apollonia ihr Vorhaben.

»Du hast ihr also nicht geglaubt!«, erwiderte ich.

»Bei den meisten Leuten merkt man, ob sie lügen. Aber wenn eine Schwester lügt, das siehst du direkt an der Nasenspitze. Die ihre war ganz rot«, und sie grinste spitzbübisch, »aber wahrscheinlich auch vom Bier!«

»Und dann bist du ins Kloster gegangen!«, sagte ich, nun meinerseits grinsend ob der Unausweichlichkeit des weiblichen Klostergangs in dieser Geschichte. Sie schien die Ironie jedoch nicht zu bemerken und antwortete:

»Ja, ich hab sie besucht. Ihr Kloster hieß Sauerbrunn, in Saulgau.«

»Das kenn ich, da sind wir als Kinder mal mit Mutter und Vater hingefahren. Und wie bist du hingekommen? Mit der Quickly?«

»Das wär ein bisschen weit gewesen. Nein, mit dem Pfarrer. Unsere Gemeindeschwestern und auch die im Kindergarten waren doch von Sauerbrunn, und da hat der Pfarrer immer wieder mal hinfahren müssen, um irgendwelche Sachen mit der Mutter Oberin zu besprechen. Und da auch einige Baselreuter Familien Angehörige in Sauerbrunn hatten, war es ganz normal, dass er dann jemanden mitnahm. Er war ja auch da beim Leichenschmaus, und da hab ich ihn gleich gefragt. Ohne Hanna etwas zu sagen. Zwei Tage später bin ich schon dort gewesen.«

***

Das Kloster Sauerbrunn hatte früher außerhalb des Städtchens gelegen, mitten im Grünen, nur von einer hohen Mauer umgeben, die den Schutz und die Klausur der Nonnen garantierte. Inzwischen war aus dem Städtchen eine Stadt geworden und um die Klostermauer war nach und nach ein Kranz von Häusern und Straßen entstanden. Dennoch hatte man beim Eintritt durch das alte, spitzbogige Tor den Eindruck, hier sei alles wie ehedem. Der Straßenlärm schien unwirklich fern und die Welt heil.

Nach dem Torbogen gelangten Apollonia und der Pfarrer zunächst in einen ersten, kleinen Innenhof, der wegen der umstehenden hohen Gebäude recht dunkel wirkte. Sie mussten dann rechter Hand durch einen halb offenen Raum gehen, in dem zwei lange Holztische mit Bänken standen. Wie schon im Mittelalter wurde im Kloster noch immer jeden Mittag eine Armenspeisung durchgeführt. Vor allem Obdachlose waren es, die sich hier eine warme Suppe holen konnten. Über der einen Bank hing ein Schild an der Wand: »Bitte jeder nur einen Teller Suppe, damit alle satt werden.«

Schließlich standen sie vor einer Glasscheibe, hinter der die Schwester Pförtnerin saß. Sie war wohl um die sechzig und recht beleibt. ›Für sie gilt das Schild jedenfalls nicht!‹, musste Apollonia denken.

Der Pfarrer wurde schon erwartet; die Pförtnerin verließ ihren Platz, um die schwere Tür mit den Eisenbeschlägen zu öffnen, die in den Kreuzgang führte. Während der Pfarrer gleich weiterging – er kannte sich offenbar gut aus –, wurde Apollonia beschieden, im Kreuzgang zu warten, bis Radigundis benachrichtigt war. Schwester Agathe – so hatte der Pfarrer die Pförtnerin angesprochen – ging zur Küche, deren Eingang neben der Pforte lag, und kam kurz darauf mit einer jungen Nonne wieder, die sich die Hände an der Schürze abwischte, um sich dann auf die Suche nach Radigundis zu machen.

»Eigentlich ist ja jetzt keine Besuchszeit, aber wenn sie schon mit dem Herrn Pfarrer gekommen sind ...«, begründete Agathe ihre Nachsicht bezüglich dieser Regelverletzung.

Apollonia bedankte sich und schaute sich ein wenig um. Sie war schon ein paar Mal da gewesen, aber dieser Kreuzgang verzauberte sie immer wieder aufs Neue. Er war quadratisch mit einem runden Brunnenbecken in der Mitte. Um den Brunnen hatten die Schwestern mit viel Liebe Rosen- und Fliederbüsche gepflanzt und symmetrische Blumenbeete angelegt. Die Laubengänge bestanden aus einfachen Rundbögen, die auf quadratischen Pfeilern ohne große Verzierungen ruhten. Auf drei Seiten setzten sich die Arkaden sogar im Obergeschoss fort, während die vierte, die Südseite, von der kleinen Klosterkirche eingenommen wurde. Hier war nun endgültig nichts mehr zu vernehmen von der Welt draußen, das Brunnenwasser plätscherte leise vor sich hin, ein paar Vögel zwitscherten und die Sonne ließ die roten Rosen auf der Nordseite leuchten, dass es Apollonia der friedlichste und angenehmste Ort zu sein schien, den man sich denken konnte.

Da kam die junge Schwester zurück, mit Radigundis im Schlepptau. Diese sah ganz und gar nicht erfreut aus über den Besuch.

»Apollonia, du bist das! Was willst du denn hier?«, fragte sie in einem Tonfall, der deutlich machen sollte, dass sie eigentlich überhaupt keine Zeit für unnötige Tratschereien mit alten Freundinnen hatte.

»Ach, weißt du, neulich bei der Beerdigung, ich wollte dich noch einiges fragen, aber es war so laut, und da dachte ich, ich komme einfach mal her und wir können es in aller Ruhe besprechen«, gab Apollonia freundlich-harmlos zurück.

»Du hättest mir wenigstens vorher Bescheid sagen können!«, versetzte Radigundis.

›Damit du nicht da gewesen wärst!‹, dachte Apollonia, sagte aber: »Ich hab zufällig mitbekommen, dass der Pfarrer heute herfährt und da hab ich halt gedacht, komm, fahr mit, Radigundis freut sich bestimmt!«

Diese bemühte sich nun, tatsächlich etwas freundlicher zu wirken, und führte Apollonia in einen kleinen Besucherraum, in dem sich ein Tisch und mehrere Stühle, ein Kruzifix, ein Bücherregal mit erbaulicher Lektüre, eine Statue des heiligen Franziskus mit dem Wolf sowie ein stark nachgedunkeltes Gemälde des heiligen Antonius befanden. Das Zimmer wirkte düster und muffig, auf Apollonia sehr bigott. Während sie draußen im Kreuzgang noch ernsthaft überlegt hatte, dass so ein Klosterleben doch auch etwas Schönes sein konnte und ob nicht auch sie vielleicht ..., so bestärkte dieser Raum sie wieder in ihren Zweifeln an Kirche und Klosterdasein.

»Also, was willst du denn?«, fragte Radigundis noch einmal, bemüht freundlich.

»Ich wollte dich noch mal nach der Geschichte mit dem Matthes fragen«, sagte Apollonia.

Auf den nun folgenden Ausbruch war sie nicht gefasst.

»Ich habe dir doch gesagt, dass ich nichts davon weiß!«, schrie Radigundis mit einer Stimme, die an diesem stillen Ort klang wie die Trompeten vor Jericho. Sie war aufgesprungen und beugte sich über den Tisch zu Apollonia vor. »Kannst du mich denn nicht in Ruhe lassen mit den alten Geschichten? Was geht es dich denn an? Gehörst du jetzt auch zu den Klatschbasen im Dorf, die sich wegen allem die Mäuler zerreißen? Geht's der Fina und den anderen nicht schon schlecht genug? Musst du die alten Wunden auch noch aufreißen?«

Apollonia war völlig verdattert; das hatte sie von der stillen, immer bedachten Hanna nicht erwartet. Was war nur in sie gefahren?

»Aber ... ich wollte doch ...«, stotterte sie. Aber Hanna ließ sie gar nicht ausreden.

»Wenn du dich einmischen willst, bitteschön, aber dann kümmere dich um Probleme, die die Leute hier und jetzt haben! Um die Marie zum Beispiel. Das fällt doch in dein Metier!« Sprach's und rauschte mit ihrem grauen Gewand und einem hochroten Kopf durch die Tür hinaus, wobei sie fast die junge Schwester über den Haufen gerannt hätte, die – durch das Geschrei angelockt – hinter der Tür gestanden, sich aber offensichtlich nicht hereingetraut hatte.

Jetzt trat sie schüchtern ein und fragte mit weinerlicher Stimme: »Was war denn mit der Schwester Radigundis los? So hab ich sie noch nie erlebt! Sie ist sonst immer so nett und ruhig. Wie wenn der Teufel in sie gefahren wäre!«

Apollonia war noch ganz benommen, sie musste das Erlebte und Gehörte erst einmal verdauen und starrte nun das Mädchen an, um festzustellen, ob sie das mit dem Teufel wohl ernst gemeint hatte. Offensichtlich hatte sie, und so bemerkte Apollonia nur sarkastisch:

»Ach, weißt du, der Teufel kann überall drinstecken, er soll sogar schon in Kochlöffel gefahren sein!«

Die Schwester starrte ungläubig auf den Kochlöffel, den sie noch in der Hand hielt und lief dann hinaus, ob beleidigt oder nur verunsichert, konnte Apollonia nicht erkennen.

Sie saß noch eine Weile da und starrte vor sich hin, versuchte ihre Gedanken zu ordnen. Hanna hatte natürlich recht, die Familie Walser hatte im Moment eine Menge Probleme, der Bauer gerade erst unter der Erde, die Beteiligung von Ferdinand an Antons Tod offiziell noch ungeklärt, aber was hatte sie nur mit ihrer Bemerkung über Marie gemeint?

***

»Und dann ist es mir wie Schuppen von den Augen gefallen. Die Marie, die keinen Schnaps trinken wollte, das Kleid, das ihr vorne übers Knie hochgezogen war, und Fina hatte mir erzählt, dass ihr auf dem Feld schlecht geworden war – das fiel natürlich in mein Metier! Sie war schwanger!«

Bei mir dämmerte etwas.

»Sag mal, ist das die Marie Manz, und der Sohn ...«

»Ja, genau, die Frau vom jungen Manz. Naja, so jung ist er inzwischen auch nicht mehr, wird so um die sechzig sein ... aber ich mein, im Vergleich zum Alten, der ja letztes Jahr gestorben ist; der war schon über neunzig!«

»Und der Sohn, das war der Martin, den wir heute an der Kirche gesehen haben, gell?« Ich war stolz auf meine Kombinationsgabe. »Das war ein ganz Netter, ein paar Jahre älter als ich. Mit dem hab ich bei den Jugendtänzen manchmal getanzt!«

Dass ich einmal auch mehr mit ihm getan hatte als nur getanzt, verschwieg ich wohlweislich. Es war für die Geschichte ja auch nicht von Belang.

Apollonia sah mich mit einem Lächeln von der Seite an.

»Aha, darum hat er dich so angestrahlt heute Morgen.« Ich wurde ein bisschen verlegen.

»Naja, er hat mich halt wiedererkannt!«

»Jaja«, lachte sie. Und sprach dann völlig ernsthaft weiter: »Er ist übrigens seit zwei Jahren geschieden, falls es dich interessiert, und wohnt allein. Hat ein schönes Haus am Rauhbühl.«

Noch so jemand, der sich in mein Liebesleben einmischen wollte! Auch wenn es nett gemeint war, empfand ich schon den Versuch als ärgerlich. Aber bevor ich antworten konnte, erzählte sie schon weiter:

»Er sieht seinem Vater sehr ähnlich. Der war auch ein Netter, als er jung war. Drum hat sich Marie ja in ihn verliebt! Und nun war sie schwanger. Ich hab an die Fina denken müssen, die auch schon vor der Hochzeit schwanger war und an all die anderen Frauen, die ich vor der Zeit entbunden habe. Und dann ist mir die Elis in den Sinn gekommen.«

»Die Elis?«, fragte ich verwirrt. »War die denn auch schwanger?«

»Na, damals nicht. Aber sechzehn Jahre vorher. Als das mit dem Matthes passiert ist!«

Ich war überrascht.

»War das dann vielleicht der Grund, warum der Matthes sich umgebracht hat? Wegen der Schande? Aber, sag mal, die Elis hat doch gar kein Kind, oder?«

Apollonia seufzte.

»Nein, sie hat es nicht bekommen.«

Mir kam ein vager Verdacht.

»Hat sie ...«

»Ja, sie hat es weggemacht! Sie ist zu mir gekommen nach dem Tod vom Matthes, war völlig hysterisch. Ich will dieses Kind nicht, es ist ein Unglückskind, hat sie geschrieen. Sie wollte, dass ich ihr helfe, abzutreiben. Aber Polli, ich bin eine Hebamme, ich helfe doch den Frauen, die Kinder zur Welt zu bringen, nicht sie wegzumachen. Das habe ich nie getan. Und in diesem Fall ... Ich dachte, sie ist so verzweifelt wegen dem Matthes, sie hat ihn so geliebt, und nun sieht sie plötzlich für sich und das Kind keine Zukunft mehr. Es war ja auch nicht einfach damals für eine Frau allein mit einem Kind. Aber andererseits hab ich gedacht, auf so einem Hof, ob da noch ein Kind mehr oder weniger mitläuft ... Und irgendwann wird sie froh sein, wenn sie den ersten Schmerz überwunden hat, dann freut sie sich über das Kind, dann wird es eine Erinnerung an den Matthes sein und sie wird es lieben. So hab ich gedacht. Vielleicht wär ja alles anders gekommen, wenn ich ihr damals geholfen hätte. Denn ich wusste ja schon, was man machen kann. Aber ich hab's halt nicht getan. Jemand anders hat's getan, nicht mal absichtlich, und das war das Unglück.«

Traurig und in sich versunken saß sie eine Weile da. Ich wusste nicht, was ich sagen sollte, musste an meine eigene Abtreibung denken, wie schrecklich die Zeit davor gewesen war, wie allein ich mich gefühlt hatte und wie ich geglaubt hatte, dass mein Leben jetzt zu Ende wäre, dass ich nichts von dem würde verwirklichen können, was ich mir je erträumt hatte, meine Zukunft war mir wie eine schwarze, undurchdringliche Wand erschienen, sodass ich regelrechte Panikattacken bekam. Elis musste sich ähnlich gefühlt haben nach Matthes Tod.

Schließlich fuhr Apollonia fort.

»Was keiner verstanden hat, war, dass der Matthes sich wegen so etwas umgebracht hat. Gut, er war ein frommer Mann, aber so etwas passiert halt. Seinem Bruder war's ja auch passiert.«

»Aber sie wollte es nicht bekommen?«, fragte ich.

»Nein, sie hat es weggemacht. Zuerst hab ich geglaubt, dass sie von der Leiter gesprungen ist oder dass sie sonst etwas in der Art gemacht hat. Oder dass es vielleicht sogar von selbst abgegangen ist, vor lauter Aufregung, das kommt ja auch vor. Ich hab jedenfalls nicht mehr danach gefragt. Wie es wirklich war, das hab ich erst viel später erfahren, als das mit dem Anton passiert war. Es hing alles zusammen, verstehst du? Marie war nun in einer ähnlichen Situation. Aber ihre Schwangerschaft allein konnte einfach nicht der Grund sein, warum Hanna so verrückt getan hatte. Ich hab geahnt, dass da mehr dahinter steckte und sie aus irgendeinem Grund nicht mit mir darüber reden wollte. Deshalb wollte ich unbedingt mit Marie sprechen.«

Ich schaute auf die Uhr: Es war viertel nach zehn.

»Hör zu, Apollonia, ich muss leider Schluss machen für heute. Ich kann's mir nicht leisten, wieder die Fähre zu verpassen. Morgen früh hab ich einen dringenden Termin beim Kulturamt wegen einem Ausstellungsprojekt, da muss ich pünktlich da sein.«

Mit leuchtenden Augen wollte sie wissen, was für eine Ausstellung das sei, aber ich hatte wirklich keine Zeit mehr, was sie offenbar sehr enttäuschte. ›Sie interessiert sich mehr für meine Projekte als meine eigene Mutter!‹, dachte ich bitter und hatte ihr die Einmischung in punkto Mann schon verziehen.

»Hör zu, ich kann aber am Mittwoch gegen Mittag kommen, dann musst du unbedingt weitererzählen. Geht das?«

»Oh nein, da hab ich einen Termin beim Friseur, anschließend bin ich zu einem Kaffeekränzchen eingeladen und dann muss ich ins Theater!«, sagte sie mit ernster Miene.

Ich muss wohl ziemlich blöd dreingeschaut haben, jedenfalls brach sie in Lachen aus: »Das traust du mir nicht zu, gell«, – das Lachen verstummte – »und du hast natürlich recht. Ich hab immer Zeit für dich; was sollte ich schon für Termine haben!«

Etwas verunsichert lachte ich ebenfalls.

»Aber ich will dann auch ein bisschen mehr von dir hören!«, fügte sie hinzu.

Als ich mich drei Tage später wieder bei ihr einfand, hatte das Ganze schon fast Ritualcharakter angenommen: Kaffee und Kekse standen bereit, nachdem ich beides beim letzten Mal heftig gelobt hatte. Diesmal gab es sogar schon Weihnachtskekse.

»Hab ich von Marie bekommen!«, erklärte mir Apollonia. »Magst du auch einen Schluck Wein dazu?«

»Nein danke, nicht um die Zeit! Aber du wolltest mir doch von deinem Gespräch mit Marie erzählen!«, erinnerte ich sie kekskrümelspuckend an das Ende unserer Unterhaltung vom Sonntag.

»Ja, und du von deiner Ausstellung!«

»Ach, die ist erst in Planung, da gibt's noch nicht so viel zu erzählen. Soll was werden über einen Schweizer Schriftsteller, den Glauser.«

Ich erwartete nicht, dass sie den Namen kannte, aber da täuschte ich mich.

»Ah, das war doch der, der über den Wachtmeister Studer geschrieben hat, oder?«

Apollonia überraschte mich immer wieder.

»Ja, genau der.«

Ich musste ihr einfach ein Kompliment machen über ihre Literaturkenntnisse, aber sie wehrte ab, fast beleidigt, doch insgeheim auch ein wenig stolz: »Das kannst du dir bei einer alten Landhebamme nicht vorstellen, gell. Aber weißt du, die Pfarrbücherei ist gar nicht so schlecht.

Und ich hab ja außer euch keine Familie gehabt. Fernsehen gab's erst später. Was hätt ich denn machen sollen, all die Abende?«

Etwas beschämt wechselte ich das Thema: »Erzähl doch weiter. Du wolltest dich um die Marie kümmern.«

»Ja, das war gar nicht so einfach! Ich hab ja auch meine Arbeit gehabt. So bin ich erst am übernächsten Nachmittag wieder zum Walserhof hinausgefahren.«

***

Als Apollonia ihre Quickly auf dem Hof abstellte, bellte der Hund wie beim letzten Mal. Die Kinder waren nicht da; vermutlich waren sie am Hohbühl beim Kühe hüten.

Apollonia klopfte an die Haustür, trat dann ein und klopfte noch einmal, diesmal an die Stubentür. Aber es war anscheinend niemand zu Hause außer dem Hund. Inzwischen hatte die Getreideernte begonnen und wahrscheinlich gab es draußen alle Hände voll zu tun. Die Mähdrescher fuhren zu dieser Jahreszeit ohne Unterlass und die Bauersleute mussten das gemähte und fertig gedroschene Getreide sowie das Stroh mit dem Ladewagen heimtransportieren und abladen.

Als Apollonia noch unschlüssig herumstand, hörte sie von weitem das Knattern des Bulldogs, das sich rasch näherte. Fina fuhr mit dem vollbeladenen Wagen in den Hof; neben ihr saßen Fritz und Elis. Sie fuhr rückwärts vor die Tenne und stellte schließlich den Bulldog ab. Während die anderen beiden anfingen, das Stroh abzuladen, kam Fina auf Apollonia zu. Sie zog ein ehemals weißes, nun vor Staub strotzendes Taschentuch aus ihrer Schürzentasche und schnäuzte kräftig hinein. Ihr Gesicht war hochrot von der Hitze und wohl auch vor Aufregung.

»Apollonia«, legte sie ohne Gruß gleich los, und ihre Stimme überschlug sich beinahe, »stell dir vor, sie haben heute Morgen die Marie mitgenommen!« Apollonia war überrascht.

»Wie denn das, Fina?«

»Sie sagen, sie haben einen anonymen Brief bekommen.«

Apollonia schaute sie entgeistert an.

»Was?«, fragte sie ungläubig.

»Ja, komm doch herein«, sagte Fina flehentlich, »vielleicht kannst du ja was machen. Beim Ferdi hast du doch auch geholfen!«

Apollonia dachte, dass Fina da etwas missverstanden hatte, denn dass Ferdinand freigelassen worden war, hatte er allein der Gesetzeslage zu verdanken, die nun einmal eine Inhaftierung nur bei Flucht- oder Verdunkelungsgefahr vorsah, solange die Schuld nicht bewiesen war. Und Marie würde es sicher auch so ergehen, aber es schadete ja nichts, wenn Fina ihr vertraute und erzählte, was passiert war. Den angebotenen Schnaps lehnte sie diesmal ab; die Hitze war ohnehin drückend genug.

»Ja, sag einmal, Fina, was stand denn in dem Brief?«

»Ich hab ihn nicht gesehen; sie haben nur gesagt, dass jemand geschrieben hat, man solle sich mal Maries ... Liebhaber anschauen.«

»Ihren ›Liebhaber‹?« Apollonias Erstaunen galt eher der Wortwahl als der Tatsache an sich, über die sie im Prinzip ja Bescheid wusste.

»Ja, du weißt schon, sie ist doch so verliebt in den Rudolph vom Schuhmacher Manz. Ja, und jetzt ist es halt passiert.«

Als Fina nicht weitersprach, ergänzte Apollonia:

»Sie ist schwanger, gell?«

Fina nickte.

»Hat Anton davon gewusst?«

Da begannen Finas Mundwinkel wieder zu zucken, ihre Augen bewegten sich unstet von einer Seite zur anderen, als ob sie irgendeinen festen Anhaltspunkt suchten, während sie schluchzend weitersprach:

»Das ist ja das Furchtbare, Apollonia, er hat's zwei Tage vor seinem Tod erfahren. Du kannst dir nicht vorstellen, was er für ein Theater gemacht hat. Geschrieen hat er wie ein Verrückter, dass es eine Schande ist und der Rudolph nichts taugt, und er soll ihm ja nicht in die Finger kommen, und dass er Marie ins Kloster schicken will. Und dann ...« Sie konnte einen Moment lang vor lauter Schluchzen nicht weitersprechen. »Und dann hat sich die Marie vor ihn hingestellt und hat gesagt: ›Du musst grade reden. Wenn jemand der Familie Schande gemacht hat, dann du!‹ Ich weiß nicht, was in sie gefahren ist, so etwas zu sagen; wahrscheinlich hat sie gemeint, weil er mir ja auch ein Kind gemacht hat, bevor wir verheiratet waren. Aber es so zu sagen ...«

Sie schwieg eine Weile, saß nur da und starrte vor sich hin, während ihre Schultern immer noch von Zeit zu Zeit bebten.

»Und dann?«, ermunterte Apollonia sie.

Leise fuhr Fina fort: »Dann hat er sie geschlagen. Es war schrecklich. Ich hab versucht, ihn festzuhalten, ›versündige dich nicht, Anton!‹, hab ich geschrieen, aber er hat nicht aufgehört, bis sie am Boden lag. Am Ende ist er rausgegangen.«

Apollonia begriff: »Deshalb hat sie zurzeit immer die Haare im Gesicht!«

Fina nickte. »Ich versteh das nicht Apollonia, er hat früher nie so etwas getan! Aber in letzter Zeit, ich weiß nicht, was mit ihm los war. Ständig hatte er Kopfschmerzen, entweder war er todmüde oder furchtbar nervös. Die Hitze hat ihn ganz fertig gemacht.«

»Sag mal, und das mit Marie, hat Rudolph es erfahren?«

»Natürlich, die beiden singen doch zusammen im Gesangverein. Da haben sie sich ja kennen gelernt. Und als Marie am nächsten Abend nicht zur Chorprobe gekommen ist, da kam der Rudolph anschließend noch heraus. Wir wollten gerade ins Bett gehen. Ich hab gedacht, jetzt stürzt die Welt ein, jetzt bringt Anton ihn um, als der Rudolph plötzlich da unter der Stubentür stand. Aber er ist nur ganz ruhig aufgestanden, hat sich vor ihn hingestellt und gesagt: ›Bürschle, wenn ich dich noch einmal hier sehe, zeig ich dich an und die da kommt ins Kloster, verstanden?‹ Die Marie hat geweint, und der Rudolph wollte noch etwas sagen, aber er ist nicht weit gekommen. Der Anton hat ihm das Wort abgeschnitten und gesagt, er solle sofort verschwinden. Da ist der Rudolph gegangen, und ich hab ihn seitdem nicht mehr gesehen.«

Apollonia verstand immer besser, warum der Fina die Version mit Matthes als Mörder die angenehmste war; jeder andere anzunehmende Fall war für sie und die Familie viel schmerzlicher. Dem Matthes hingegen konnte ja ohnehin nichts mehr passieren.

»Fina, glaubst du, dass der Rudolph etwas mit dem Tod von Anton zu tun hat?«, fragte sie und versuchte, Finas Blick festzuhalten.

»Ich weiß doch nicht, Apollonia, ich bin ganz durcheinander; der Fritz hat gesagt, keiner hat den Rudolph gesehen seit einer Woche!«

»Weiß die Polizei schon, dass er der ›Liebhaber‹ von Marie ist, auf den in dem Brief angespielt wird?«

»Gesagt haben sie's jedenfalls nicht. Vielleicht haben sie sie ja darum mitgenommen, damit sie es herausfinden. Ich weiß auch nicht.«

Fina wusste überhaupt nichts mehr. Sie tat Apollonia unendlich Leid. Schon ihr normales Leben als Bäuerin und Mutter von vier Kindern war sicherlich nicht einfach gewesen. Aber es war wie das vieler anderer auch; Sorgen und kleine Freuden wechselten sich ab, und der regelmäßige Tages- und Jahresablauf gab ihr eine gewisse Sicherheit. Nun stürzte auf einmal das Gebäude ihres Lebens wie ein Kartenhaus in sich zusammen. Ihr Mann war tot, durch Mord oder Selbstmord, und beide Möglichkeiten entsetzten sie gleichermaßen. Dazu kam nun auch noch der Zweifel, ob der mögliche Mörder nicht mit ihr unter einem Dach lebte oder sogar der Vater ihres zukünftigen Enkels war. Apollonia fühlte sich hilflos angesichts von so viel Kummer.

»Hör zu, ich geh zum alten Manz«, bot sie an. Es war das Einzige, was ihr einfiel. »Vielleicht weiß er ja irgendetwas!«

***

»Erinnerst du dich noch an das Schuhmacherwerkstättchen vom alten Manz?«, fragte sie mich.

»Ja, klar, da musste man um das Haus herum und in den Keller hinabgehen. Ich war immer so fasziniert davon als Kind. All die alten Werkzeuge, und ein Haufen Schuhe lag da herum. Und es hat so speziell gerochen!«

Diese Mischung aus Lederfett, Metall und Zigarrenrauch war mir sofort wieder gegenwärtig, als ich versuchte, mir das dunkle Kellerloch von Werkstatt in Erinnerung zu rufen. Den Schuhmacher Manz konnte ich mir überhaupt nicht ohne Zigarre vorstellen, das heißt, doch, wenn er im Chor sang, dann nahm er sie schon heraus, aber bei der Arbeit – nie. Deshalb klang alles, was er sagte, irgendwie schnoddrig und näselig. Dabei konnte er wunderbar erzählen. Auch Apollonia dachte daran:

»Er wusste alles, was im Dorf passierte. Komisch, gell, wenn man bedenkt, dass er eigentlich den größten Teil des Tages in seinem Keller saß. Aber wenn er im Gesangverein war und nach der Chorprobe in der Wirtschaft, da hat er wohl manches mitbekommen. Und natürlich von den Leuten, die ihm ihre Schuhe gebracht haben. Er hatte ein phänomenales Gedächtnis!«

»Wie du!«, entfuhr es mir angesichts der vielen Details, die sie mir in unseren Sitzungen geschildert hatte.

»Ja, aber weißt du, diese Geschichte, ich weiß nicht, wie oft ich sie mir im Lauf der Jahre selber erzählt habe; immer wieder habe ich sie durchgedacht, habe überlegt, was ich hätte anders machen können oder sollen; ob sich dadurch etwas geändert hätte.« Sie machte eine Pause. »Wahrscheinlich nicht. Ich hoffe es jedenfalls.«

***

Die Tür knarrte, als Apollonia sie aufdrückte, um die vier Stufen in die Kellerwerkstatt hinabzusteigen.

»Grüß dich Gott, Apollonia! Was führt dich denn zu mir? Deine Schuhe hab ich doch vor vier Wochen erst gerichtet!«, begrüßte sie der alte Manz.

»Ach Benedikt, wenn es nur das wäre. Ich komme heute nicht wegen den Schuhen.«

»So, aber wegen dem Kinderkriegen brauchst du auch nicht zu uns kommen; aus dem Alter sind wir heraus, die Anna und ich!«, versuchte der Schuhmacher einen Scherz.

»Benedikt, ich komm wegen dem Rudolph.«

»Ah, wegen dem Rudolph«, sagte er und verstummte. Er schien Apollonia plötzlich vergessen zu haben und konzentrierte sich völlig auf einen Damenstiefel, dem er gerade eine neue Sohle anpasste.

»Benedikt, ich war bei der Fina draußen, heute Morgen haben sie die Marie abgeholt!«

Plötzlich wurde Apollonia bewusst, wie das klang, was sie eben gesagt hatte: Man hat sie abgeholt. Solche Sätze hatte man vor '45 öfters gehört; auch in diesem Haus war jemand abgeholt worden, der Bruder von Benedikt, weil ihn einer aus dem Dorf verpfiffen hatte, er habe über Hitler gelästert am Stammtisch im Mohren. Er kam zwar bald wieder frei, aber er war schwermütig geworden. Freiwillig meldete er sich an die Front und wurde ein halbes Jahr später als vermisst gemeldet. Man hörte nie wieder von ihm.

»Ich meine, die Polizei hat Marie mitgenommen zur Vernehmung, sie bringen sie bestimmt heute Abend wieder zurück«, versuchte Apollonia ihre Aussage abzuschwächen. »Aber die Fina ist ganz verzweifelt. Benedikt, weißt du nicht, wo der Rudolph ist?«

Ohne auch nur einen Moment von seinem Damenstiefel aufzublicken, sagte der Schuhmacher: »Er hat nix mit dem Tod vom Anton zu tun.«

»Du weißt von dem anonymen Brief?«

»Hier spricht sich alles schnell herum, das weischt du doch selber, Apollonia. Und ich sage dir noch einmal, er hat nix mit dem Tod vom Anton zu tun!« Und leiser fügte er hinzu: »Obwohl ich nicht weiß, was ich an seiner Stelle getan hätte.«

»Wie meinst du das?«, wollte Apollonia wissen.

Benedikt Manz seufzte tief und legte schließlich den Stiefel zur Seite. »Also gut, Apollonia, du bist ein gutes Weib und willst der Fina helfen. Hör zu, am Abend bevor der Anton ums Leben kam, da isch der Rudolph spät nachts heimgekommen. Er war nach der Chorprobe nicht mit in den Mohren gegangen, wollte zum Walser rausschauen nach der Marie, die in der Probe gefehlt hat. Und als er heimkam, viel später, da bin ich noch in der Küche gesessen, hab Zeitung gelesen. Er war sturzbetrunken und hat laut vor sich hingeredet. Ja, er hat gesagt, ›ich bring ihn um, diese Sau!‹ Ein paar Mal hat er das gesagt, und ich bin zu Tod erschrocken. Er war doch sonst so ein guter Kerl, der Rudolph! ›Was sagst du da?‹, hab ich ihn gefragt. Da hat er mich erst bemerkt und gesagt: ›Diese Drecksau, der Walserbauer! Er hat die Marie verprügelt; ganz blau isch sie im Gesicht. Und mich hat er rausgeworfen!‹ Dann hat er sich an den Tisch gesetzt und das Heulen angefangen. Und dann hat er erzählt, dass da doch was Kleines unterwegs isch und er sie heiraten will, weil sie doch sein Schatz isch, aber dass der Anton nicht will. Ein Schuhmacher isch halt nix für so einen reichen Bauern. Der sitzt hoch oben auf dem Ross; nur, dass es ihn jetzt abgeworfen hat!«

Die letzten Sätze klangen entsetzlich bitter.

»Ja und dann? Am nächsten Tag? Was hat er da gemacht?«

»Nix hat er gemacht, verstehst du? Bestimmt nix!« Der Schuhmacher war ärgerlich über den Verdacht, der in Apollonias Fragen mitschwang.

»Wenn er etwas getan hätte, dann an diesem Abend. Aber er isch in den Adler gegangen und hat sich betrunken, das war alles. Und am nächsten Tag hab ich ihn morgens, verstehst du, morgens! nach Ravensburg geschickt zu seiner Tante Gerda. Ich selbst hab ihn zum Postauto gebracht, und ich hab gesagt, er soll mindestens eine Woche da bleiben, damit er wieder einen klaren Kopf kriegt. In der Zwischenzeit hätte sich der Anton beruhigen können, und dann wollte ich mit ihm sprechen. Aber das geht ja jetzt nicht mehr.«

Apollonia war erleichtert, dass der anonyme Briefeschreiber so Unrecht gehabt hatte und Rudolph offenbar ein einwandfreies Alibi in Form seiner Tante Gerda hatte.

»Das musst du der Polizei erzählen, Benedikt, dann ist ja alles in Ordnung!«, sagte sie beinahe fröhlich.

Der Schuhmacher zog ein paar Mal an seinem erloschenen Zigarrenstummel, dann versuchte er, ihn wieder anzuzünden. Nachdem er einige Wolken gepafft hatte, stieß er hervor:

»Gar nix isch in Ordnung, Apollonia, gar nix isch in Ordnung!«

Apollonia schaute ihn verständnislos an.

»Die Polizei war heute Morgen da, Apollonia, und ich hab denen gesagt, was ich weiß. Aber heut Mittag sind sie wiedergekommen. Da habe ich gemerkt, dass ich gar nix wusste. Der Rudolph isch nie bei der Gerda angekommen.«

***

»Der Schuhmacher Manz war ja hart im Nehmen, ein kleiner, zäher Mann. Erinnerst du dich? Er hat gehinkt beim Gehen, weil er doch als Junge von einem Baum gefallen war. Seine Knochen waren völlig zerschlagen, die Ärzte hatten ihn schon aufgegeben. Aber irgendwie ist alles wieder zusammengewachsen, wenn auch schief und krumm. Das hat ihm nichts ausgemacht. Da hat er halt gehinkt. Der war so zäh!«

Dass er das war, wusste sogar ich noch. Im Dorf wurde der alte Manz teils bewundert, teils belächelt, weil er jeden Morgen um 4 Uhr im Herrenweiher zum Baden ging, sommers wie winters. Wenn der Weiher vereist war, dann nahm er einen Pickel mit und schlug ein Loch hinein. Diese Fitnessmethode schien nicht schlecht zu sein; immerhin wurde er weit über 90 Jahre alt.

»Der Martin hat vor ein paar Jahren noch ein Video gemacht, wie sein Großvater ein Loch ins Eis geschlagen hat zum Baden«, erzählte Apollonia weiter. »Der war so hagebüchen! Aber an dem Tag hab ich ihn von einer anderen Seite kennen gelernt. Weil innen drin, da war er ganz weich. Und an seinen Kindern hat er fürchterlich gehangen. An dem Rudolph besonders. Es hat nicht viel gefehlt, dass er geweint hätte.«

»Ja, und wo war nun der Rudolph gewesen?«

***

Apollonia ließ den alten Manz, der wieder völlig versunken an seinem Damenstiefel weiterhämmerte, allein. Sie beschloss, erst einmal zum Pfarrhaus zu fahren. Vielleicht hatte ja Kreszentia irgendetwas mitbekommen. Aber dieser Besuch erwies sich als Fehlanzeige; Kreszentia erhoffte sich im Gegenteil Informationen von ihr.

Während die beiden Frauen noch auf den obersten Stufen der Pfarrhaustreppe unter der offenen Tür standen, fuhr auf der Hauptstraße ein Polizeiauto vorbei. Das Pfarrhaus stand zwar etwas zurückversetzt im Garten und war durch ein paar hohe Bäume von der Straße getrennt, dennoch glaubte Apollonia, auf dem Rücksitz des Wagens Marie gesehen zu haben. Sie hatte es plötzlich sehr eilig, sich von Kreszentia zu verabschieden, die ihr neugierig und neidvoll hinterherblickte, als sie in die Pedale ihrer Quickly trat und so schnell es der Zweitakter zuließ, Richtung Walserhof davonbrauste.

Als sie mit windzerzausten Haaren dort abstieg, stand tatsächlich das Polizeiauto im Hof. Es war leer, wie der ganze Hof leer war, nur der Hofhund bellte wieder wie verrückt. Durch das viele Kommen und Gehen war er schon ganz heiser.

Apollonia hörte laute Stimmen aus der Tenne und wollte gerade dorthin gehen, als drei Polizisten aus dem Tor traten und ihr entgegenkamen. Einer ging voraus zum Wagen und sie erkannte den Kommissar Steinmann. Die beiden anderen führten einen dunkelhaarigen jungen Mann mit sich, der mit Handschellen gefesselt war. Apollonia blieb überrascht stehen: Sie hatten Rudolph gefunden. Er trottete mit gesenktem Kopf zwischen ihnen; offensichtlich hatte er nicht sofort freiwillig mitkommen wollen, sodass sie ihm die Handschellen angelegt hatten. Marie lief hinter ihnen her und rief mit weinerlicher Stimme: »Aber ich habe Ihnen doch gesagt, dass er nichts getan hat! Er war doch die ganze Zeit hier!«

Kommissar Steinmann hatte Apollonia entdeckt und schien sich nach kurzem Zögern an sie zu erinnern.

»Grüß Gott, Frau ... äh ...«

»Katzenmaier«, ergänzte Apollonia freundlich. »So, führen Sie schon wieder den Falschen ab.«

Der Kommissar fand diese Begrüßung durchaus nicht witzig.

»Er hat versucht, zu flüchten, obwohl wir ihn nur befragen wollten. Das macht ihn doch recht verdächtig, finden Sie nicht?«, fragte er spitz.

»Apollonia, er hat doch nichts getan!« Voller Hoffnung nahm Marie Apollonias Arm, nach Hilfe suchend. Fina und die Knechte waren nirgends zu sehen; offenbar waren sie wieder auf dem Feld beim Dreschen.

Auch Rudolph sah sie flehend an, mit zusammengepressten Lippen, sich mühsam beherrschend, um nicht zu weinen.

›Was für Kinder sie noch sind‹, musste Apollonia unwillkürlich denken. ›Nur zum Kindermachen, dazu sind sie alt genug!‹

»Was werfen Sie dem Rudolph denn vor, Herr Kommissar?«, fragte sie weiterhin freundlich, was den Polizisten erst recht in Rage brachte.

»Das wissen Sie doch so gut wie ich. Der da ist genauso verdächtig wie der andere!« Damit meinte er offensichtlich Ferdi, der mit den Knechten auf dem Feld war.

»Haben Sie Beweise?« Apollonia dachte, dass ein Detektiv in einem Krimi bestimmt so etwas gefragt hätte. Aber damit kam sie schlecht an.

»Darüber bin ich Ihnen keine Rechenschaft schuldig. Hat der Junge einen Anwalt?«, fragte Kommissar Steinmann dagegen.

Sie lenkte ein. »Ich denke nicht, aber hören Sie, glauben Sie wirklich, dass er etwas mit dem Tod von Anton zu tun hat?«

»Immerhin haben wir einen anonymen Brief bekommen. Auch wenn ich persönlich solche Methoden nicht schätze, müssen wir dem nachgehen. Und dann hält sich der Beschuldigte eine Woche versteckt, wie wir erfahren haben, und als er uns sieht, versucht er abzuhauen!«

Apollonia sah ein, dass da einiges an Verdachtsmomenten zusammenkam. Sie seufzte tief.

»Mensch, Rudolph, was ist denn los mit dir? Dein Vater macht sich furchtbare Sorgen. Warum bist du nicht zu deiner Tante gefahren?«

Rudolph blickte trotzig zu Boden. »Ich habe nichts getan!«, presste er zwischen den Zähnen hervor.

Marie mischte sich wieder ein: »Apollonia, er war die ganze Zeit hier, auf dem Heustock, er hat wirklich nichts getan; er wollte doch bloß in meiner Nähe sein, damit mir nichts mehr passiert!« Und zu den Polizisten gewandt nahm sie ihre Haare aus dem Gesicht und sagte mit plötzlich heftig lauter Stimme: »Da schauen Sie!« Dabei zeigte sie auf einen Fleck knapp neben dem Auge, der wohl ursprünglich blau gewesen war und inzwischen einen Farbton zwischen Lila und Gelb angenommen hatte. »Das war mein Vater! So hat er mich zugerichtet! Verstehen Sie jetzt, dass Rudolph in meiner Nähe sein wollte? Er wollte nicht, dass noch einmal so etwas passiert! Aber deswegen hat er meinen Vater doch nicht umgebracht!« Sie begann heftig zu schluchzen.

›Oh nein!‹, dachte Apollonia, ›dummes Mädle, du machst alles nur noch schlimmer! Du lieferst ihnen gleich einen Grund, warum der Rudolph den Anton in die Grube hinabgestoßen haben könnte!‹

Aber Kommissar Steinmann schien wenig beeindruckt, was ihm Apollonias Bewunderung einbrachte.

»Hör zu«, sagte er mit einem väterlichen Unterton zu Marie, »das hab ich längst gesehen, dass du da etwas abgekriegt hast. Ich glaube auch nicht, dass das ein Grund ist, gleich jemanden umzubringen. Aber manchmal passieren Sachen auch unabsichtlich!« Dabei sah er Rudolph eindringlich an.

Der schaute langsam hoch. Er wirkte nun gar nicht mehr trotzig, sondern er schien verstanden zu haben, dass er tatsächlich Gefahr lief, als Mörder verhaftet zu werden, ja dass der Kommissar sogar Wohlwollen zeigte, indem er ihm die Möglichkeit eines unabsichtlichen Totschlages eröffnete.

»Bitte ...«, stammelte er , »bitte, ich hab wirklich nichts getan! Ich war die ganze Zeit hier!«

»Kannst du mir dann sagen, warum du dich versteckt hast?« Der Kommissar wirkte verärgert. Da meldete sich Marie wieder zu Wort: »Ich hab ihn überredet! Und Sie hätten ihn nie gefunden, wenn ich es Ihnen nicht gesagt hätte!«, fügte sie nun ihrerseits trotzig hinzu.

Steinmann blickte sie an.

»Junge Dame«, sagte er mit einem tiefen Seufzer, »ich muss dich bitten, noch einmal mitzukommen. Ich habe keine Lust mehr, alles hier auf dem Hof zu besprechen. Ich will genau wissen, was an dem Abend passiert ist und warum dein Freund sich versteckt hat.«

Apollonia bat darum, auch mitfahren zu dürfen, aber in dem Auto war kein Platz mehr für sie. Sie erreichte immerhin, dass man dem Rudolph die Handschellen abnahm, und so konnte sie nur dem Wagen hinterdreinblicken, wie er – eine Staubwolke hinterlassend – vom Hof fuhr. Der Hund keifte nur noch vor sich hin.

***

»Aber Rudolph war's nicht, oder?«, fragte ich sie.

»Nein, der war's nicht, aber wie kommst du darauf?«, wollte sie wissen.

Ich lachte. »Ach weißt du, ich hab an der Uni während meines Deutschstudiums einmal ein Seminar besucht über Kriminalromane, und der Professor hat festgestellt, dass das Liebespaar in einem Krimi immer unschuldig ist!«

Apollonia konnte nicht mitlachen. »Das hier ist kein Roman. Das ist tatsächlich passiert. Du kannst ja den Rudolph fragen, wenn du mir nicht glaubst.«

Ich war erstaunt, dass sie offensichtlich beleidigt war und entschuldigte mich.

»Schon gut«, meinte sie nur. Und leiser, ihrerseits nun fast entschuldigend: »Es ist halt so wichtig für mich.«

»Aber was kam denn nun heraus bei der Sache mit dem Rudolph?«

»Schon das, was du vermutet hast. Rudolph war zwar in den Bus gestiegen, aber an der nächsten Haltestelle, Haslanden, wieder ausgestiegen. Du weißt schon, unten im Achtal. Dann ist er zu Fuß durch den Wald und über die Hohbühlwiesen zum Walserhof gelaufen. Da waren alle auf dem Feld, aber weil ja die Haustür nie abgeschlossen ist, ist er einfach hineingegangen und hoch in die Kammer von Marie.«

»Die kannte er ja wohl schon«, warf ich grinsend ein.

Sie lachte nun ebenfalls ein bisschen, wieder versöhnt, und wies mein loses Maul mit einem »Ach woisch!« zurecht. »So war das früher nicht, wie du denkst! Die haben sich wahrscheinlich sonst wo getroffen. Aber dann, an dem Tag, kam die Marie früher vom Feld zurück, weil sie doch umgekippt war. Zuerst hat sie wohl einen Riesenschrecken bekommen, als er plötzlich hinter ihrer Tür stand, aber sie hat sich bestimmt auch gefreut. Das hat sie bei der Polizei allerdings nicht angegeben. Was sie aber sagen musste, weil es ja nun um einen Mord ging, war, dass Rudolph die ganze Nacht bei ihr geblieben ist. Weißt du, Polli, für euch Jungen heutzutage« – ich fühlte mich geehrt – »ist so etwas ja selbstverständlich, aber damals war das furchtbar. Sie war zwar ohnehin schon schwanger, aber vor der Hochzeit die ganze Nacht zusammen zu verbringen, also das war wirklich unerhört. Ich glaube, dass einfach die Schläge von ihrem Vater sie so weit gebracht haben, dass ihr alles egal war.«

»Dann war sie also Rudolphs Alibi.«

»Ja, das war sie. Und sie war sehr überzeugend. Dazu kam auch, dass der Rudolph so ein schmales Handtuch war. Und der Anton war ja ein recht stattlicher Mann gewesen. Der hätte sich von so einem Burschen nicht einfach über den Zaun in die Grube stoßen lassen. Das hat auch den Polizisten eingeleuchtet und der Kommissar hat beide noch am gleichen Tag zurückbringen lassen.«

»Aber was ich nicht verstehe, Apollonia, warum hat er sich so lange versteckt, wenn er's nicht war?«

»Das haben sie ihn natürlich auch gefragt, und auch Fina und ich wollten es wissen, als die beiden heimgekommen sind. Sie haben gesagt, das ›wäre halt irgendwie so gekommen‹. Zuerst hatten sie Angst, dass er verdächtigt würde, und dann fürchteten sie das Gerede, weil Rudolph so lange heimlich bei ihr gewesen war, zuerst in ihrer Kammer, später auf dem Heustock. Ich denke mir, dass es für Marie auch schön war, ihn in ihrer Nähe zu wissen, und so haben sie einen Tag nach dem anderen abgewartet und nach einer Lösung gesucht, bis schließlich die Polizei gekommen ist wegen dem Brief. Als sie Marie mitgenommen haben, ist ihr sehr schnell klar geworden, dass es das Beste war, dem Kommissar zu sagen, wo Rudolph war. Man konnte ja auch wirklich Vertrauen zu dem haben.«

»Aber das mit dem Brief, sag mal, weiß man, wer das war?«

»Ich hatte einen Verdacht, aber man hat es nie wirklich erfahren.«

»Und wen hast du verdächtigt?«

Sie sah plötzlich sehr müde aus. Als ich auf die Uhr schaute, erschrak ich. Ich würde wieder mal zur Fähre hetzen müssen.

»Ich erzähle dir den Rest der Geschichte beim nächsten Mal, Polli. Ich bin so müde, dass ich schon ganz taube Füße hab.«

Ich erklärte ihr, dass ich ganz schnell los müsse und leider erst in zwei Wochen wieder kommen könne. Ich hatte kurzfristig einen Auftrag bekommen für eine Reiseleitung: ›Toskana im Spätherbst‹. Zehn Tage lang würde ich für die Agentur ›Zimmermann-Kunstreisen‹ eine Gruppe von pensionierten Ärzten und Studienräten durch Florenz und das toskanische Hinterland führen, weit weg von Oberschwaben und unheimlichen Geistergeschichten.

»Wir sehen uns dann hinterher wieder!«, verabschiedete ich mich. Allerdings stellte ich mir die Umstände unseres Wiedersehens etwas anders vor.

Als ich von meiner Reise zurückkam, war mein Anrufbeantworter voll. Freunde hatten angerufen, ein Redakteur der Kulturblätter und meine Mutter. Ihre Nachricht alarmierte mich: »Polli, melde dich, wenn du da bist. Apollonia geht's nicht gut.« Dabei klang ihre Stimme so traurig und müde, dass ich das Schlimmste befürchtete. Ich rief sofort an, und Mutter sagte, Apollonia sei ins Krankenhaus eingeliefert worden. Ich dachte natürlich zuerst an den Krebs, aber als ich danach fragte, druckste meine Mutter eigenartig herum.

»Naja, nein, es ist wohl nicht der Krebs, das heißt, die Ärzte wissen gar nicht so recht, was es ist. Vorgestern Morgen habe ich sie plötzlich schreien gehört. Ich hatte das Fenster offen stehen, sonst hätte ich's womöglich gar nicht gehört. Und als ich zu ihr in die Wohnung gekommen bin, da lag sie am Boden mit Schaum vor dem Mund. Ihre Hände und Füße waren völlig verkrampft, und sie hat geschrieen: ›Geh weg, geh weg, du Mörderin!‹ Ihr Gesicht hättest du sehen sollen! Als ob ich wirklich versucht hätte, sie umzubringen.«

Meine Mutter stockte in ihrer Schilderung und seufzte.

»Polli, ich glaube, die Apollonia ist verrückt geworden. Oder sie hatte einen Epilepsieanfall, so was hat jedenfalls der Doktor gesagt.«

Und da erst gestand sie, dass Apollonia nicht im normalen Krankenhaus war, sondern in der psychiatrischen Klinik, »in der Weissenau«. Offenbar war ihr das peinlich, wir waren ja schließlich verwandt mit Apollonia.

»Ja, und warst du dort?«, wollte ich wissen.

»Ja, gestern hab ich sie besucht, aber sie hat mich nicht erkannt.«

»Wie wird sie denn behandelt?«

»Der Arzt hat gesagt, sie bekomme etwas zur Beruhigung. Man hat eine Untersuchung gemacht mit diesem komischen Gerät, wo man so reingeschoben wird.«

»Computertomografie!«, half ich ihr.

»Ja, genau, weil sie dachten, vielleicht ist der Krebs jetzt auch im Hirn. Aber Dr. Spengler hat gesagt, da war nichts. Also, wenn du mich fragst, die wissen auch nicht recht, was sie hat. Es sei so komisch, dass sie so viel Hunger habe, hat er noch gemeint. Immerhin. Das ist bestimmt ein gutes Zeichen!«, tröstete sie sich selbst und mich.

»Ich ruf mal in der Weissenau an. Vielleicht wissen sie heute schon mehr!«, schlug ich vor.

»Aber am Telefon dürfen sie dir doch gar nichts sagen!«, widersprach Mutter.

Ich seufzte, denn da hatte sie natürlich recht. Also beschloss ich, nach Baselreute zu fahren. Für heute war es zwar zu spät für einen Krankenbesuch, aber so war ich morgen früh wenigstens schon in ›Übersee‹, da war es nicht mehr so weit zur Weissenau. Außerdem hatte ich das Gefühl, irgendetwas tun zu müssen. Ich konnte nicht einfach in Konstanz bleiben, als ob nichts geschehen wäre.

Michael war nicht sehr begeistert, als ich ihm eröffnete, dass ich gleich wieder wegfahren würde. Zehn Tage hätte ich nun schon mit Rentnern und Pensionären verbracht, nun wolle ich ihn wegen einer verrückten Alten schon wieder allein lassen. Ich könne ja eine Stelle im Altenheim annehmen, wenn mir diese Gesellschaft so viel lieber sei als die seine.

Das nahm ich ihm sehr übel; er hatte offensichtlich nicht verstanden, wie wichtig Apollonia für mich geworden war. Vielleicht war es mir selbst vorher nicht so klar gewesen, aber jetzt, wo es ihr schlecht ging, hatte ich plötzlich schreckliche Angst um sie. Michael sollte bleiben, wo der Pfeffer wächst, wenn er dafür kein Verständnis hatte!

Ich sagte es ihm nicht genau so, aber deutlich genug. Er erwiderte nichts mehr, und zum Abschied gab er mir keinen Kuss.

Als ich heimkam, musste Mutter mir noch einmal haarklein erzählen, wie sie Apollonia gefunden hatte, aber das gab mir auch nicht mehr Aufschluss. Immerhin hatte ich den Eindruck, dass sie sich große Sorgen um ihre Schwägerin machte, was mir die Hoffnung gab, dass die beiden dickköpfigen alten Frauen in Zukunft vielleicht doch etwas freundschaftlicher miteinander umgehen würden. Wenn es für Apollonia eine Zukunft gab!

Beim Abendessen kam mir die Idee, dass ich ja auch Mutter fragen konnte, wie damals die Geschichte mit dem Tod von Anton Walser ausgegangen war. Vielleicht wusste sie, was bei der polizeilichen Untersuchung herausgekommen war.

»Ach, das war es also, warum du mit der Apollonia so geheimnisvoll getan hast!«, lachte sie erleichtert und fast triumphierend. »Was hat sie dir denn für einen Unsinn erzählt?«

Ich war etwas konsterniert über diese Antwort, aber sie fuhr beinahe hämisch fort: »Umgebracht hat er sich, das kam heraus! Aber das wollte die Walserin nicht hören, natürlich nicht, wer weiß, warum er es getan hat, da hätte sie sich ja vielleicht Vorwürfe machen müssen! Der ist nicht von selbst gesprungen, hat sie noch lange behauptet, und die Apollonia hat sie auch noch unterstützt mit diesen komischen Ideen. Sie wollte unbedingt Detektiv spielen, wie in ihren Kriminalromanen, die sie immer gelesen hat!«

»Aber warum hat sich der Anton denn umgebracht?«

»Das hab ich dir doch gesagt, so recht weiß man das nicht. Man sieht ja nicht hinein in solche Familien!«

Dann fing sie wieder an zu lachen.

»Jetzt ist die Frau schon über neunzig und kommt immer noch mit diesem Unsinn daher! Und du glaubst ihr womöglich noch!«

Offenbar hatten meine geheimnisvollen Treffen mit Apollonia sie mehr beunruhigt, als sie zugeben wollte, und nun war sie sichtlich erleichtert, dass ihre gescheite Tochter nur auf die Spinnereien ihrer immer so gescheit tuenden Tante hereingefallen war, wie sie es ausdrückte.

Da waren sie wieder, die alten Ressentiments! Sie selbst hatte sich nie sehr für Bücher interessiert, obwohl sie gewiss nicht dumm war. Unser Haus war immer nur voll gewesen mit Stapeln von Handarbeitsheften, wobei mich als Kind immer am meisten die Schnittmusterbögen interessiert hatten, auf denen ich fantastische Landkarten entdeckte, die zu geheimnisvollen Inseln und Schätzen führten.

»Ich habe drei Kinder großgezogen und einen Mann versorgen müssen, wo hätt ich denn da die Zeit hernehmen sollen zum Lesen!«, pflegte sie zu sagen, wenn jemand auf das Thema zu sprechen kam, so als ob sie sich dafür entschuldigen müsse. Ihre Minderwertigkeitsgefühle wandelte sie in Verachtung um. »Die Apollonia hat immer so komische Ideen!«, war ihr Standardspruch, wenn sie eigentlich ihre Unwissenheit in bestimmten Dingen hätte eingestehen müssen. Mein Vater hingegen hatte Apollonia sehr geschätzt und sie immer in Schutz genommen gegen die Schmähungen meiner Mutter. Vielleicht war sie deshalb auch ein bisschen eifersüchtig gewesen. Seit mein Vater nicht mehr lebte, sah sie offenbar keinen Grund, noch Rücksicht zu nehmen.

Es machte mich traurig, denn ihre Haltung erschien mir unsinnig und selbstzerstörerisch. Auch ärgerte mich ihr Lachen über eine Sache, die für Apollonia so wichtig war und die mich ebenfalls in ihren Bann gezogen hatte.

»Und außerdem haben die Leute schon geredet, weil du immer bei Apollonia warst!«

Entgeistert schaute ich sie an. Ich war einfach schon zu lange weg aus dem Dorf; ich dachte nicht mehr daran, dass ›die Leute‹ reden könnten. Es interessierte mich im Grunde auch nicht, aber meine Mutter natürlich schon.

»Wer hat darüber geredet?«, fuhr ich sie an.

»Die Gemeindeschwester hat mich gefragt, was du denn immer bei der Apollonia machst. Sie schaut doch dreimal in der Woche bei ihr vorbei, nach dem Rechten, und da hat sie ihr wohl von deinen Besuchen erzählt.«

Die Gemeindeschwester war – wie schon immer in Baselreute – eine Franziskanerin aus Sauerbrunn, aber offenbar schützte das Ordensgewand nicht vor Tratschsucht. Wahrscheinlich wusste inzwischen tatsächlich das ganze Dorf von meinen Gesprächen mit Apollonia.

Ich seufzte. Da konnte man einfach nichts machen, so war es halt hier. Aber die Zeiten, in denen ich mich wegen solchen Kleinigkeiten aufgeregt hatte, waren vorbei. Dies war ja gar nicht mein Leben, ich war ja eigentlich fort, in der Stadt, wo es nicht so wichtig war, ›was die Leute sagten‹. Morgen Abend würde ich wieder in Konstanz sein.

»Und wer weiß, vielleicht waren es ja diese Gespräche, die sie so aufgeregt haben, dass sie jetzt in der Weissenau ist!«

Das saß! Sollten tatsächlich meine Besuche schuld sein am traurigen Zustand von Apollonia? War die Erinnerung womöglich zu viel für sie gewesen? Aber was war an diesen Erinnerungen so schrecklich gewesen, dass es zu einem derartigen psychischen Schock geführt haben konnte? Bei unserem letzten Gespräch jedenfalls schien sie noch ganz in Ordnung zu sein. Wenn es an ihrer Geschichte lag, dass sie durchgedreht hatte, dann an einem Teil, den sie mir noch nicht erzählt hatte. Ich musste unbedingt herausfinden, was das war; vielleicht konnte ich ihr ja dann irgendwie helfen.

Mutter ging bald zu Bett, ohne auch nur einmal nach meiner Reise gefragt zu haben. Ich war jedoch noch gar nicht müde und so überlegte ich, ob ich noch ein Bier trinken gehen sollte, aber ich wusste genau, egal, wo ich hinging, ich würde mit Sicherheit angestarrt werden, als Frau, als Fremde, allein, so spät abends noch in der Wirtschaft. Und dann würde der eine oder andere mich vielleicht erkennen und ich würde erzählen müssen, was ich denn so machte und warum ich hier war. Andererseits, schlafen konnte ich ja doch nicht, und so entschied ich mich schließlich für das Bier, wobei sich die Frage stellte: Adler, Mohren oder Krone? Ich weiß nicht, warum ich mich für den Mohren entschied; vielleicht einfach, weil er am nächsten lag und ich so zu Fuß gehen konnte. Als ich die Gaststube betrat, begrüßte mich Traudl, die wohlgerundete Wirtin, mit freundlichem Erstaunen. Vor langer, langer Zeit hatten wir gemeinsam im Gesangverein gesungen. Sie war inzwischen wohl im Vorstand, wie ich irgendwann von Mutter gehört hatte, und so trafen sich die Sänger nach der Probe immer in ihrer Gaststube. Und zufällig war heute Probe gewesen. Tatsächlich kannten mich auch ein paar von den Chormitgliedern noch, und unter ihnen war – ganz am anderen Ende des großen Tisches – Martin Manz.

Wenn man es recht bedenkt, sind diese Dorfwirtschaften vielleicht gar nicht so übel. Es kann ja auch ganz positiv sein, wenn die Leute sich kennen und sich für einen interessieren und nicht alles so anonym ist wie in der Stadt!

Das lebhafte Gespräch der Sänger war verstummt und sie starrten mich tatsächlich alle an, wie ich erwartet hatte. Aber es störte mich gar nicht so sehr.

»Ja, das ist ja die Polli! Mädchen, komm doch mal her und setz dich zu uns!«, rief einer. Ich setzte mich neben den Linder Franz, an die Längsseite des Tisches und fühlte mich plötzlich zu Hause. Konstanz, Michael, mein Job – alles war weit weg. Hier war die Welt noch in Ordnung, klein, überschaubar, man kannte mich, freute sich über mein Kommen ... Dann fiel mir Apollonia ein, und ihre schrecklichen Geschichten, und was wohl ›die Leute‹ über meinen Wirtshausbesuch sagen würden, und mein Verstand warnte: ›Das Idyll trügt!‹ Aber als ich den Kopf nach links wandte, strahlte mich Martin vom Tischende aus an, und er hatte immer noch dieselben Grübchen in den Wangen und dieselbe kleine Lücke zwischen den Schneidezähnen, die mich damals eine Nacht lang völlig verrückt gemacht hatte, und ich entschied, mich für heute Abend fallen zu lassen in diese scheinbare Geborgenheit, die ich schon am nächsten Tag wieder verlassen würde, um nach Konstanz in mein wirkliches Leben zurückzukehren.

Zunächst fragten sie nach, was ich nun machte, und ich versuchte zu erzählen, womit ich meine Brötchen verdiente. Das war gar nicht so einfach bei meiner ›Patchwork‹-Existenz – Zeitungsartikel, Vorträge, Führungen, Unterricht, Reiseleitungen etc., was man eben so als freischaffende Kunst- und Literaturhistorikerin alles machen kann. Aber dann wollten sie natürlich wissen, warum ich heute hier war. Sie hatten alle schon von Apollonias seltsamem Anfall gehört und waren neugierig, ob ich mehr darüber wusste. Ich versuchte, so vage wie möglich zu schildern, was ich erfahren hatte, weil ich nicht wollte, dass man sich im Dorf erzählte, Apollonia sei verrückt geworden. Als ich geendet hatte, schwiegen die Männer betroffen, und schließlich bemerkte einer lapidar: »Jaja, so geht's die Gänge!«

»Sagte der Bauer, als er auf dem Weg in Magds Kammer war«, ergänzte ein anderer und alle lachten. Nur Martin Manz sah mir an, dass ich den Spruch nicht besonders lustig fand und zuckte bedauernd die Schultern. Ich lenkte auf ein harmloseres Thema um. Was sie bei ihrem nächsten Konzert singen würden, wollte ich wissen, und in welcher Liga der SV Baselreute gerade spielte, wem das neue Haus in der Ravensburger Straße gehörte und was dieser und jener Sänger inzwischen machte. Es wurde doch noch ein ganz lebendiges Gespräch und ich freute mich an ihren Erzählungen, die so gar nichts mit meinem Leben zu tun hatten.

Martin redete nicht viel. Er lächelte manchmal leise vor sich hin, und ab und zu schaute er mich halb bewundernd, halb amüsiert an. Wenn ich seinen Blick erwiderte, hielt er den meinen kurz fest, die Lichter in seinen Augen begannen intensiver zu strahlen, und ich wäre sicherlich rot geworden, hätte nicht das Bier mir ohnehin schon rote Wangen beschert. Als einer fragte, ob ich denn inzwischen verheiratet sei, antwortete ich heftig: »Um Gottes willen! Neinnein, bis jetzt habe ich den Richtigen noch nicht gefunden!« Martin lächelte. Nach dem ersten Bier trank ich noch ein zweites, die Stimmung wurde immer ausgelassener, und am Ende bestanden sie darauf, mir ein Ständchen zu singen. Ich wünschte mir *Ade zur guten Nacht*, das schien mir am passendsten, und es war tatsächlich eines meiner Lieblingslieder. Bei der zweiten Strophe, in der es hieß ›Es weinen Berg und Tal, wo ich viel tausend Mal bin drüber gangen; das hat deine Schönheit gemacht, die hat mich zum Lieben gebracht mit großem Verlangen‹, da ließ Martin meinen Blick nicht mehr los, seine großen dunklen Augen schienen noch größer, noch dunkler zu werden, und ich hatte das Gefühl, darin zu versinken. Er sang nur noch für mich, und inmitten des Chores war es, als ob wir zwei allein wären. So verliebte ich mich in einen Mann, den ich seit zwanzig Jahren nicht mehr gesehen hatte und von dem ich nichts wusste, als dass er ein Haus hatte und geschieden war.

Als wir den Mohren verließen, hatte es angefangen zu schneien; immerhin war Anfang Dezember. Da ich zu Fuß gekommen war, bot Martin an, mich heimzufahren. Die anderen grinsten (was sie wohl am nächsten Tag ›den Leuten‹ erzählen würden?), wir verabschiedeten uns, und als wir nun plötzlich allein im Dunkeln und in der Kälte waren, überfiel uns eine gewisse Verlegenheit, wie sie typisch ist, wenn die Augen sich bereits über die entscheidenden Dinge geeinigt haben, der Mund aber noch bei »Und was machst du beruflich so?« steht. Aber wir waren alt genug, um zu wissen, wie man aus solchen Verlegenheiten herauskommt. Er fragte mich, ob ich Lust hätte, noch etwas bei ihm zu trinken. Natürlich hatte ich, obwohl ich eigentlich genug getrunken hatte.

Er sei bei der Polizei, antwortete er auf die Frage, die mein Mund gestellt hatte. Mir fiel mein Knöllchen von vor drei Wochen ein, und meine Begeisterung kühlte sich für einen Augenblick ab, als ich mir Martin in Uniform vorstellte, wie er Strafzettel hinter Scheibenwischer klemmte.

Kommissar bei der Kripo in Ravensburg, fuhr er dann fort, und da änderte sich das Szenario in meinem Kopf; ich sah schneidige Tatort-Kommissare vor meinem inneren Auge, die unter Einsatz ihres Lebens Morde und andere furchtbare Verbrechen aufklären. Und damit erklärte sich für mich auch gleich, warum seine Frau ihn verlassen hatte. Bestimmt hatte er nie Zeit für sie gehabt, weil er Tag und Nacht in seinem Beruf aufging.

Aber auch damit lag ich falsch. Sie war eine Kollegin gewesen, die sich irgendwann nach Stuttgart hatte versetzen lassen, wo es bessere Aufstiegsmöglichkeiten für sie gab. Dort hatte sie einen anderen kennen gelernt, und so ...

Apollonia hatte Recht gehabt. Er besaß ein sehr schönes Haus, gewiss nicht für einen allein gebaut. Immerhin lebte er dort mit einer Katze.

Er schenkte uns noch ein Bier ein, von dem wir aber nicht mehr viel tranken. Unsere Münder redeten nur noch Belanglosigkeiten, während unsere Herzen sich belauerten. Ich ging in seinem Wohnzimmer umher, schaute mir seine Bücher an, bewunderte ein paar schöne Drucke, lobte den Gabbeh-Teppich und kniete mich hin, um die Katze zu streicheln. Da kniete er sich neben mich, ich streichelte heftiger, aber er nahm endlich meine Hand, wartete, bis ich ihn anschaute, dann sagte er einfach: »Komm her!«

Als Martin anfing zu schnarchen, beschloss ich, aufzustehen und nach Hause zu gehen. Ich zog mich an, ohne dass er aufwachte, und öffnete die Haustür. Die Katze drückte sich plötzlich leise miauend an meine Beine. Ich bückte mich, um sie noch ein letztes Mal zu streicheln, dann trat ich hinaus und schloss die Tür. Es schneite immer noch und ich genoss es, durch das schneeverhüllte Dorf nach Hause zu spazieren, ja, ich kam mir vor, als würde ich nach Hause schweben. Alle möglichen Dinge gingen mir durch den Kopf, literarische Zitate, »Es ist Unsinn, sagt der Verstand, es ist, was es ist, sagt die Liebe«, und ich kam mir selber vor wie eine literarische Figur, stellte mir mich vor, wie ich durch die kalte Nacht spazierte, »Markt und Straßen sind verlassen«, eine tragische Heldin, die einen Mann liebt, den sie vermutlich nie mehr wiedersehen wird, weil er nicht in ihr Leben, in ihre Welt passt.

Darum hatte ich es auch vorgezogen wegzugehen, bevor er aufwachte, bevor es zu Verlegenheiten oder schwierigen Gesprächen kommen konnte. Sein Schnarchen war zu realistisch gewesen, hatte zu sehr nach Alltag geklungen, einem Alltag, den ich nicht teilen konnte, dem Alltag eines Beamten mit Einfamilienhaus und Katze auf dem Dorf. Vor allem in diesem Dorf! So wollte ich das Glück noch etwas länger festhalten, indem ich es möglichst schnell zur Erinnerung werden ließ. »Bei jedem Glück ist auch ein Stück Traurigkeit dabei«, am Morgen ist alles vorbei, aber jetzt wollte ich noch ein wenig in Erinnerung an ihn schwelgen.

Ich musste an die Liebesgeschichte denken, die Apollonia erzählt hatte, von dem Mädchen Marie, das seinen Liebsten in seinem Zimmer versteckt hatte, einen um den anderen Tag, sich nicht trennen konnte, sich sogar gegen den eigenen Vater stellte – »Wenn jemand Schande über die Familie gebracht hat, dann du!« – warum? Warum hatte sie das gesagt? Ich war plötzlich völlig nüchtern, ernüchtert. Das Glück war flüchtig gewesen; Apollonia und ihre Geschichte drängten in meine Gedanken zurück. Es ergab keinen Sinn. Warum hatte Anton Walser Schande über die Familie gebracht? Und warum war er so ausgerastet wegen einer Sache, die er selbst nicht anders gemacht hatte als junger Mann? Weshalb hatte Hanna Walser – Schwester Radigundis – verrückt gespielt, als Apollonia sie nach Matthes Tod fragte? Was war auf dem Walserhof geschehen? Meine Mutter hatte Recht, man sieht nicht hinein in solche Familien, aber ich verstand nun auch immer besser, warum Apollonia sich nicht zufrieden geben konnte mit der einfachen Erklärung der Polizei, dass Anton Selbstmord begangen hatte. Es hing alles zusammen, hatte sie gesagt, und der Satz von Marie war der Schlüssel zu allem, das ahnte ich; Martins Mutter musste etwas wissen, das die Erklärung für all das Unerklärliche war.

Da machte mein Herz plötzlich einen Sprung. Ich musste Martin wiedersehen! Natürlich! Da Apollonia mir nicht mehr hatte erzählen können, was bei ihrem Gespräch mit Marie herausgekommen war, musste ich selber mit ihr reden, wenn ich der Sache auf den Grund gehen wollte. Und um an Marie heranzukommen, führte der Weg über Martin. Das war ganz natürlich, oder? Wie hatte ich nur vergessen können, dass er ihr Sohn war!

Einen Moment lang überlegte ich, ob ich auf der Stelle umdrehen sollte, aber wie hätte das ausgesehen, wenn ich ihn herausgeklingelt hätte, zu dieser Zeit, wo er doch eigentlich vermuten musste, dass ich noch neben ihm lag. Ich würde ihn morgen früh von meiner Mutter aus anrufen. Vielleicht war es ja sinnvoll, noch zwei, drei Tage länger zu bleiben.

Als ich nach Hause kam, schlich ich, so leise ich konnte, die Treppe hoch. Trotzdem öffnete sich plötzlich die Schlafzimmertür meiner Mutter.

»Wo kommst du denn her um diese Zeit?«, wollte sie wissen.

Ich hatte keine Lust, ihr von der Sache mit Martin zu erzählen. Sicher würde sie ohnehin davon erfahren, beim Bäcker oder im Edeka-Markt, aber ich wollte nicht jetzt mit ihr darüber sprechen. Sie hätte mit ihren

Kommentaren nur mein Glücksgefühl angekratzt. Also erfand ich irgendetwas von einem Nachtspaziergang im Schnee, was ja auch nicht gelogen war. Nicht ganz überzeugt ging sie wieder zu Bett.

Am nächsten Morgen fühlte sie sich bestätigt in ihrem Verdacht. Lauter als nötig rief sie mich gegen halb neun ans Telefon: »Der Martin Manz ist dran!« Ich war auf einen Schlag hellwach und rannte barfuß und im Schlafanzug die Treppe hinab. Hoffentlich hatte sie nichts Blödes gesagt! Mein Herz klopfte wie verrückt.

»Polli, warum bist du denn einfach weggegangen? Ich dachte, wir würden zusammen frühstücken. Darauf hatte ich mich so gefreut!« Er klang noch etwas schlaftrunken, aber mir wurde ganz warm, als ich seine Stimme hörte und was sie sagte.

Ich stotterte ein bisschen herum. »Weißt du, ich kann es dir jetzt schlecht erklären, aber ich komme vorbei und bring frische Brezeln mit, okay? In einer halben Stunde bin ich da!«

Keine Verlegenheit, keine schwierige Diskussion, wie ich befürchtet hatte, ein schönes Frühstück hätte mich erwartet, wenn ich dort geblieben wäre. Ich schalt mich eine Närrin und stürmte in mein Zimmer (es war auch nach zwanzig Jahren Abwesenheit noch ›mein‹ Zimmer), um mich anzuziehen.

Plötzlich stand Mutter in der Tür. »Du warst bei ihm heute Nacht!«, sagte sie mit eisiger Stimme, als ob ich sie damit höchstpersönlich beleidigt hätte.

»Mama, ich bin 38!«

»Aber in der ersten Nacht! Du kennst ihn doch überhaupt nicht! Er ist ja vielleicht ein netter Kerl, aber du kannst doch nicht in der ersten Nacht mit einem Mann ins Bett gehn! Schämst du dich denn überhaupt nicht?«

»Nein!«, schrie ich sie an, und es war alles wieder wie früher. »Ich schäme mich nicht! Es war schön und er ist ein lieber Mensch, und jetzt gehe ich zu ihm zum Frühstücken!«

Ich kochte vor Wut. Sie konnte einem alles kaputtmachen. Hatte sich denn gar nichts geändert, seit ich achtzehn gewesen war? Die Szene kam mir so nervtötend bekannt vor.

»Und was ist mit Michael?« Sie wusste, wie sie mich treffen konnte, sie kannte mich ja lange genug. Auch wenn meine Beziehung zu Michael nicht mehr die allerbeste war, hatte ich dennoch ein schlechtes Gewissen ihm gegenüber. Es war allerdings erstaunlich, diese Frage von meiner Mutter zu hören, war sie doch kurz zuvor noch selber der Meinung gewesen, dass Michael nichts für mich sei. Aber offenbar war ihr jedes Argument recht, um meine moralischen Skrupel zu wecken.

»Mit ihm ist es aus!«, antwortete ich ihr zu meinem eigenen Erstaunen, und gleichzeitig hatte ich das Gefühl, dass ich damit die Wahrheit gesagt hatte. Es lag nun einfach an mir, die Wahrheit daraus zu machen. Ich beschloss, Michael noch am selben Tag anzurufen, oder zumindest im nächsten Gespräch mit ihm die Sache zu beenden. Er war nicht der Mann, mit dem ich alt werden wollte. Wenn ich es bisher unterschwellig geahnt hatte, so war es mir in dieser Nacht völlig klar geworden: Ich hatte die ganze Zeit nicht einen Gedanken an ihn verschwendet. Erst kurz bevor ich zu Bett ging (in mein eigenes), hatte sich das böse Gewissen ganz leise eingeschlichen, aber ich hatte es gleich wieder fortgedrängt.

»So, und dann willst du jetzt mit diesem geschiedenen Polizisten etwas anfangen!«, folgerte meine Mutter weiter, wobei sich das »geschieden« bei ihr anhörte, als ob sie »aussätzig« oder »pervers« gesagt hätte.

Ich gab es auf. »Ach Mama!«, seufzte ich nur. Während unseres Wortwechsels hatte ich mich in Windeseile angezogen und machte mich nun fertig zum Gehen.

»Kommst du zum Mittagessen wieder?«, fragte sie etwas versöhnlicher.

»Mal schauen, ich ruf an!«, war meine Antwort, dann war ich schon unterwegs.

Ich fuhr zuerst beim Vogelbeck vorbei, um frische Brezeln einzukaufen. Margit, die Frau von Hans Vogel, stand hinter der Theke und begrüßte mich freundlich. Wir kannten uns noch aus der Schule. Als Hans meine Stimme hörte, kam er aus der Backstube, die direkt hinter dem Verkaufsraum lag, und grinste mir zu: »Guten Morgen, so, kann man schon auf sein?«

Ach, sein Onkel war ja auch im Gesangverein, fiel mir ein.

»Ja, klar«, entgegnete ich forsch zurückgrinsend, nahm meine Brezeln und schob das Geld über die Theke.

»Schönen Gruß an Martin!«, rief er mir noch nach, als ich die Bäckerei wieder verließ. Es störte mich nicht besonders, dass die Leute davon wussten. Sollten sie doch denken, was sie wollten! Ich fühlte mich nicht hierher gehörig, ich stand außerhalb ihrer Ordnung und konnte tun und lassen, was ich wollte.

Dann fuhr ich durch den Schneematsch zum Rauhbühl. Eigentlich mochte ich solche Neubauviertel nicht. Die Bäumchen waren alle noch ganz klein, die Gärten bestanden teilweise einfach aus Erdhaufen, die im nächsten Frühjahr in Blumen- oder Gemüsebeete verwandelt würden, und in den Fenstern und vor den Haustüren sah man überall Zeichen für junges Familienglück: Kinderstiefel und Schlitten, bunte Nikolause und Engel, geflochtene Kränze mit Strohblumen an den Türen. Ein Gefühl der Enge überkam mich, und ich musste tief durchatmen. Dies war definitiv nicht die Art von Leben, die ich mir vorstellen konnte!

Und nun war ich auf dem Weg, in einem dieser Häuser zu frühstücken! Aber ich wollte ja nur weitere Informationen sammeln, die mir helfen würden, Apollonias Geschichte und womöglich ihre Krankheit besser zu verstehen.

Zum ersten Mal sah ich Martins Haus nun bei Tageslicht. Es hatte nachts sehr schön und einladend gewirkt, und ich musste auch jetzt anerkennend feststellen, dass es von allen Häusern, die ich hier gesehen hatte, das interessanteste war. Mit viel Holz und Glas gebaut, ansonsten weiß verputzte Wände, die Ziegel auf dem flach abgeschrägten Dach nicht einheitlich dunkelrot, sondern hell gesprenkelt, die Büsche vor dem Haus schon etwas höher. Im Garten standen sogar noch zwei alte Birnbäume, die offensichtlich von der früheren Obstwiese stehen geblieben waren.

Als ich vor der Tür stand – an der kein Türkranz hing – und läutete, raste mein Herz, und ich musste noch einmal tief durchatmen, diesmal vor Aufregung. Martin machte auf und lächelte mich an. Er war noch etwas verwuschelt, aber schon angezogen mit Jeans und Sweatshirt. Es duftete nach Kaffee.

»Komm rein!«, sagte er und trat zur Seite. Verlegen ging ich an ihm vorbei. War ich wirklich schon achtunddreißig?

»Gib mir dein Cape!«, bat er, und ich zog es aus und gab es ihm. Er hängte es auf und dirigierte mich dann in die Küche, wo er schon den Frühstückstisch gedeckt hatte. Vom Küchenfenster aus sah man in den Garten mit den beiden schneebedeckten Bäumen. An einem davon hing ein Vogelhäuschen, das heftig umzwitschert wurde. Martins Katze, ein graubrauner Tiger, saß auf dem Fensterbrett und schaute den Amseln, Finken und Meisen interessiert zu.

»Warum bist du heute Nacht gegangen?«, wollte Martin wissen, nachdem wir uns gesetzt hatten und er mir Kaffee eingeschenkt hatte. Ich öffnete die Brezeltüte und verteilte deren Inhalt.

»Wegen den Leuten«, gab ich ihm zur Antwort. Er schaute mich spöttisch an.

»Das glaube ich dir nicht!«

»Na gut, du hast geschnarcht und da konnte ich nicht schlafen.« Es wäre zu kompliziert geworden, ihm meinen Gefühlswirrwarr der letzten Nacht zu erklären, und das mit dem Schnarchen schien ihm offenbar ein plausibler Grund zu sein.

»Ach so, das tut mir Leid! Conny hat sich auch immer darüber beschwert.«

»Deine Frau hieß Conny?«

»Ja.«

»Sag mal, habt ihr eigentlich Kinder?«

Mit meiner direkten Frage war ich wohl in ein Fettnäpfchen getappt, denn seine Lippen wurden schmal, und er schüttelte nur den Kopf.

»Sorry, war wohl indiskret. Es geht mich ja eigentlich nichts an«, versuchte ich abzuwiegeln.

»Macht nichts«, seufzte er. »Naja, wir konnten keine kriegen. War vielleicht auch der Grund, warum sie gegangen ist. Sie wollte unbedingt welche. Aber ...« Er zuckte bedauernd mit den Achseln, offensichtlich hatte es an ihm gelegen.

»Verstehe!«, antwortete ich. Und dann kam gleich die Retourkutsche.

»Und wie sieht's bei dir aus mit Mann und Kindern?«, fragte er.

Mir wurde etwas mulmig. Suchte er eine Frau für sein Haus und seine Katze?

»Nun ja, ich hab zwar keine Kinder, aber einen Freund«, antwortete ich daher vorsichtshalber.

»Und ist er nett, dein Freund?«, fragte er weiter. Dass er auf mein Geständnis so gelassen reagierte, passte mir nun auch wieder nicht. Außerdem fragte ich mich plötzlich, was er wohl von mir dachte – da hat sie einen Freund und geht mit dem Erstbesten ins Bett. Und auch das war mir nicht recht.

»Naja, sagen wir so, eigentlich ist unsere Beziehung in der Endphase. Es läuft schon lange nicht mehr richtig und ich habe schon seit einiger Zeit vor, das Ganze zu beenden, aber ich bin noch nicht dazu gekommen«, versuchte ich richtigzustellen. »Außerdem bin ich sowieso viel unterwegs in meinem Job und hab eigentlich gar nicht viel Zeit für eine richtige Beziehung.«

Das entsprach nicht ganz der Wahrheit, aber ich wollte auf keinen Fall, dass er dachte, ich wäre eine von diesen alten Jungfern, die nur darauf warten, einen Mann mit gutem Job und schönem Haus zu finden und zu heiraten. Ich stand auf eigenen Füßen und kam gut auch ohne Mann zurecht!

»Das tut mir Leid!«, sagte er, und mir war nicht ganz klar, ob er das Ende meiner Beziehung oder meine allgemeine Beziehungsproblematik bedauerte. Jedenfalls waren wir offenbar an dem Punkt angelangt, vor dem ich mich gefürchtet hatte: Schwierige Gespräche über Beziehungen, bei denen ich immer das Gefühl hatte, auf einem Seil zu balancieren. Nicht zu nahe kommen lassen, aber sich auch nicht völlig entfernen.

Eine Weile lang sagte ich nichts, und er streichelte die Katze, die neben ihm auf dem Fensterbrett lag. Dann begann ich, sein Haus zu loben und über die Siedlung am Rauhbühl zu sprechen; ich wollte weg vom gefährlichen Terrain.

»Ja, das Haus ist schön, aber ich werde es wohl verkaufen müssen«, sagte er zu meiner Überraschung. »Mit einem Gehalt allein ist das schwierig. Und außerdem – was soll ich allein in diesem großen Haus? Wir hatten ja geplant, Kinder zu haben, aber nun ist halt alles anders gekommen ...«

Er sah aus dem Fenster zu den Vögeln. Wahrscheinlich tobten in seinem inneren Garten Kinder herum mit Schlitten und warfen Schneebälle, und am Fenster hingen bunte Weihnachtssterne. Er tat mir plötzlich furchtbar leid.

»Vielleicht ziehe ich nach Ravensburg!«, munterte er sich selber auf. »Eine nette, kleine Wohnung; den Kater könnte ich ja mitnehmen. Dann müsste ich auch nicht jeden Tag so weit zur Arbeit fahren!«

›Und du müsstest nicht jeden Tag die glücklichen Familien mit Kindern um dich herum sehen!‹, dachte ich, sagte es aber nicht.

Dann fiel mir ein, dass ich ja eigentlich wegen der Geschichte mit seiner Mutter gekommen war, aber irgendwie traute ich mich nicht mehr, ihn darauf anzusprechen. Ich hatte Angst, er könnte glauben, dass ich nur deshalb gekommen sei. Stimmt das denn nicht?, fragte ich mich. Ich war völlig durcheinander. Einerseits wünschte ich mir, diesem Mann nahe zu sein, ihn in den Arm zu nehmen und ihm das zu geben, was er sich wünschte (was ja nun nicht möglich war); außerdem empfand ich ein Gefühl von Geborgenheit in der gemütlichen Küche mit Blick auf die verschneiten Bäume und vielleicht sogar etwas wie Hoffnung auf eine richtige Beziehung, die ich trotz aller Fehlschläge noch nicht aufgegeben hatte. Auf der anderen Seite stand die Skepsis, die Angst, mir wieder einmal wehzutun, das Gefühl von Einengung und der Gedanke, dass ich sowieso nicht in sein Leben passte.

Ich wollte nur noch weg.

»Hör zu, ich will noch zu Apollonia in die Weissenau«, sagte ich deshalb und stand auf. Er erhob sich ebenfalls.

»Wenn's dir nichts ausmacht, komme ich mit«, erwiderte er, »ich hab heute frei, muss erst heute Abend wieder zum Dienst.«

»Naja, wenn du willst«, antwortete ich ohne Begeisterung.

Mein Rückzugsgefecht hatte nicht geklappt.

»Ja, weißt du, ich hab Apollonia immer gern gehabt, und auch meine Mutter mag sie sehr.«

Ich überlegte einen Moment, ob ich an dieser Stelle einhaken und nach Marie fragen sollte, aber wenn er ohnehin mitkam, dann konnte ich ihn ja irgendwann später fragen. Und plötzlich freute ich mich über seine spontane Begleitung und konnte wieder lächeln.

»Schön, dann lass uns fahren!«

Als wir im Flur standen, reichte er mir formvollendet mein graues Lodencape und legte es mir um die Schultern. Aber er ließ es nicht mehr los, sondern fasste von hinten meine Oberarme. Dann drehte er mich langsam um, sah mich an und lächelte. Als ich die kleine Lücke zwischen seinen Schneidezähnen sah, war es um mich geschehen. Ich streckte mich zu ihm hoch und drückte meine Lippen auf die seinen.

Nach einer kleinen Ewigkeit lösten wir uns wieder voneinander, und er sagte: »Du brauchst keine Angst zu haben, ich will dich nicht gleich heiraten. Aber toll find ich dich schon, weißt du!« Dann strich er mit den Fingern durch meine langen braunen Haare und nahm sie im Nacken zusammen. Nach einem weiteren ausgiebigen Kuss schlüpfte er in seine Lammfelljacke und nahm den Autoschlüssel. Wir fuhren mit seinem Wagen, einem Golf, der allerdings zehn Jahre jünger war als meiner und entsprechend besser im Schuss. Während der Fahrt hätte ich am liebsten gesungen, so sehr hatten mich seine Worte erleichtert.

Gegen elf Uhr kamen wir in der Weissenau an. Die beiden Zwiebeltürme der Barockkirche hatten uns schon von ferne den Weg durch das Dorf gewiesen, und Martin fuhr direkt vor das Kirchenportal, um zu parken.

»Darf man hier überhaupt parken?«, fragte ich.

»Ich parke immer hier, wenn ich in die Weissenau muss«, antwortete er.

»Kommst du denn oft hierher?«

»Ab und zu, wenn ich in der Forensik zu tun habe. Das ist die geschlossene Abteilung, in der manchmal auch unsere Kunden landen.«

»Ich weiß schon, was die Forensik ist«, gab ich etwas bissig zurück, »aber klar, damit hast du bei der Kripo sicher öfter zu tun.«

Rechts an die Kirchenfassade schlossen sich die ehemaligen Klostergebäude an, ein großes Quadrat um einen idyllischen Innenhof. Das einstige Prämonstratenserkloster war Ende des 19. Jahrhunderts zunächst in eine ›Staatsirrenanstalt‹ umgewandelt worden und firmierte nun als ›Zentrum für Psychiatrie‹. Für die Leute war es aber einfach ›die Weissenau‹, mit Betonung auf dem ›au‹.

Wir gingen links an der Kirchenfassade vorbei, die Mauer entlang in den Park hinein. Es war, als ob wir in eine andere Welt eintauchten. Ein eisiger Wind pfiff durch die hohen Bäume und über den kahlen Rasen. Dennoch lag kein Schnee; im Schussental war es nie so verschneit wie in Baselreute, das weiter im Allgäu lag. Ich zog das Cape enger um mich und vergrub meine Nase im dicken schwarzen Schal. Um den Nordturm der Kirche zog ein Schwarm von Raben seine Kreise und erfüllte die Luft mit heiserem Krächzen.

»Wie in London«, ging es mir durch den Kopf, und anscheinend hatte auch Martin daran gedacht.

»Tja, noch haben die Raben den Tower nicht verlassen ...«, ergänzte er unwissentlich meinen Gedankengang. »Hat was Unheimliches, dieses Krächzen, gell?«

In dem weitläufigen Park lagen verstreut ein paar ehemalige Klostergebäude, aber auch etliche Neubauten aus den siebziger und achtziger Jahren. Wir folgten den Wegweisern und fanden schließlich die Station für Gerontopsychiatrie, auf die Apollonia eingewiesen worden war. Sie befand sich in einem der alten Häuser.

Wir meldeten uns an der Pforte an und durften dann durch den langen Flur zu Apollonias Zimmer gehen. Sie lag allein in einem Raum, der wohl einmal Teil einer Klosterzelle gewesen war. Allerdings war diese später durch eine Trennwand abgeteilt worden, sodass das Zimmer eigenartige Raumproportionen gewonnen hatte: ein langer, schmaler Schlauch, der enorm hoch wirkte. Man hatte versucht, ihn durch gelbe Wände und Vorhänge etwas freundlicher zu gestalten. Apollonias Bett stand in der Nähe des Fensters, durch das man einen Blick auf die Kirche hatte, aber sie konnte die Aussicht nicht genießen, weil sie immer noch nicht richtig bei Bewusstsein war. Neben ihrem Bett stand ein fahrbares Gestell, an dem verschiedene Flaschen mit Infusionsschläuchen hingen. Ihre Handgelenke waren fixiert und durch die Schläuche mit den Flaschen verbunden. Ich trat an das Bett und erschrak. Apollonia hatte die Augen offen und starrte an die Decke. Ihr Gesicht war eingefallen. Die dünnen, weißen Haare waren von Schweiß verklebt und lagen wie ein unordentlicher Heiligenschein um ihren Kopf herum auf dem Kissen. Sie sah zum Erbarmen aus.

»Apollonia, ich bin's, Polli!«, versuchte ich zu ihr durchzudringen und hatte dabei Mühe, meine Tränen zurückzuhalten. Aber weder an ihrem Verhalten noch in ihren Augen war eine Reaktion zu erkennen. Ich legte meine Hand auf die ihre und machte noch einen Versuch:

»Apollonia, hör doch, ich bin's!«

Da fing sie an, schnell vor sich hin zu murmeln, aber man konnte fast nichts verstehen.

»Ich glaube, sie betet«, sagte Martin leise, »zu ›Antonius‹ und ›Maria‹.« Er war ebenso erschüttert wie ich. Ich schaute ihn an und wollte etwas sagen, aber in diesem Augenblick kam der Arzt ins Zimmer. Er war um die fünfzig, groß und sehr schmal, hatte einen dunklen Vollbart, dafür aber nur noch spärliche, dunkle Haare. Ich stellte mich kurz vor, und er sagte:

»Frau Katzenmaier, es tut mir Leid, aber Ihrer Tante geht's noch nicht viel besser. Wir mussten sie heute Morgen fixieren und ihr ein starkes Beruhigungsmittel geben, weil sie wieder einen Anfall hatte. Sie hat die Schwester, die ihr das Essen gebracht hat, angegriffen, wollte unbedingt noch mehr haben.«

Er erklärte mir, dass sie immer noch nicht recht wussten, woher ihre Krankheit genau kam. Mehrfach fiel der Ausdruck »unspezifische Symptome«, die hervorgerufen werden konnten durch ... Und dann zählte er alle möglichen Ursachen auf, Medikamente, Hormone, Tumoren, Hirnabbau durch Altersdemenz. Die letzten beiden Ursachen konnten sie allerdings ausschließen: Den Tumor wegen der Computertomografie und die Demenz, weil diese schleichend kam, während Apollonia bis zu ihrem Anfall völlig bei Trost gewesen war.

»Aber es kann theoretisch auch psychogen sein«, beendete er schließlich seinen Vortrag über unspezifische Symptome.

»Was bedeutet das?«, wollte ich wissen.

»Das heißt, dass sie auch einen seelischen Schock erlitten haben kann. Wissen Sie, ob sie in letzter Zeit einen schweren Verlust zu beklagen hatte? Oder ob sonst etwas passiert ist, was sie sehr aufgeregt hat?«

War die Vermutung meiner Mutter womöglich richtig gewesen, dass es die Gespräche mit mir waren, die sie so erregten? Aber es schien sie doch zu erleichtern, dass ich ihr zuhörte! Und es war ihr ausdrücklicher Wunsch gewesen.

»Nicht dass ich wüsste!«, antwortete ich daher, und wie hätte ich Dr. Spengler die ganze verzwickte Geschichte auch erklären können? Wenn, dann war es etwas anderes gewesen, das ihr einen solchen Schock versetzt hatte. Das Einzige, was ich tun konnte, war zu versuchen, es herauszufinden.

Der Arzt zuckte die Schultern. »Hoffen wir, dass sie es übersteht. Aber sie scheint ein kräftiges Herz zu haben. Immerhin.«

Da wir nicht mehr tun konnten, verließen wir die Station wieder und gingen durch den Park zurück in Richtung Auto.

»Das wird bestimmt wieder!«, versuchte Martin mich aufzuheitern, aber es klang wenig überzeugt. Als ich ein Schild mit der Aufschrift ›Cafeteria‹ sah, schlug ich ihm vor, hier noch etwas zu trinken und eine Kleinigkeit zu essen.

Das Patientencafé war in einem Neubau untergebracht mit viel Glas und Sicht auf den Park. Eigentlich war es nicht nur als Patientencafé gedacht, sondern als ›Kommunikationsort‹ für Kranke und Nichtkranke. Um die Mittagszeit war es jedoch relativ leer, da Kranken wie Nichtkranken offenbar das Essen in der Kantine oder auf der Station wichtiger war als die Kommunikation.

»Weißt du eigentlich, woran man erkennt, wer Patient ist und wer Pfleger?«, fragte ich Martin, nachdem wir uns Kaffee geholt und in eine Ecke gesetzt hatten.

»Nein, woran?« Er sah sich um. Am Tisch neben uns saß eine Gruppe von vier älteren Männern mit Wasser und Limonade vor sich auf dem Tisch. Etwas weiter weg unterhielten sich ein Mann und eine Frau, während sie Kaffee tranken.

»Die mit dem Schlüsselbund sind die Pfleger.«

Wir prusteten los, und er holte schnell seine Autoschlüssel heraus und legte sie vor sich auf den Tisch.

»Damit keine Missverständnisse aufkommen!«, fügte er grinsend hinzu.

»Martin, sie hat nicht gebetet, sie hat von deiner Mutter gesprochen!«, sagte ich plötzlich wieder ganz ernst.

»Was sagst du?«, fragte er verwirrt.

»Apollonia! Sie hat nicht Maria gesagt, sondern Marie, und sie hat deine Mutter damit gemeint.«

»Wie kommst du denn darauf?«

»Was weißt du über den Tod deines Großvaters?«, stellte ich ihm eine Gegenfrage.

»Was hat das denn nun damit zu tun?« Er wurde fast ein bisschen ärgerlich, und so konnte ich nicht umhin, ihm zu schildern, was ich in den Sitzungen mit Apollonia alles erfahren hatte über seine Familie. Ich hatte ihr zwar versprochen, nichts darüber zu erzählen oder zu schreiben, bevor alle Beteiligten unter der Erde lagen, aber jetzt lief sie Gefahr, nur allzu schnell dahin zu kommen, und ich war bereit, alles zu tun, um dies zu verhindern.

»Beim nächsten Mal wollte sie mir von dem Gespräch mit deiner Mutter erzählen, verstehst du?«, schloss ich meinen Bericht. »Aber das konnte sie nicht mehr, weil die Krankheit dazwischenkam.«

»Ach, Polli, lassen wir doch die alten Geschichten, das hilft der Apollonia auch nicht wieder auf die Beine«, sagte Martin mit einem Seufzer.

»Da bin ich mir eben nicht so sicher. Irgendetwas war ja die Ursache für ihren plötzlichen Zusammenbruch, du hast ja gehört, was der Arzt gesagt hat. Und ich weiß, dass diese Geschichte sie sehr belastet hat, sie wollte sogar zum Pfarrer gehen und beichten, und sie hat davon gesprochen, dass sie Gott spielen musste.«

»Was hat sie denn damit gemeint?«

»Das weiß ich eben nicht, denn von dem, was sie mir bisher erzählt hat, lag nichts in ihrer Entscheidung; das heißt, es gab nichts, auf das eine so große Metapher gepasst hätte. Aber es war ja auch nur der Anfang der Geschichte. Und das Gespräch, das sie mit deiner Mutter geführt hat, muss irgendwie entscheidend gewesen sein. Immerhin hat sie noch in ihrem jetzigen Dämmerzustand ihren Namen genannt!«

»Oder sie hat gebetet«, stellte Martin skeptisch fest.

Meinem Gesicht sah er wohl an, dass ich nicht überzeugt war.

Ich bohrte weiter: »Was weißt du denn nun über diese Geschichte?«

»Ach, es ist halt wie oft im Dorf. Die Betroffenen erfahren es als Letzte. Meine Großmutter habe ich als Kind mal danach gefragt, als die Jungs in der Schule mich gehänselt hatten, dass mein Großvater ein Selbstmörder war. Wer weiß, wo sie das herhatten. Aber sie hat mir dann diese Matthes-Geschichte aufgetischt, die mir furchtbare Angst gemacht hat. Stell dir vor, ein Gespenst hat deinen Großvater umgebracht! Ich hab mich monatelang nicht mehr auf den Walserhof getraut, weil dort der Herrenweiher in der Nähe war. Und als ich dann mal versucht hab, mit meiner Mutter darüber zu reden, hat sie total abgeblockt. Sie wollte mit den alten Geschichten nichts mehr zu tun haben, da bin ich wie gegen eine Mauer gelaufen. Sie hat nur gesagt, dass er sich wohl umgebracht hat und dass man die Toten ruhen lassen soll.«

»Irgendwie scheint mir deine Mutter der Schlüssel zu der Geschichte zu sein. Sie hat sich ja auch eigenartig verhalten ihrem Vater gegenüber. Warum hat sie ihm vorgeworfen, er habe Schande über die Familie gebracht?«

»Ach, ich hab keine Ahnung, vielleicht hat sie ja auch nur so dahergeredet!«, antwortete er mit genervtem Unterton in der Stimme. Offenbar wollte er das Thema gerne hinter sich haben.

Deshalb fragte ich nun ganz vorsichtig: »Glaubst du, ich könnte mal mit deiner Mutter reden?« Aber es trat prompt das ein, was ich befürchtet hatte.

»Was? Was willst du sie denn fragen? Sag mal, du bist aber nicht deswegen noch mit mir mitgekommen gestern Abend?« Er war plötzlich distanziert und voller Misstrauen.

»Glaubst du das wirklich?«, fragte ich erschrocken.

Zunächst zögerte er einen Augenblick, dann sah er mich an, atmete tief durch und sagte zu meiner großen Erleichterung: »Eigentlich nicht.«

Schließlich lächelte er, beugte sich zu mir vor und flüsterte: »Dafür warst du zu wild!«

Wir lachten beide, und so war diese Klippe umschifft.

»Weißt du, damals, als ich bei der Kripo angefangen habe«, begann er nun zu erzählen, »da habe ich mir mal die Akte von meinem Großvater aus dem Archiv geholt. Aber es stand im Prinzip nur drin, dass er Selbstmord begangen hat. Auch wenn meine Großmutter sich nie damit abgefunden hat.«

»Vielleicht hatte sie ja Recht!«

»Naja, ganz eindeutig waren die Befunde damals tatsächlich nicht. Aber es gab auch keinen Hinweis auf Fremdeinwirken, der wirklich stichhaltig gewesen wäre. Und die, die verdächtigt wurden, der Ferdi und – na, halt mein Vater –, also die waren es ganz bestimmt nicht. Der Hauptkommissar Steinmann hat damals schon gut recherchiert.«

»Vielleicht nicht gut genug. Meinst du nicht, deine Mutter würde mir vielleicht etwas erzählen?«

»Du meinst, so von Frau zu Frau? Hm, ich weiß nicht.«

Ich ließ nicht locker. »Komm, einen Versuch wär's doch wert!«

Nicht besonders überzeugt meinte er: »Naja, wenn du unbedingt Miss Marple spielen willst.«

»Seh ich vielleicht aus wie Miss Marple?«, entgegnete ich entrüstet.

»Wenn du deinen Umhang um dich schwingst, schon ein bisschen!« Er grinste.

Ich musste lachen, weil er mich durchschaut hatte. Diesen Schwung hatte ich mir tatsächlich bei Margaret Rutherford abgeschaut.

»Du könntest ja morgen zum Essen mitkommen«, fuhr er lächelnd fort. »Wenn ich Nachtdienst habe, geh ich anschließend immer zu Mutter zum Mittagessen. Sie ist echt lieb, weißt du, und sie kocht gut!«

Im ersten Moment fühlte ich mich fast etwas überrumpelt von seinem raschen Angebot. Wollte er mich gleich als neue Schwiegertochter einführen? So ganz offiziell zum Mittagessen? Es kam mir auch seltsam vor, dass ein Mann in seinem Alter noch regelmäßig zu Mama zum Mittagessen ging. Aber andererseits war es mir wirklich wichtig, mit ihr zu sprechen. Zumindest wollte ich es versuchen. Denn sonst hätte ich überhaupt nicht gewusst, was ich tun konnte, um Apollonia zu helfen.

»Ja klar, warum nicht?«, sagte ich deshalb so leichthin wie möglich.

»Okay, dann ruf ich sie nachher gleich an und sag Bescheid. Sie wird schön staunen, ich hab schon lange keine Frau mehr mitgebracht.«

Mir wurde etwas mulmig in der Magengegend.

Als wir nach Baselreute zurückfuhren, begann es wieder zu schneien. Mein Auto vor Martins Haus war von einer leichten Schneedecke eingehüllt, als wir ankamen.

»Willst du noch auf einen Kaffee mit reinkommen?«, fragte er.

»Ach, ich hab heute schon so viel Kaffee getrunken«, antwortete ich abwehrend.

»Wir müssen ja nicht unbedingt Kaffee trinken«, gab er mit seinem Grübchenlächeln zurück.

»Wann musst du denn zum Dienst?«, wollte ich wissen.

Er seufzte. »In zweieinhalb Stunden. Aber große Lust habe ich heute nicht!«

»Ach komm!«, versuchte ich ihn aufzumuntern.

Ich nahm etwas Schnee von meinem Auto und formte einen Schneeball, schön fest, den ich nach ihm warf. Obwohl er als Ziel eigentlich breit und hoch genug war, traf ich nicht. Ich treffe nie, weder mit Schnee- noch mit anderen Bällen. Im Sport war ich schon immer eine Niete.

Martin lachte mich aus und warf seinerseits einen Schneeball, der mich am Arm erwischte.

»Oh, tut mir Leid, aber wenn man es herausfordert!« Sein Grinsen entblößte die unvermeidliche Zahnlücke.

Ich wischte mir den Schnee von der Jacke und hatte plötzlich ungeheuren Kaffeedurst.

Als Martin zum Dienst musste, fuhr ich zu meiner Mutter. Mit etwas schlechtem Gewissen, denn ich hatte den ganzen Tag nicht angerufen. Aber wenn sie noch böse war, ließ sie es sich jedenfalls nicht anmerken, sondern erkundigte sich ernsthaft besorgt nach Apollonias Zustand. Ich berichtete, was ich gesehen hatte, und sagte ihr gleich, dass ich noch einen weiteren Tag hier bleiben würde, um zu sehen, wie es mit Apollonia weiterginge. Mutter freute sich darüber, und wir verbrachten einen netten Abend gemeinsam vor dem Fernseher. In wessen Begleitung ich zur Weissenau gefahren war und am nächsten Tag zum Mittagessen gehen würde, verschwieg ich wohlweislich.

Marie Manz wohnte mit ihrem Mann in einem Einfamilienhaus am Krähenberg, einer Siedlung, die Ende der fünfziger Jahre gebaut worden war. Eine Siedlung ähnlich wie der Rauhbühl also, nur die Version von vor vierzig Jahren. Das heißt, die Bäume waren schon über die

Hausdächer hinweggewachsen und die Büsche, die einen Garten vom nächsten abtrennten, waren übermannshoch. Das Haus selber war eines dieser typischen Einfamilienhäuser von damals: Es hatte seitlich einen Garagenanbau und im ersten Stock einen Balkon, der die halbe Breite des Hauses einnahm. Daneben gewährte ein großes Panoramafenster freien Blick auf den Achtalwald. In den achtziger Jahren hatte Martins Vater auf dem Garagendach einen Wintergarten aufgebaut, der in der kalten Jahreszeit alle Pflanzen aufnahm, die im Sommer die Hofeinfahrt schmückten und Maries ganzer Stolz waren, wie Martin mir erklärte.

Wir hatten uns bei Martin getroffen, ich ließ mein Auto vor seinem Haus stehen, und wir fuhren in seinem Wagen quer durch das Dorf zum Krähenberg. Ich war sehr aufgeregt, einerseits aus Freude darüber, ihn wiederzusehen, andererseits, weil ich nicht wusste, was mich bei seinen Eltern erwartete.

Marie öffnete selbst die Tür. Ich hatte keine so genaue Erinnerung mehr an sie gehabt, obwohl ich sie ja noch aus dem Gesangverein kennen musste, wo ich vor Jahrzehnten – mein Gott, Jahrzehnten! – im Jugendchor mitgesungen hatte. Aber damals hatten mich Bass und Tenor mehr interessiert als Sopran und Alt. Als sie nun unter der Tür stand, kam meine Erinnerung schlagartig wieder. Sie hatte sich nicht sehr verändert, war vielleicht nicht mehr ganz so schlank wie früher. Die langen dunklen Haare, von denen Apollonia mir erzählt hatte, waren schon damals kurz geschnitten gewesen und nun von grauen Fäden durchzogen. Sie hatte rote Bäckchen und in ihren braunen Augen fand ich den leuchtenden Schalk aus Martins Augen wieder. Man sah ihr ihre 61 Jahre nicht an. Als Jugendliche hatte ich sie gemocht, weil sie eine der wenigen war, die uns ›Kitterliesen‹, wie meine Freundin und ich genannt wurden, akzeptierte und verstand. »Die Mädchen freut halt der Dreck auf der Straße!«, hatte sie immer gesagt und uns fast wehmütig angesehen, wenn wir mal wieder aus unerfindlichen Gründen mitten in der Chorprobe loskicherten und der Chorleiter einen strengen Blick aufsetzte. Martin hatte mir erzählt, dass sie gerne weitere Kinder, vor allem ein Mädchen, gehabt hätte, aber aufgrund einer Krankheit hatte sie nach ihm keine Kinder mehr bekommen können. So waren wir Chormädchen in den Genuss ihrer mütterlich schützenden Gefühle gekommen.

»Hallo, Polli! Das ist nett, dass du mitkommst, Martin hat mir heute Morgen gesagt, dass er noch einen Gast bringt. Ich muss dir aber gleich sagen, dass es nichts Besonderes gibt, da hätte er gestern Bescheid sagen müssen!«

Nichts Besonderes hieß: Es gab leckere, selbst gemachte Kässpätzle mit langen Käsefäden und vielen geschmälzten Zwiebeln, dazu Endiviensalat, wie es sich gehörte. Ich war begeistert.

Marie hatte den Tisch im Esszimmer gedeckt und sogar eine Kerze mit ein paar Tannenzweigen in die Mitte gestellt. In der Wohnung gab es überall Zweige, Strohsterne und Räuchermännchen, Vorweihnachtsdekoration eben, aber geschmackvoll, nicht kitschig.

Ich fragte mich, was Martin über mich erzählt hatte. Marie war sehr freundlich, musterte mich aber hin und wieder verstohlen. Ob sie in mir eine potentielle neue Schwiegertochter sah? Vielleicht machte sie sich ja Sorgen um ihren einzigen Sohn, ob er wohl wieder eine Frau finden würde, so wie sich Mutter um meinen Bruder Thomas sorgte, der mit 42 Jahren immer noch nicht verheiratet war. Dann war ich ihr ja vielleicht sogar willkommen! Oder war sie eifersüchtig wegen ihres Ältesten? War das vielleicht sogar ein Grund gewesen, warum Conny ihn verlassen hatte?

»Rudolph, komm zum Essen!«, rief Marie nun die Kellertreppe hinunter. »Er ist im Hobbykeller, irgendwas am Basteln«, fügte sie an mich gewandt hinzu.

Auch von Rudolph Manz hatte ich ein Bild im Hinterkopf gehabt, das allerdings kaum mehr der Wirklichkeit entsprach. Er hatte inzwischen einen ziemlich dicken Bauch bekommen und eine Glatze, die von einem schmalen Kranz gelockter, grauer Haare umringt war. Er wirkte sehr viel älter als Marie, obwohl er nach Apollonias Erzählung nur etwa fünf Jahre älter sein musste. Aber auch er begrüßte mich freundlich und setzte sich neben Martin an den runden Esstisch. Ich saß ihnen gegenüber und konnte nicht umhin, Vater und Sohn zu vergleichen. So ähnlich also würde Martin in zwanzig Jahren aussehen ... Ach verdammt, was ging es mich an, wie Martin in zwanzig Jahren aussah! In diesem

Moment lächelte er mir ermunternd zu, und ich bemerkte aus dem Augenwinkel, dass Marie ihn aufmerksam beobachtete.

Das Gespräch während des Essens war lebhaft; Martins Eltern wollten natürlich wissen, wo ich jetzt war und was ich beruflich machte, und sie amüsierten sich über meine Anekdoten aus dem Reiseleiterdasein. Als ich mich dann nach ihren Pflanzen erkundigte, begann Marie begeistert zu erzählen, und ich erfuhr, welche Spezialerde ein Rhododendron und welche Bewässerungsmethode eine Orchidee braucht. Nach dem Essen bat ich, mir den Wintergarten anschauen zu dürfen. Martin fragte derweil seinen Vater, ob er mit ihm in den Keller kommen könne, wie weit er denn dort sei. Er hatte mir schon im Auto erzählt, dass sein Vater an einem Weihnachtsgeschenk für die Mutter, einem Rosenspalier arbeite, und er dies zum Vorwand nehmen wolle, um mich mit Marie allein zu lassen.

Der Wintergarten war zwar nicht ganz so warm wie das Esszimmer, da nun aber die Sonne schien, war es auch hier sehr angenehm. Ich musste mir alle Pflanzen anschauen und erklären lassen, Engelstrompeten und Oleander, Eibisch und Canna Indica, und es interessierte mich auch, weil ich ja selber ab und zu botanische Führungen auf der Insel Mainau machte. Was jedoch meine eigenen Zimmerpflanzen anging, so hatte ich absolut keinen grünen Daumen, eher zwei linke Hände. Deshalb war ich für jeden Tipp dankbar. Und während Marie mir voller Begeisterung ihre Blumen und Sträucher vorführte, sah ich immer wieder das junge Mädchen vor mir, das mit derselben Leidenschaft um seine Liebe gekämpft und sich sogar gegen den eigenen Vater gestellt hatte. Am liebsten hätte ich sie umarmt.

Schließlich bat sie mich in die Küche.

»Magst du einen Tee oder Kaffee?«, wollte sie wissen. »Wir können ja Du sagen, oder? Als alte Sängerkolleginnen?«

»Ja, klar können wir Du sagen, und einen Kaffee zur Verdauung würde ich gerne nehmen!«

Während sie den Kaffee zubereitete, setzte ich mich an den kleinen Küchentisch und begann von Apollonia zu erzählen, von ihrem Zusammenbruch und wie wir sie gestern besucht hatten in der Weissenau.

»Ja, das ist furchtbar!«, sagte sie. »Aber wenn man so alt ist, kann's halt schnell gehen. Weiß man denn genau, was sie hat?«

»Nein, der Arzt hat keine Ahnung, das ist ja das Schlimme. Sie können nur die Symptome bekämpfen.«

Sie seufzte. »Ja, die Apollonia, die hat meiner Mutter viel geholfen.«

»Damals, nach dem Tod von deinem Vater, gell?«, knüpfte ich vorsichtig an. Augenblicklich änderte sich Maries Haltung. Sie drehte mir den Rücken zu, beschäftigte sich intensiv mit der Kaffeemaschine und schwieg. Schließlich murmelte sie so leise vor sich hin, dass ich es nur mit Mühe verstehen konnte: »Ja, das war eine schlimme Zeit!«

»Ich weiß schon, ich hab's gehört von Apollonia«, sagte ich mitfühlend.

Da fuhr sie herum: »Was hat sie dir erzählt?« Zwischen ihren Augenbrauen hatte sich eine bedrohliche Falte gebildet. Alle Freundlichkeit schien aus ihrem Gesicht wie weggewischt.

»Nicht viel! Dass du es halt sehr schwer hattest damals, weil du schwanger warst«, versuchte ich sie zu beschwichtigen.

Da ließ sie sich schwerfällig auf den zweiten Küchenstuhl nieder und seufzte erneut. Sie schüttelte leise den Kopf, und schließlich begann sie vor sich hin zu lächeln.

»Mein Gott, das ist schon so lange her. Mit dem Martin damals.«

Dann blickte sie mich plötzlich an und fragte: »Sag mal, was ist eigentlich mit euch beiden? Liebst du ihn?«

Im Grunde hatte ich ja damit rechnen müssen, nicht ungeschoren davonzukommen in diesem Gespräch.

»Das hab ich mich selbst – ehrlich gesagt – noch nicht gefragt, und er übrigens auch nicht. Es ist alles noch so neu, noch keine zwei Tage alt ... Und Liebe – das ist so ein großes Wort!« Das sah sie wohl ein.

»Aber gefallen tut er dir schon, oder?«

Da konnte ich nun vorbehaltlos zustimmen, gefallen tat er mir außerordentlich!

»Ja, die erste Zeit ist immer die schönste für ein Paar!«, sagte sie. »Ich weiß noch, wie das damals mit dem Rudolph und mir angefangen hat. Er sang ja im Bass und ich im Sopran, und in dem kleinen Probenraum, da stand man sich dann so schräg gegenüber und da hat er mich immer angeschaut, dass mir ganz heiß geworden ist, und ich hab keinen richtigen Ton mehr rausgebracht. Und dann haben wir bei einer Hochzeit gesungen und auch noch getanzt hinterher, und da hat er mich dann zum ersten Mal geküsst ... Ich weiß, wenn du ihn heute siehst, kannst du dir das vielleicht gar nicht mehr recht vorstellen, aber er war dem Martin sehr ähnlich. So gern wie damals bin ich nie mehr in die Singproben gegangen!«, lachte sie.

Vertrauen gegen Vertrauen, dachte ich, und erzählte ihr von meinem Besuch im Mohren zwei Abende vorher, und welche Folgen das ›Ade zur guten Nacht‹ gehabt hatte.

»Na, da habt ihr ja wirklich eine gute Nacht gehabt!«, lautete ihr Kommentar. Kein Wort davon, dass man in der ersten Nacht nicht gleich ... Sie war wirklich ganz anders als meine Mutter und ich beneidete Martin fast ein bisschen.

Dann fiel mir ein, dass sie gar nicht mit im Mohren gewesen war neulich.

»Aber sag mal, singst du denn jetzt nicht mehr?«

»Doch, doch, aber ich geh immer lieber heim nach der Probe. Die meisten Frauen gehen danach heim, und mit so vielen Männern als Einzige noch in die Wirtschaft sitzen, dazu hab ich auch keine Lust. Aber komm, wir zwei trinken jetzt noch ein Schnäpsle, auf die Liebe! Oder aufs Verliebtsein, wenn dir das lieber ist!«

Sie holte einen Obstler aus der Speisekammer und schenkte uns ein. Ich hoffte währenddessen, dass Martin uns noch ein wenig Zeit lassen würde. In meinem eigentlichen Anliegen war ich ja noch keinen Schritt weiter gekommen. Wir stießen an, und sie schaute mir lächelnd in die Augen dabei, und ich schämte mich, weil ich gekommen war mit der Absicht, sie auszuhorchen. Dann musste ich an Apollonia denken, und wie ihre verschwitzten, unordentlichen Haare auf dem Kissen zum Erbarmen ausgesehen hatten. Deswegen war ich hier, und es war richtig. Aber ich wollte nun auch Marie gegenüber ehrlich sein.

So berichtete ich ihr noch einmal ausführlich von Apollonias Zusammenbruch, der Hilflosigkeit des Arztes und dass die Ursache womöglich im Zusammenhang stand mit der Geschichte, die sie mir erzählt hatte. Ich erklärte ihr, wie unsere Sitzungen überhaupt zustande gekommen waren, dass Apollonia das Bedürfnis gehabt hatte, sich zu erleichtern, dass das Ganze sie offenbar schrecklich belastet hatte, jetzt, wo sie glaubte, wegen dem Krebs dem Ende nahe zu sein.

Marie hörte mir schweigend zu und starrte angestrengt in ihr Schnapsgläschen, das sie zwischen den Fingern drehte.

»Marie, Apollonia hat mir die Szene geschildert, als dein Vater dich geschlagen hat. Deine Mutter hat es ihr offenbar ausführlich erzählt.« Ich zögerte. »Warum hast du ihm vorgeworfen, dass er der Familie Schande gemacht hätte? Was hatte das zu bedeuten?« Jetzt war es heraus. Die entscheidende Frage, deren Antwort mir vielleicht helfen würde, das Mosaik von Apollonias Geschichte zusammenzusetzen, eine Frage, so intim, dass man sie höchstens der besten Freundin oder vielleicht noch der Tante Hebamm verzeiht, aber nicht irgendeiner Frau, die da gerade mal mit dem Sohn zur Tür hereinspaziert kommt. Wahrscheinlich würde sie mich gleich hinauswerfen!

Plötzlich fiel ein Tropfen neben Maries Glas auf die Tischdecke. Ganz langsam, wie in Zeitlupe. Und noch einer. Und dann noch einer. Dann fing sie an zu schluchzen, und ich hoffte nur sehnlichst, dass Martin jetzt nicht kommen würde. Auf eine solche Reaktion war ich nicht gefasst gewesen. Offenbar hatte die Vergangenheit für sie auch nach so vielen Jahren ihren Schrecken nicht verloren. Ich ging zu ihr und legte meinen Arm um ihre Schulter. Da ließ sie den Kopf auf ihre überkreuzten Arme auf dem Tisch sinken und weinte herzzerreißend. Ihr ganzer Körper wurde von Schluchzern geschüttelt. Ich stand hilflos daneben, streichelte ihren Rücken und versuchte, mich zu entschuldigen.

»Es tut mir so Leid! Es tut mir so Leid, das wollte ich nicht! Bitte, entschuldige, Marie!«

Nach einer halben Ewigkeit wurden die Schluchzer leiser, sie zog ein Taschentuch aus ihrer Schürzentasche und schnäuzte sich hinein. Zumindest schien sie mir nicht böse zu sein. Traurig sagte sie nur:

»Ach, Polli, es nützt doch niemandem was, wenn man die alten Geschichten wieder aufwärmt!«

»Weißt du, ich möchte einfach verstehen, was Apollonia so aufgeregt haben könnte. Sie wollte mir von dem Gespräch mit dir berichten, aber dazu ist es nicht mehr gekommen. Du hast ihr doch damals etwas Wichtiges erzählt.«

»Ja, ich hab ihr was erzählt«, sagte sie düster, »und Apollonia hat versprochen, mit niemandem darüber zu reden.«

»Das hat sie auch noch nicht getan, darum bin ich jetzt hier«, erklärte ich ihr. »Bitte!«

Marie hob ihren Blick und schaute mir einen Moment lang forschend in die Augen. Dann lauschte sie nach den Männern, aber man hörte immer noch ihr fernes Murmeln im Keller. Sie schnäuzte sich noch einmal.

»Na, gut«, sagte sie dann. »Weißt du, ich erinnere mich daran, als ob es erst vor kurzem passiert wäre. Das ist doch komisch, ich war damals noch ein Kind, vielleicht fünf, sechs Jahre alt, jedenfalls noch nicht in der Schule. Und ich erinnere mich an sonst nicht viel, aber daran schon. Wie wenn es gestern gewesen wäre!«

***

Ferdinand hatte sie, wie üblich, als Erster entdeckt. Vier junge Kätzchen, noch keine zwei Wochen alt, auf dem Heustock. Und abends, nach dem Essen, als er im Stall fertig war, da nahm er die kleine Marie mit in die Tenne, um sie ihr zu zeigen. Durch das Heubodenloch kletterten sie über die Leiter nach oben. Die Katze hatte ihre Jungen klugerweise auf jener Seite des Heustocks abgelegt, wo noch ein Rest vom letzten Jahr lagerte. Dieser Teil wurde als Letzter mit frischem Heu aufgefüllt, sodass die Gefahr nicht so groß war, dass sie unter den staubigen Massen begraben wurden. Die Kleinen lagen an der Seitenwand in einer Kuhle hinter einem Strohballen, sodass sie auch nicht über den nahen Rand des Bodens in die Tiefe stürzen konnten. Marie und Ferdinand saßen davor, und das Kind streichelte mit großen, glänzenden Augen ein schwarzes Kätzchen, dessen eigene Augen noch geschlossen waren. Es wimmerte leise vor sich hin, wurde dann aber durch das Streicheln ruhiger. Vom Stall her hörte man hin und wieder das Muhen einer Kuh und das Rasseln einer Kette. Sonst war es still.

Plötzlich öffnete sich das Tennentor und jemand kam herein. Marie nahm das Kätzchen und ging zum Rand des Heubodens, um dem Neuankömmling ihren Schatz zu zeigen. Sie sah, dass es ihr Vater war, der unten einen Rechen aufhängen wollte. In diesem Augenblick kam auch der Matthes zum Tor hereingelaufen und schrie:

»Du Saukerl, bleib jetzt stehen! Ich will wissen, was da los war!«

Marie erschrak und setzte sich mit dem Kätzchen ins Heu. Sie schaute auf die Männer hinab, ohne einen Ton zu sagen, und auch Ferdinand kauerte sich neben sie und beobachtete die beiden ungleichen Brüder, die unten standen. Der schmächtige Matthes packte Anton am Arm, sodass der den Rechen sinken lassen musste. Anton schüttelte ihn ab wie ein lästiges Insekt.

»Gar nix war los, was willst du denn?«

»Aber die Elis ...«

»Was ist mit der Elis?«

»Die kriegt ein Kind!«

Anton war überrascht.

»Was, ein Kind?«

»Ja, sie kriegt ein Kind!«

Da lachte Anton und wandte sich wieder um, um den Rechen aufzuhängen.

»Na, herzlichen Glückwunsch, Matthes!«

Dann nahm er einen Kälberstrick, der daneben hing und wandte sich wieder zum Gehen.

»Aber das Kind ist nicht von mir!«, sagte Matthes mit erstickter Stimme.

»Woher willst du das denn wissen?«, fragte Anton.

Matthes weinte fast: »Weil ich sie noch nie angerührt hab!«

»Aber ihr wart doch so oft allein spazieren, habt Händchen gehalten!«

Matthes schrie ihn an:

»Aber nicht mehr, verstehst du?«

Anton machte einen Schritt in Richtung Tür und fragte scheinbar gelangweilt:

»Und warum erzählst du mir das alles?«

»Weil die Elis gesagt hat, dass du ...«

»Die Weiber schwätzen viel, wenn der Tag lang ist!«, fiel ihm Anton ins Wort.

Matthes zerrte Anton am Ärmel zu sich herum und schrie:

»Aber nicht die Elis! Sie hat gesagt, sie wollte nicht, aber du ...«

Anton schrie nun ebenfalls:

»Jetzt hör mir mal zu Matthes! Die Weiber wollen's doch so! Du mit deinen Gedichten und Blümchen und Händchen halten! Glaubst du, das ist, was die wollen? Die wollen einen rechten Mann! Da ist die Elis auch keine Ausnahme.«

Matthes war verzweifelt.

»Das ist nicht wahr!«

Da begann Anton, hämisch zu grinsen.

»Was meinst du, wie sie gejuchzt hat, als ich sie richtig genommen hab! Darauf hat sie schon lang gewartet gehabt! So ein Schlappschwanz wie du ist vielleicht recht zum Heiraten und Kinder großziehen, aber zum Kindermachen braucht's einen rechten Mann!«

Er lachte Matthes ins Gesicht, der sich nun heftig schluchzend auf ihn stürzte.

»Das ist nicht wahr, du Drecksau, was hast du mit ihr gemacht!«

Er holte aus und versetzte Anton einen Kinnhaken. Der taumelte überrascht nach hinten und fiel auf den Rücken. Nun wurde er wütend. Er rappelte sich langsam wieder hoch, während Matthes laut weinend mit erhobenen Fäusten vor ihm stand. Mit verhaltener Wut in der Stimme sagte der Ältere:

»Brüderle, das machst du nicht noch einmal! Wegen so einer Hure!« Dann bekam seine Stimme etwas Spöttisches: »Kannst sie ja heiraten! Für Nachwuchs ist wenigstens gesorgt. Das hättest du selber ja doch nicht hingekriegt!«

Matthes stand vor ihm, von Schluchzen geschüttelt. Seine Arme sanken langsam herab.

»Das ist nicht wahr! Die Elis wollte bestimmt nicht ...!«

»Und ob sie's wollte! Die Weiber sind doch alle gleich!«

»Nein!«, schrie Matthes, packte den Kälberstrick, den Anton noch in der Hand hielt und lief hinaus.

***

»In dieser Nacht hat der Matthes sich aufgehängt. Ich hab damals nicht verstanden, worum sie sich eigentlich gestritten haben, nur dass mein Vater dem Matthes irgendetwas Schreckliches angetan hatte, so schrecklich, dass der lieber sterben wollte. Und dann hab ich immer auf das Kind von der Elis gewartet. Aber da ist keins gekommen. Tja, und dann ist die Zeit vergangen und ich hab's vergessen.«

Marie schwieg einen Moment.

»Erst als ich selber schwanger war, da ist mir die Sache wieder eingefallen. Plötzlich hatte ich alles wieder ganz klar vor Augen, und da habe ich auch kapiert, was mein Vater Furchtbares getan hatte. Dass er der Elis ein Kind gemacht hatte, gegen ihren Willen. Und dass er mit seinen Reden den Matthes in den Tod getrieben hatte. Ich hab die Elis immer besonders gern gehabt, und sie mich auch. Sie hat sich um mich gekümmert, als ob ich das Kind wäre, das sie nie bekommen hat. Deshalb war ich auch so wütend, als ich plötzlich alles verstanden habe, was damals passiert war. Das habe ich gemeint, als ich ihm gesagt hab, dass er Schande über die Familie gebracht hat.«

Die Elis! Ich überlegte fieberhaft, was Apollonia mir über sie erzählt hatte. Sie war kurz nach dem Tod von Anton ins Kloster gegangen. Und sie wollte das Kind nicht bekommen. Natürlich! Weil es nicht das Kind vom Matthes war, das hätte sie sicher haben wollen. Nein, es war Antons Kind gewesen, und wahrscheinlich gab es keinen Menschen auf der Welt, den sie mehr hasste. Dessen Kind wollte sie auf keinen Fall bekommen. Hatte Elis womöglich etwas mit dem Tod von Anton zu tun? Als ich Marie diese Frage stellte, zuckte sie die Schultern.

»Ach, ich glaube nicht. Bei aller Wut, die die Elis hatte, wie hätte sie das denn machen sollen! Sie war so ein kleiner Hänfling, und mein Vater war ein starker Mann. Sonst hätte er sie ja auch nicht ... Und außerdem war sie an dem Abend, als er gestorben ist, zu Hause. Sie hat ja nicht bei den Knechten geschlafen, sondern bei uns oben über der Stube. Da hat sie ein Kämmerchen gehabt, und da hab ich sie noch weinen gehört. Immer wenn jemand vom Matthes gesprochen hat, dann hat Elis sich in den Schlaf geweint.«

Ich musste an die Blumen denken, die ich an der Friedhofsmauer gesehen hatte. Die arme Frau!

»Und, glaubst du, dass meine Geschichte dich nun irgendwie weitergebracht hat? Dass du damit Apollonia helfen kannst?«, fragte Marie etwas sarkastisch. Ich seufzte, denn ich war wohl eher in einer Sackgasse gelandet.

»Sag mal, Marie, was glaubst du eigentlich, wie dein Vater gestorben ist?«

»Ach Polli, was soll ich dir sagen. Mutter hat zwar immer behauptet, dass er sich nicht selbst umgebracht hat, aber wie soll es sonst gewesen sein?«

»Hast du nie mit ihr über dein Erlebnis gesprochen?«

Sie seufzte.

»Nein. Weißt du, sie hat meinen Vater, glaube ich, wirklich geliebt. Er hat sie geheiratet, obwohl sie eine arme Häuslerstochter aus dem Hinterdorf war, und dafür hat sie ihn geliebt. Sie wollte nie wahrhaben, dass er etwas mit anderen Frauen haben könnte. Sie hat nie gesehen, was für ein brutaler Kerl er sein konnte. Wenn er uns Kinder geschlagen hat, dann hat sie meistens einfach weggeschaut. Und sie hat so um ihn getrauert, dass ich nie den Mut fand, es ihr zu sagen. Außerdem hat man damals nicht über solche Sachen gesprochen, das war nicht so wie heute. Ich hätte gar nicht gewusst, wie ich mich ausdrücken soll, verstehst du? Also hab ich ihr den Glauben an den Matthes und seine Rache gelassen. Dabei ahnte sie nicht einmal, wie viel Grund der zur Rache gehabt hätte.«

Natürlich wollte Martin auf der Rückfahrt zu seinem Haus wissen, was bei dem Gespräch mit Marie herausgekommen war. Während ich ihm von dem Streit zwischen seinem Großvater und Matthes berichtete, schüttelte er stumm den Kopf, und als ich geendet hatte, seufzte er: »Das ist ja furchtbar! Mein Gott, bin ich froh, dass ich ihn nie kennen gelernt habe. So kann ich ihn wenigstens richtig verabscheuen! Nun versteh ich auch, warum Ferdinand ihn angegriffen hat, nach Matthes Selbstmord. Der wusste, wer schuld war daran!«

»Ja, irgendwie mag man Anton nicht bedauern dafür, dass er keinen schönen Tod hatte. Aber wahrscheinlich werden wir nie erfahren, wie es wirklich geschah.«

Auch ich seufzte nun. Meine Spurensuche war zu Ende, ehe sie richtig begonnen hatte. Was hatte ich erfahren? Dass Martins Großvater ein rücksichtsloser, brutaler Kerl gewesen war, dass sich seinetwegen Matthes erhängt und Elis den Schleier genommen hatte. Das war alles schrecklich traurig, aber es erklärte nicht seinen Tod. Und es war auch kein Grund, warum Apollonia nach so langer Zeit einen psychischen Zusammenbruch hätte erleiden müssen. Womöglich würde ich das Ende ihrer Geschichte nie erfahren.

Ich blieb noch kurz bei Martin, doch der war müde vom Nachtdienst, und so fuhr ich wieder zur Weissenau. Inzwischen ging es Apollonia anscheinend doch ein bisschen besser, aber sie schlief, sodass ein Gespräch mit ihr nicht möglich war.

Ich überlegte, was ich jetzt noch tun konnte. Als ich an der ehemaligen Klosterkirche vorbeikam, wurde mir bewusst, dass ich sie noch nie von innen gesehen hatte.

›Was bist du nur für eine Kunsthistorikerin!‹, schalt ich mich in Gedanken. ›Kommst so oft hier vorbei und schaust nie rein!‹

Ich war überrascht, als ich den großen, hellen Raum betrat. Eine Vorarlberger Wandpfeilerhalle tat sich vor mir auf mit dunkelsamten wirkenden, gemalten Scheinkuppeln, fast wie von Andrea Pozzo, dem römischen Barockmaler. Allerlei phantastische Rocaille- und Rankenornamente aus Stuck verbanden die Bilder mit dem architektonischen Gerüst der Kirche. Auf dem Hochaltarbild waren die Apostel Petrus und Paulus dargestellt, die beiden Kirchenpatrone. Und in einer Glasvitrine des Norbertusaltars an der linken Vierungswand wurde – laut Kirchenführer, den ich mir am Eingang gekauft hatte – eine Heiligblutreliquie aufbewahrt.

Ich musste an die Weingartener Reliquie und an den Blutritt denken, den ich als Kind niemals versäumt hatte, war doch immer mein Pony dort mitgelaufen in der Reiterprozession. Ich selbst durfte als Mädchen bei dieser Männerwallfahrt selbstverständlich nicht mitwirken, das wäre ein Sakrileg gewesen, zumindest in den Augen des Blutreitergruppenführers von Baselreute. Andere Gruppenführer waren da nicht ganz so streng; hin und wieder sah man bei der Prozession Reiter mit Frack und Zylinder, deren Haare verdächtig hochgesteckt wirkten und die gar zu feine Gesichter hatten im Vergleich zu den hageren oder auch feisten Gesichtern der sonstigen bäuerlichen Prozessionsteilnehmer. So etwas gab es bei uns nicht! So kam jedes Jahr irgendein Junge aus dem Dorf und fragte, ob er nicht mein Pony haben könnte für den Blutritt. Schweren Herzens sagte ich jedes Mal ja, denn so hatte ich immerhin Gelegenheit, wenigstens bis kurz vor der Prozession dabei zu sein. Und eigentlich war ja die Vorbereitung das wirklich Spannende: Die Proberitte, um zu sehen, ob die Pferde auch »gut taten«, das Putzen und Herrichten von Pferd und Sattelzeug, der gemeinsame Ritt nach Weingarten durch den Altdorfer Wald einen Tag vor dem großen Ereignis, das Übernachten im Heu des fremden Stalles, in dem man zu Gast war, wobei natürlich kaum geschlafen wurde, und endlich der morgendliche Aufbruch zur Abmarschstelle, die Reiter und wir Mädchen (ich war nicht die Einzige) zu Fuß hinterher. Die Stimmung war ungeheuer feierlich, wenn es schließlich losging. Überall hörte man Musikkapellen spielen, Pferde schnauben, manche wiehern, aus Angst oder Übermut, aber wenn der Blutreiter kam, wurde es mäuschenstill, nur noch Gebetsgemurmel breitete sich wie ein Teppich vor ihm aus, und in die Stille erklang die einsame Glocke des Ministranten, der dem Heiligen Blut voranging. Die Menschen bekreuzigten sich und fielen auf die Knie, um den Segen zu empfangen.

Noch in der Erinnerung lief mir ein Schauer über den Rücken und ich wunderte mich, wie nah mir all diese Dinge schienen, obwohl sie doch so weit von meinem jetzigen Leben entfernt waren. Ob heute wohl Frauen mitreiten durften beim Blutritt? Ich war schon viele Jahre nicht mehr da gewesen, und bestimmt hatte sich inzwischen einiges geändert. Auch im katholischen Oberschwaben hatten die Frauen inzwischen mehr Rechte! Hoffte ich zumindest.

Elis kam mir wieder in den Sinn. Sie tat mir unendlich Leid. Innerhalb kürzester Frist hatte sie alles verloren: ihre Unschuld, den Mann, den sie liebte, eine glücklich erhoffte Zukunft. Kein Wunder hatte sie einen so harten, ja fast verbitterten Eindruck gemacht auf dem Friedhof. Ob ihre Geschichte gleich ausgegangen wäre, wenn sie sich fünfzig Jahre später ereignet hätte? Vielleicht hätte Anton nicht so einfach gewagt, sich an einer Dienstbotin zu vergehen. Oder Elis hätte mit Matthes anders darüber reden können, man wäre zur Partnerberatung gegangen, hätte versucht, das Trauma zu verarbeiten ... Naja, ganz so einfach war es auch heute nicht. Aber früher blieb einer Frau halt nur das Kloster, wenn ihr so etwas zustieß.

Ich sah auf die Uhr. Es war halb vier. Noch eine Menge Zeit bis zum Abendessen bei Mutter. Ich weiß nicht, was letztendlich den Ausschlag gab, die Erinnerungen, das barocke Ambiente, das Mitleid mit einer Frau, die ich gar nicht näher kannte – ich beschloss, ins Kloster zu gehen.

Seit meiner Kindheit war ich nicht mehr hier gewesen. Ich stellte den Wagen ab und ging durch das gotische Tor in den Vorhof. Dort hatte sich einiges verändert. Die Bänke für die Armenspeisung und das strenge Suppenschild waren verschwunden. Dafür hatte man in dem Gebäude zur Linken einen »Klostershop« eingerichtet – die Anglisierung hatte auch vor den Mauern von Sauerbrunn nicht halt gemacht. Im Schaufenster, das man rechts neben der Ladentür offenbar extra herausgebrochen hatte, waren Kerzen, geschnitzte Heiligenfiguren, bestickte Schürzen und Servietten, Klosterhonig, Klosterseife und Flaschen mit Klosterlikör in verschiedenen Größen werbeträchtig drapiert.

Die Pforte befand sich immer noch im rechten Gebäude. Ich überlegte, was ich der Pförtnerin sagen sollte. Mir war ja selbst nicht recht klar, was ich eigentlich hier wollte, aber ich beschloss zu sagen, dass ich Elis besuchen und ihr über Apollonias Zustand Bescheid geben wollte.

Doch da fiel mir ein, dass ich überhaupt nicht wusste, wie ihr Klostername war. Und ihren bürgerlichen Nachnamen kannte ich auch nicht, den hatte Apollonia nie erwähnt. Es blieb mir nichts anderes übrig, als sie zu beschreiben. Alt, runzlig, gebückt, strenge, wasserblaue Augen. Die Schwester hinter der Glasscheibe zögerte zunächst.

»Wissen Sie, hier sind inzwischen ja viele so alt, wir werden langsam zu einem richtigen Altersheim! Woher kommt sie denn?«

Als ich Baselreute nannte, erhellte sich ihr Gesicht. »Ach, die Schwester Antonia, ja die hat eine schlimme Osteoporose, darum geht sie so krumm. Aber sie ist trotzdem viel unterwegs!«

Sie versprach mir, Elis alias Schwester Antonia rufen zu lassen. Ich möge bitte so lange im Empfangsraum warten.

Apollonia hatte mir den Raum als düster und muffig beschrieben, und so war er in der Tat immer noch. Was mich jedoch sofort faszinierte, war das Gemälde mit der Darstellung des heiligen Antonius. Es war eine extrem hochformatige Holztafel, vermutlich ein Teil eines mehrflügeligen Altars. Nicht Antonius von Padua, sondern Antonius der Abt war dargestellt, wie ich an dem Tau-Kreuz erkannte, das er in der Hand trug. Man sah ihn im Bildvordergrund als kahlköpfigen, alten Mann mit weißem Bart und abstehenden Ohren, der schreiend versuchte, vor drei Frauen in prächtiger Renaissancetracht zu fliehen, die mit ihm schäkerten. Eine davon zog ihn lachend am Mantel, den er mit rosenkranzbewehrter Hand verzweifelt festzuhalten versuchte. Es sah so komisch aus, dass ich fast lachen musste. Die Geschichte war eingebettet in eine phantastische, antikisierende Architekturkulisse, die den Bildraum in verschiedene übereinander liegende Zonen aufteilte, in denen der Heilige und die drei Damen noch mehrfach dargestellt waren. Ganz im obersten Teil des Bildes, außerhalb des Gebäudes, sah man die Frauen sogar nackt beim Baden im See. Offenbar wollte der Künstler wie in einem Film verschiedene Szenen in einen zeitlichen Ablauf bringen, Szenen einer Verführung, die aber schließlich doch misslingt – der Heilige ergreift die Flucht. Was mich jedoch irritierte, waren fünf Gestalten im Mittelgrund des Bildes, die eine Art Kellertreppe heraufkamen. Sie waren zerlumpt und verkrüppelt und gingen an Stöcken oder auf mittelalterlichen Gehhilfen. Einer hatte die Arme seltsam verdreht und die Hände zusammengekrampft wie ein Spastiker. Ich versuchte, zu schätzen, wann das Bild wohl entstanden war.

»Ein außerordentlich interessantes Werk, nicht wahr?«, sagte in diesem Augenblick eine junge Stimme hinter mir. Ich drehte mich um. Eine Schwester, nicht älter als 30 Jahre, hoch gewachsen und schmal, kam auf mich zu und streckte mir die Hand hin.

»Grüß Gott, ich bin Schwester Katharina. Sie wollten zu Schwester Antonia, gell?« Ich war verwirrt, aber sie fuhr rasch fort: »Sie ist leider nicht da. Eigentlich sollte sie nicht mehr so viel unterwegs sein, aber wahrscheinlich hat sie einen Arzttermin in der Stadt. Sind Sie denn eine Verwandte?«

»Ich ... naja, nicht direkt. Eine Bekannte. Ich wollte sie nur besuchen. Wir haben uns neulich auf dem Friedhof getroffen. Und wir haben eine gemeinsame Freundin, die krank ist. Aber jetzt geht's ihr wieder etwas besser, und ich dachte, Elis, ich meine, Schwester Antonia freut sich darüber.«

Dann deutete ich auf das Bild.

»Anfang 16. Jahrhundert, nicht wahr?«

Sie lächelte.

»Aha, Sie kennen sich also aus. 1517, um genau zu sein. Ja, es ist von Martin Schaffner, die ›Versuchung des heiligen Antonius‹. Wir haben es vom Markgrafen von Baden bekommen. Als Leihgabe. Eine Tante von ihm war hier im Kloster, und bisher hat er es nicht zurückgefordert.«

Sie lächelte verschmitzt. Ihr Gesicht wurde dominiert von einer riesigen Nase, aber ihre grünen Augen hatten einen fesselnden Ausdruck, vor allem wenn sie lachte. Unter ihrem Schleier leuchtete ein roter Haaransatz hervor.

»Leider haben wir nicht genug Geld, um es restaurieren zu lassen. Es ist halt sehr nachgedunkelt. Aber man sieht auch so, dass Schaffner ein außerordentlich begabter Maler war, nicht wahr?«

Das konnte ich nur bestätigen. Peinlich war mir nur, dass ich noch nie von ihm gehört hatte.

»Schaffner, ähm ... war das denn ein hiesiger Maler?«

Sie sah mich etwas ungnädig an. Offenbar musste sie ihren Eindruck, dass ich mich auskannte, revidieren.

»Ja, er war aus Ulm. Er hat viel von Hans Holbein gelernt, der ja um 1500 auch in Ulm war.«

»Dem älteren oder dem jüngeren Holbein?«, wollte ich nun doch zeigen, dass mir die altdeutschen Maler nicht gänzlich unbekannt waren.

»Dem älteren natürlich. Der jüngere ist ja erst um diese Zeit geboren.«

Erwischt! Ich musste doch mal wieder meine Kenntnisse zur süddeutschen Renaissancemalerei auffrischen.

»Wie kam das Bild denn in den Besitz des Markgrafen? Es sieht so aus, als ob es ein Altarflügel wäre.«

»Also, ursprünglich stammt es wohl aus Memmingen, aus dem dortigen Antoniterkloster. Es war wahrscheinlich ein Teil von einem vierflügeligen Altar. Das Kloster ist dann Ende des 16. Jahrhunderts aufgelöst worden, und da hat man die Sachen verkauft. Wie die Tafel genau zum Markgraf gekommen ist, weiß ich nicht, jedenfalls ist sie jetzt schon lange hier bei uns, schon seit dem Krieg. Ja«, fuhr sie nachdenklich fort, »das ist ein spannendes Thema. Die Versuchung des Mannes durch die Frau! Er kann sich kaum dagegen wehren. Sehen Sie da in der rechten unteren Ecke?«

Ich schaute genauer hin.

»Ein Pferdefuß, der aus dem Frauengewand herausschaut! In Wirklichkeit ist sie der Teufel. Er führt die Menschen in Versuchung! Er stürzt sie ins Unglück!«

Ich hätte sie gerne gefragt, ob sie eine entsprechende Erfahrung gemacht hatte, weil sie hier gelandet war, aber vermutlich gingen die Menschen heute aus anderen Gründen ins Kloster als zur Zeit von Elis beziehungsweise Schwester Antonia.

Da wurde mir erst bewusst, wie eigenartig es war, dass Elis diesen Namen angenommen hatte, wo doch der Mensch, der sie verführt und ins Unglück gestürzt hatte, denselben Namen trug.

»Wie kommen Sie eigentlich hier zu Ihren Namen?«, fragte ich daher etwas unvermittelt.

Sie sah mich überrascht an, antwortete dann aber: »Also früher wurden sie den Neueintretenden einfach von der Oberin verliehen, aber heute ist das nicht mehr so streng, man kann auch den eigenen Namen behalten oder sich einen wünschen.«

»Aber Schwester Antonia konnte dann wohl noch nicht selber entscheiden, ob sie diesen Namen wollte, oder?«

»Das weiß ich nicht genau, aber ich vermute, eher nicht. Aber wissen Sie, Gott hat wohl Gründe, warum er uns gerade diesen und keinen anderen Heiligen zuordnet.«

»Und wie war das bei Ihnen?«, fragte ich neugierig.

»Ich habe meinen Taufnamen behalten. Er erschien mir passend; die heilige Katharina von Alexandrien hat mich immer schon fasziniert. Sie war eine mutige und sehr kluge Frau!«

»Dann steckt doch nicht immer der Teufel hinter den Frauen?«, lächelte ich sie mit Unschuldsmiene an.

»Nein, natürlich nicht! Es gibt solche und solche!«, antwortete sie entrüstet darüber, dass ich sie so missverstanden hatte.

»Ah, solche und solche.« Zu welchen sie mich wohl gezählt hätte, wenn sie mich näher gekannt hätte? Ich wandte mich zum Gehen, als mein Blick noch einmal auf die Bildtafel fiel.

»Was haben eigentlich diese Krüppel zu bedeuten?«, fragte ich.

»Das sind die Kranken mit dem Antoniusfeuer. Die Antoniter haben sich doch um all jene gekümmert, die sich durch Mutterkorn vergiftet hatten. Denen sind die Gliedmaßen verfault und abgefallen, das brannte wie Feuer. Und weil die Antoniter die Kranken aufgenommen und gepflegt haben, und man ja nicht wusste, wo die Krankheit herkam, hat man sie halt Antoniusfeuer genannt. Schrecklich! Aber zum Glück gibt's das heute nicht mehr.«

Ich bat sie, Elis einen Gruß auszurichten, dann verabschiedete ich mich und ging. Die Pförtnerin bedauerte, dass ich Schwester Antonia nicht angetroffen hatte und sagte, sie sei erst seit zwei Stunden im Dienst, deshalb habe sie sie nicht weggehen sehen.

Im Klostershop kaufte ich noch ein kleines Fläschchen Klosterlikör für meine Mutter, dann fuhr ich nach Hause. Martin war an diesem Abend mit einem Kollegen zum Tennisspielen verabredet, und so verbrachten Mutter und ich den zweiten netten Abend, an dem es uns dank des Fernsehens gelang, alle Beziehungsklippen zu umschiffen. Zuletzt spendierte sie uns beiden einen Klosterlikör, der zwar herb, aber dafür sehr gesund schmeckte.

Am nächsten Morgen musste ich nach Konstanz fahren, weil ich nachmittags wegen einer Lektorenstelle einen Termin bei einem Verlag hatte. Unterwegs wollte ich noch einen Halt auf der Weissenau einlegen. Es hatte wieder angefangen zu schneien und die Straßenverhältnisse waren schlecht. Während der Fahrt durch den Altdorfer Wald musste ich mich krampfhaft auf die Straße konzentrieren, denn seit den frühen Morgenstunden plagte mich ein Gedanke, den ich nicht fassen konnte. Ich hasste es, wenn ich so früh aufwachte. Dann fielen sämtliche bösen

Geister der Nacht über mich her, alles, was in meinem Leben im Argen lag, begann mich zu quälen, alles was schief gelaufen war oder vielleicht noch schief laufen würde. Mein ungeklärtes Verhältnis zu Michael, zu Martin, die unsichere berufliche Situation, aber vor allem Apollonias Geschichte und ihr Zustand hatten mich verfolgt, und in diesem Zusammenhang gab es irgendetwas, was verschüttet auf dem Grund meiner Erinnerung lag und hochkommen wollte. Irgendein Gedanke versuchte, sich in mein Bewusstsein zu drängen, so wie man manchmal ein Wort auf der Zungenspitze hat, aber nicht drauf kommt. Irgendetwas hatte ich gehört oder gesehen, was wichtig sein musste. Doch es fiel mir nicht ein.

Als ich in der Weissenau ankam, hieß es, Apollonias Zustand sei stabil, aber sie habe Schlafmittel bekommen, damit sie sich gesund schlafen könne. Unverrichteter Dinge, aber erleichtert fuhr ich weiter nach Konstanz.

An der Fähre verkündeten große Transparente, dass der Chinesische Nationalzirkus für vier Tage in Konstanz gastiere. »Faszination aus Fernost« stand auf den schreiend roten Fahnen und: »Lassen Sie sich verzaubern von Drachentanz und Schlangenmenschen!«. Da ich mich nicht besonders für Zirkus interessierte und weder Lust auf Drachen noch auf Schlangen hatte, kümmerte ich mich nicht weiter darum, sondern war froh, als ich endlich zu Hause war.

Dort erwartete mich eine Überraschung: Im Briefkasten lag ein Umschlag mit der Aufschrift »Für Apollonia« in Michaels Handschrift.

In Konstanz war ich für alle Apollonia, das hatte ich von Anfang an durchgesetzt. Die Polli war in Baselreute geblieben.

Der Umschlag enthielt den Schlüssel zu meiner Wohnung, den ich Michael irgendwann gegeben hatte, und einen Brief. Darin machte er mir bittere Vorwürfe, dass ich ihn gar nicht richtig liebe und alles andere wichtiger für mich sei. Und er könne so nicht mehr weitermachen.

Eine dramatische Geste, die Endgültigkeit vorspiegelte, aber bestimmt erwartete er, dass ich mich reumütig melden würde und er mich dann mit offenen Armen verzeihend wieder aufnehmen konnte. Aber dazu hatte ich keinerlei Lust. Wenn ich an Martin dachte, wurde mir ganz warm, während meine Gefühle für Michael inzwischen weniger als kühl waren. Er war mir in letzter Zeit immer mehr auf die Nerven gegangen, mit seinen Forderungen nach einer gemeinsamen Wohnung und dass wir mehr Zeit zusammen verbringen sollten. Dabei wusste ich oft gar nicht recht, was ich mit ihm reden sollte. Er lebte in einer so anderen Welt! Rad fahren und mit seinen Sportfreunden Bier trinken war so ziemlich das Einzige, was ihn interessierte. Was hatte ich nur jemals an ihm gefunden? Naja, wenn ich so recht darüber nachdachte, in manchen Punkten war unsere Beziehung schon sehr aufregend gewesen. Zumindest am Anfang. Dennoch, ich würde ihn nicht anrufen! Ich atmete tief durch, voller Erleichterung, dass sich immerhin eine Sache von selbst geklärt hatte.

Der Anrufbeantworter war wieder einmal voll. Michael hatte sich nicht getraut, auch noch darauf zu sprechen, aber unter anderem hatte sich meine Freundin Angelika gemeldet. Sie war Ärztin am städtischen Krankenhaus, und wir pflegten eine lockere Freundschaft. Ab und zu gingen wir zusammen joggen im Lorettowald oder wir trafen uns abends in einer Weinstube, um ein bisschen »Klönschnack« zu halten, wie sie auf hamburgerisch zu sagen pflegte. Sie war wegen der Liebe von der Waterkant an den Bodensee gekommen, aber längst »glücklich geschieden«. Immerhin, dem See hatte sie die Treue gehalten. Wir hatten uns bei einer Ausstellung im Kunstverein kennen gelernt und auf Anhieb sympathisch gefunden.

»Du hast doch bald Geburtstag, und ich habe ein phantastisches Geschenk für dich! Melde dich!«, schnarrte sie aus dem Anrufbeantworter, der nicht mehr der neueste war.

Als ich sie abends nach meinem Termin beim Verlag schließlich zurückrief, eröffnete sie mir, dass sie zwei Karten für den Chinesischen Nationalzirkus besorgt hatte. Das war das phantastische Geschenk.

»Oh, toll«, antwortete ich und hoffte, dass sie mir den Mangel an Begeisterung nicht anmerken würde. Immerhin hatte sie es gut gemeint. Dann würde ich am nächsten Abend halt mit ihr in den phantastischen Zirkus gehen.

Den darauf folgenden Tag verbrachte ich damit, alle Leute zurückzurufen, die meinen Anrufbeantworter besprochen hatten, meine Post zu erledigen, einzukaufen, zu waschen und die Blumen zu gießen, von denen einige schon recht traurig aussahen. Ich hoffte, dass Martin sich irgendwann melden würde. Er ließ mich bis abends um sechs zappeln, dabei war ich schon den ganzen Tag mit Herzklopfen ans Telefon gegangen, wenn es läutete, einerseits, weil ich befürchtete, es könnte Michael sein, mit dem zu sprechen ich überhaupt keine Lust hatte, andererseits in der Hoffnung, Martins Stimme zu hören.

Als er dann tatsächlich dran war, tat mein Herz einen regelrechten Sprung, aber dafür bekam mein Mund nichts Gescheites mehr heraus. Ich musste feststellen, dass ich mal wieder zur Fünfzehnjährigen regrediert war, und erzählte ihm so spannende Dinge wie, dass ich gut nach Konstanz gekommen sei, dass es Apollonia besser gehe – was er aber schon wusste, weil er selber dort angerufen hatte –, dass mir ein Blumenstock eingegangen war und dass ich den Tag über gewaschen, eingekauft und Post erledigt hatte. Ach ja, und dass ich ein erfolgloses Gespräch mit dem Verlag wegen einer Mitarbeit als Lektorin geführt hatte. Er wiederum wusste zu berichten, dass er gerade keinen besonders interessanten Fall habe, Diebstähle, Betrug, eine Schlägerei. Nichts Spannendes. Die Pausen wurden immer länger, und ich überlegte krampfhaft, wie ich dem Gespräch noch eine andere Wendung geben konnte, aber mir fiel nichts ein.

Immerhin wollte er am Ende noch wissen, wann ich denn wieder nach Baselreute käme. Ich sagte, dass ich es noch nicht wisse, ich würde mich dann melden, jetzt müsse ich aber endlich aufhören zu telefonieren, um mich für den Zirkus fertig zu machen. Als ich aufgelegt hatte, hätte ich mich am liebsten geohrfeigt. Er fand mich jetzt bestimmt total langweilig und dazu noch abweisend, weil ich das Telefonat so brüsk beendet hatte. Ich versuchte, mir sein Gesicht vorzustellen, sah aber immer nur seine kleine Zahnlücke vor mir, was genügte, um mir einen tiefen Seufzer zu entlocken.

Schließlich musste ich mich beeilen, um noch rechtzeitig in den Zirkus zu kommen.

Das Zelt stand in Klein-Venedig, einem großen Wiesengrundstück direkt an der Schweizer Grenze, wo die meisten Volksfeste und Zirkusvorführungen stattfanden. Ich traf Angelika im Vorzelt. Dort war die Kasse, und außerdem konnte man noch ein Glas Sekt trinken, bevor man durch eine Art Tunnel in das große Hauptzelt gelangte. Angelika hielt schon nach mir Ausschau; sie schleppte mich sofort zur Sektbar und wollte mit mir auf meinen Geburtstag anstoßen.

»Das sollte man doch nicht vorher machen«, wandte ich ein. »Bringt angeblich Unglück!«

»Ach komm, du bist doch nicht abergläubisch«, wischte sie meine Bedenken weg. »Ich bin nächste Woche nicht da zu deinem Geburtstag, ich hab doch Urlaub, und so feiern wir halt jetzt!«

Also stießen wir an, auf meinen Geburtstag und auf ihren Urlaub, und dann erzählte ich ihr von den neuesten Entwicklungen in punkto Männer. Sie freute sich, dass ich Michael »in die Wüste geschickt« hatte, dabei hatte ich das überhaupt nicht, aber sie wollte es gar nicht so genau hören. Sie habe ihn nie besonders gemocht, sagte sie, und was ich von Martin berichte, höre sich ja viel besser an. Von dem missglückten Telefonat hatte ich allerdings nichts gesagt. Sie erzählte mir dann von ihrer Arbeit, wie alles immer schwieriger würde am Krankenhaus, mit dem neuen Chef und mit der Computerisierung, und dass sie immer mehr Arbeitszeit für das Erfassen von Daten verschwenden müssten, anstatt sich um die Leute zu kümmern.

Sie konnte unglaublich schnell erzählen, ohne Punkt und Komma und ohne dass ihr Gegenüber die Chance gehabt hätte, einzuhaken. Ich hörte ihr trotzdem gerne zu; so erfuhr ich einiges aus einem Lebensbereich, mit dem ich sonst nie zu tun hatte. Michael hingegen hatte sie schrecklich gefunden; die Abneigung basierte also auf Gegenseitigkeit. »Wenn die mal stirbt, muss man ihr Mundwerk extra totschlagen«, hatte er immer gelästert. Mich hatte das geärgert, weil ich sie sehr mochte.

Schließlich wurde zur Vorstellung geläutet und wir strömten mit den anderen Zuschauern in das große Zelt und suchten unsere nummerierten Plätze.

»Ich habe gedacht, ganz hinten ist es am besten«, sagte sie, »weil die Akrobaten ja auch am Seil Kunststücke machen. Sonst muss man den Kopf so weit in den Nacken legen, wenn man weiter vorne sitzt.«

Sie mochte wohl Recht haben; da ich so gut wie nie in den Zirkus ging, konnte ich die Sitzplatzfrage nicht wirklich beurteilen. Ich machte mich auf einen zwar angenehmen, aber harmlosen und nicht sonderlich spannenden Abend gefasst, mit ein paar Tieren, Clowns und netten akrobatischen Einlagen. Nichts, was einen vom Hocker reißt.

Ich hatte nicht erwartet, dass man sich so täuschen konnte. Im Grunde klappte ich den Mund erst wieder zu, als der Schlussapplaus aufbrandete und die Artisten noch einmal alle zusammen in die Manege kamen. Mit den anderen Zuschauern im vollbesetzten Zelt spendete ich stehend Ovationen, und ich konnte nicht umhin, immer wieder »bravi, bravi!« zu rufen.

»Millionen Besucher zeigten sich seit der Gründung durch André Heller im Jahr 1989 von der Artistik und Exotik der legendären ›begnadeten Körper‹ des Chinesischen Nationalzirkus begeistert. Den Zuschauern wird absolut perfekte Körperbeherrschung, Kraft, Präzision und das Ergebnis jahrelangen Trainings geboten, eine 2000 Jahre alte Zirkuskultur«, hatte etwas reißerisch im Programm gestanden, das Angelika mir spendiert hatte. Und nun hatte ich feststellen müssen, dass dies keineswegs übertrieben war.

»Was für eine Körperbeherrschung! Unglaublich!«, schwärmte ich noch anschließend in der Seekuh, dem Studentenlokal, dessen Klientel mit dem Wirt in die Jahre gekommen war, und wo wir uns bei Jazzmusik und Schimmele-Bier auch in unserem mittleren Alter noch wohl fühlten.

Angelika strahlte. So ganz hatte ich meine Vorbehalte gegen den Zirkus wohl nicht verbergen können, und sie freute sich sehr, dass ihr Geschenk nun doch so gut angekommen war, wie sie gehofft hatte.

»Diese Schlangenmenschen«, fuhr ich fort, »wie die sich verrenkt haben, sag mal, vom medizinischen Standpunkt aus kann das doch nicht gesund sein!«

»Da hast du schon Recht«, bestätigte sie, »wahrscheinlich sind sie mit dreißig alle Krüppel. Aber beeindruckend ist es trotzdem, nicht wahr?«

»Ja, wie das Mädchen mit dem Pagenschnitt sich gebogen hat, man hatte das Gefühl, dass sie jeden Augenblick durchbrechen müsste! Und ihre Arme! Fast wie bei den Kranken auf dem Bild, das ich neulich gesehen habe.«

Ihr berufliches Interesse erwachte sofort.

»Was für Kranke? Was für ein Bild?«

»Ach, solche mit Antoniusfeuer.« Ich überlegte einen Moment. »Ist eigentlich komisch, denen faulen doch die Glieder ab. Ich weiß gar nicht, warum der eine so eine seltsame Körperhaltung hatte! Aber dessen Gliedmaßen waren auch so gekrümmt wie bei den Chinesen, das sah ganz ähnlich aus.«

»Ergotismus convulsivus!«, sagte Angelika.

»Was?«

»Ergotismus convulsivus. Antoniusfeuer. Es gibt zwei Arten, den Ergotismus gangraenosus, da faulen die Glieder ab, und den Ergotismus convulsivus, da haben die Kranken Krämpfe.«

»Ach«, antwortete ich überrascht, »ich dachte, das gibt's heute nicht mehr. Woher weißt du da so gut Bescheid?«

»Ich habe während meines Studiums mal eine Hausarbeit in Medizingeschichte über den Ergotismus geschrieben. Ist ein spannendes Thema. Aber was war das denn nun für ein Bild, das du gesehen hast?«

Ich beschrieb es ihr, und sie bestätigte, was auch Schwester Katharina berichtet hatte, dass die Antoniter sich darauf spezialisiert hatten, die an Mutterkornvergiftung Erkrankten zu pflegen.

»Ein kleiner, schwarzer Pilz, der sich am Korn festsetzt. Und das Ergebnis sind die schlimmsten Schmerzen, die man sich vorstellen kann, weil man bei lebendigem Leib verfault, oder im anderen Fall Krämpfe und Halluzinationen. Wobei ich nicht weiß, was schlimmer ist; manche Kranken sind aus dem Fenster gesprungen vor Angst. Da ist LSD drin, die Wirkung kannst du dir ja ausmalen! Wahrscheinlich kamen die drei Damen des heiligen Antonius auch daher!« Wir mussten lachen.

»Neinnein«, klärte ich sie auf. »Der Antonius war ein frühchristlicher Eremit, der hat in der Einsamkeit gelebt, ganz asketisch. Und seine Visionen hat er vor lauter Askese bekommen. Natürlich soll es der Teufel gewesen sein, der ihn verführt hat. Der hat ihm die Damen vorgegaukelt!«

Aber sie ließ sich nicht beirren: »Ach weißt du, wenn er so in der Einsamkeit gelebt hat, muss er sich ja von irgendetwas ernährt haben. Vielleicht hat er ja Gras gegessen und dabei gleich ein paar Mutterkornpilze mit erwischt. Die Wirkung ist heftig. Fünf bis zehn Gramm davon sind manchmal schon tödlich, je nachdem, wie hoch die Konzentration des

Ergotamins ist, das ist der Mutterkornwirkstoff. Und die Krämpfe müssen grauenhaft sein! Die Hände verkrampfen sich, dass sie aussehen wie Vogelklauen. Wie bei einem Spastiker! Also so elegant wie heute Abend sah das auf dem Bild bestimmt nicht aus!«

»Nein, natürlich nicht, aber irgendwie hat es mich halt dran erinnert.« Wieder hatte ich das Gefühl, dass ich irgendetwas Wichtiges übersehen hatte, dass ich jetzt sogar noch näher dran war, aber ich kam einfach nicht darauf, was es war. Dafür musste ich plötzlich an die Beschreibung denken, die meine Mutter mir von Apollonias Zustand gegeben hatte. Krämpfe, Halluzinationen, Angstzustände – war es möglich, dass sie eine Mutterkornvergiftung hatte?

»Sag mal, wär es möglich, dass sich heute noch jemand mit Mutterkorn vergiftet?«

»Nein, das glaube ich nicht!«, antwortete Angelika. »Seit man weiß, woher das kommt, wird sehr darauf geachtet, dass das Korn gut ausgesiebt ist. Es gab in den fünfziger Jahren in Frankreich wohl noch einmal eine Epidemie, aber bei uns ist das so gut wie ausgeschlossen. Obwohl es das Mutterkorn natürlich noch gibt. Ich hab gerade vor ein paar Monaten im Deutschen Ärzteblatt gelesen, dass der Pilz sogar wieder auf dem Vormarsch ist. Aber ins Brot gelangt er bestimmt nicht, da passen die Mühlen schon auf. Aus dem Ergotamin macht man höchstens Medikamente. Die helfen wunderbar gegen Migräne und auch bei der Geburt. Das Ergotamin zieht nämlich die Blutgefäße und die glatte Muskulatur zusammen. Früher haben manche Frauen Mutterkorn sogar zur Abtreibung eingesetzt. Ist alles eine Frage der Dosierung! Die Hebammen kannten sich da gut aus.«

»Abtreibung? Die Hebammen?«, fragte ich überrascht. Mir dämmerte etwas. Hatte nicht Elis abgetrieben? Apollonia hatte mir nicht genau gesagt, wie sie das angestellt hatte. War es doch die Hebamme gewesen, die ihr geholfen hatte? Mit Mutterkorn womöglich? Fühlte sie sich deshalb schuldig? Aber sie hatte doch ausdrücklich gesagt, dass sie nichts damit zu tun gehabt hatte. Wer hatte Elis dann geholfen? Und hatte das womöglich etwas mit Apollonias Krankheitsanfall zu tun?

»Sag mal, könnte man zum Beispiel mit so einem Medikament eine Abtreibung machen?«

Angelika lachte.

»Da müsste jemand gleich schachtelweise davon schlucken! So viel kriegt man gar nicht auf einmal verschrieben. Nein, das glaube ich nicht. Warum, wie kommst du denn darauf?«

Ich wollte ihr nichts von Elis' Abtreibung erzählen, schilderte ihr dafür aber Apollonias Symptome.

»Naja, ein bisschen hört sich das schon so an wie Ergotismus. Aber ich weiß nicht, es könnte auch alles Mögliche andere sein.«

»Hör zu, warum fahren wir nicht zu dir und du zeigst mir deinen Aufsatz?«, schlug ich vor.

»Ach, der ist irgendwo in einer Kiste im Keller. Da kann ich lange suchen.«

»Bitte! Ich helfe dir auch beim Suchen!«

Sie verdrehte die Augen.

»Was glaubst du denn da zu finden?«

Ich wusste es selbst nicht so recht. Ein paar weitere Details vielleicht. Es war sehr unwahrscheinlich, dass ich mit meiner Vermutung Recht hatte, aber dann wollte ich wenigstens die Gewissheit, dass es nicht so war.

»Na gut«, seufzte sie, »was ich dir ja auf jeden Fall geben kann, ist der Artikel aus dem Ärzteblatt. Den hab ich bestimmt noch.«

›Mutterkorn wieder auf dem Vormarsch – Ökologische Landwirtschaft fördert den LSD-Pilz‹ lautete die Schlagzeile in der Ärztezeitschrift, die Angelika mir herausgesucht hatte.

»Na, das hört sich ja fast nach Bildzeitung an!«, musste ich feststellen.

»Ja, der Titel schon ein wenig. Aber der Artikel ist sehr interessant!«

»Und was hat das Ganze mit der ökologischen Landwirtschaft zu tun?«

»Naja, man lässt jetzt die Wiesenraine neben den Getreidefeldern wieder eher stehen, wegen der Schmetterlinge und Käfer. Und von da aus greift der Pilz dann auf das Getreide über. Schau, so sieht es dann aus.«

Sie wies auf ein Foto, auf dem man eine Getreideähre sah, Roggen, wie die Bildunterschrift besagte, zwischen deren Grannen sich zwei schwarze, bohnenförmige Gebilde hervorschoben, von denen jedes halb so lang war wie die Ähre selbst, die so genannten ›Kornzapfen‹.

»Und da steht es auch«, fuhr Angelika fort, »was ich dir gesagt habe: ›Johannes Thalius empfiehlt in seinem Kräuterhandbuch von 1588 eine Dosis von mehrmals hintereinander drei Kornzapfen. Diese Dosierung ist für die Einleitung der Geburt und damit auch für eine Abtreibung durchaus wirksam. Bis weit ins 19. Jahrhundert hinein setzten Hebammen, aber auch Ärzte *Claviceps purpurea* bei der Geburtshilfe ein.‹«

»Heißt es deshalb Mutterkorn?«

»Nein, der Frage bin ich in meinem Aufsatz damals auch nachgegangen. Aber der Name kommt nicht daher, sondern von einer mythologischen Gestalt, die wurde Kornmutter oder Kornmuhme genannt. Es hieß früher, wenn sie durch die Getreidefelder gehe, dann wachse das Mutterkorn.«

Den Aufsatz hatte sie natürlich nicht wieder gefunden. Aber der Ärzteblattartikel war tatsächlich interessant.

»Da ist noch ein zweites Bild, schau, aus einem medizinischen Werk des 19. Jahrhunderts. Hier siehst du die Spasmen beim Ergotismus convulsivus.«

Es war die Zeichnung einer menschlichen Gestalt, deren Arme, Beine und Hände völlig verkrampft waren. ›Kontrakturstellungen der Extremitäten‹ lautete die Bildunterschrift. Wie auf dem Tafelbild der Antoniter waren die Hände des Kranken zu vogelkrallenartigen Gebilden zusammengekrümmt. Ob Apollonia auch so ausgesehen hatte, als meine Mutter sie fand?

»Hier, die Symptome der Vergiftung«, unterrichtete mich Angelika weiter, »Müdigkeitsgefühl, Kopfschmerzen, Schwere in Brust und Gliedern, Ameisenlaufen, Kribbeln, Krampfanfälle, Halluzinationen, Durst und Heißhunger.«

»Heißhunger!«, unterbrach ich sie. »Das hat Dr. Spengler extra betont! Das kam ihm so seltsam vor! Apollonia hatte solchen Heißhunger! Angelika, kann ich den Artikel haben?« Ich war ganz aufgeregt. Das musste es sein, die Symptome passten! Kein psychischer Schock, sondern eine Mutterkornvergiftung!

»Ja, klar, nimm ihn nur mit! Was hast du denn jetzt vor?«

»Ich muss sofort nach Weissenau fahren, mit Dr. Spengler sprechen. Dann können sie Apollonia richtig behandeln!«

»Jetzt um die Zeit? Es ist halb eins in der Nacht! Und du hast Alkohol getrunken! Außerdem, wenn du Recht hast, dann ist gar keine besondere Behandlung nötig. Das ist ja kein Virus, der sich in der Zelle fortpflanzt und den man bekämpfen muss. Im Grunde muss sie einen Entzug machen, wie bei Drogen, das ist alles. Deswegen waren die Antoniter ja auch so erfolgreich mit ihren Therapien, die eigentlich gar keine waren. Sie haben den Kranken einfach weißes Brot zu essen gegeben, und da im Weizen kaum Mutterkorn ist, sind viele wieder gesund geworden. Wie wurde Apollonia denn bisher behandelt?«

»Mit Beruhigungs- und Schlafmitteln.«

»Ja, das ist auch das Beste. Sie wird so etwas wie Entzugserscheinungen bekommen, Kopfschmerzen vor allem, und dann eventuell Schmerzmittel brauchen. Manchmal hilft auch ein örtliches Betäubungsmittel. Wenn es denn tatsächlich ein Ergotismus ist! Aber du brauchst wirklich nicht mehr heute Nacht hinzufahren.«

Angelika hatte wohl Recht, es hatte keinen Sinn, jetzt noch zur Weissenau zu wollen. Ich würde am anderen Morgen früh starten.

»Was ich nicht verstehe«, meinte sie nun nachdenklich, »ist, wie heute noch jemand eine Mutterkornvergiftung bekommen kann. Das verstehe ich nicht. Man müsste das Brot untersuchen, das sie gegessen hat. Denn wenn der Pilz da drin steckte, sind vielleicht auch noch andere Menschen gefährdet.«

»Ich weiß nicht, ob das nicht schon weggeworfen wurde. Ich nehme an, als sie ins Krankenhaus kam, hat die Gemeindeschwester ihren Kühlschrank leer gemacht und die Sachen weggeschmissen.«

»Aber wenn ich es recht überlege, kann es das Brot eigentlich nicht gewesen sein. Da wären höchstens geringe Mengen drin, und einen solchen Zusammenbruch, wie du ihn geschildert hast, bekommt man nur bei einer relativ hohen Dosierung. Hast du nicht gesagt, dass sie Hebamme war? Vielleicht hat sie ja auch Mutterkorn bei den Wöchnerinnen verwendet. Und jetzt hat sie aus Versehen selber was eingenommen.«

»Wie hätte sie denn an das Zeug kommen sollen?«

»Du hast es doch selbst gelesen, die Pilze sind wieder auf dem Vormarsch. Bei euch wird doch Getreide angebaut. Da brauchte sie nur an den Wiesenrainen oder auf den Feldern ein wenig zu suchen.«

»Und wenn«, winkte ich ab, »es ist schon viel zu lange her, dass sie praktiziert hat. Sie ist ja schon über neunzig.«

»Aber das kann doch kein Zufall sein! Eine Hebamme, die eine Mutterkornvergiftung bekommt!« Ich hatte Angelika mit meiner Aufregung angesteckt.

»Und wenn jemand anders es ihr gegeben hat, vielleicht eine ehemalige Wöchnerin?«

»Du meinst absichtlich? Aber das wäre ja ein Mordversuch! Ich glaube, du hast zu viele Krimis gelesen, Apollonia!«

Ich musste ihr Recht geben, warum sollte jemand auf die Idee kommen, meiner Tante ein Leid zuzufügen? Sie war überall beliebt und soweit ich wusste, hatte niemand einen Grund, ihr Böses zu wollen. Und wenn es doch jemanden geben sollte, musste er bei ihrem Alter und ihrem Gesundheitszustand nur darauf warten, dass sie von selber starb. Es sei denn, jemand hatte es ganz besonders eilig.

Ich verabschiedete mich von Angelika und bedankte mich noch einmal für die Zirkuskarten und den spannenden Abend. Dann nahm ich die Zeitschrift und ging über die Fußgängerbrücke nach Hause. Ich musste jetzt allein sein, um meine Gedanken zu ordnen. Ich legte mich hin, aber an Schlaf war nicht zu denken. Das Gefühl, das mich schon eine Weile verfolgte, war noch drängender geworden. Was, verdammt noch mal, war es, das ich nicht sah, obwohl ich es gesehen hatte? Woran hätte ich mich erinnern müssen? Und wer konnte es mit Apollonias Tod so eilig haben, dass er nachhelfen wollte? Ich war mir sicher, dass sie nicht absichtlich den giftigen Pilz zu sich genommen hatte und auch nicht aus Versehen, dafür kannte sie sich zu gut aus. Wenn Angelika und ich Recht hatten mit unserer Diagnose, dann war Apollonia vergiftet worden. Aber von wem? Und vor allem warum? Ob es womöglich doch mit unseren Sitzungen zusammenhing? Jedermann im Dorf wusste offenbar davon. Und sie hatte ausdrücklich gesagt, ich dürfe über ihre Geschichte erst schreiben, wenn alle tot seien, die dabei waren. Alle! Aber einige von den Beteiligten lebten noch. Sie hatte mir ihre Geschichte nicht fertig erzählen können und bis zu dem Punkt, an den wir bei unserem letzten Treffen gekommen waren, konnte ich nicht erkennen, dass sie jemanden in Schwierigkeiten gebracht hätte, aber vielleicht war das Ende der Geschichte für jemanden so bedrohlich, dass der Betroffene bereit war, sie umzubringen, damit es nicht bekannt würde? Dann hätte meine Mutter doch Recht gehabt, dass unsere Gespräche der Auslöser für Apollonias Zusammenbruch waren, allerdings auf eine viel schrecklichere Art und Weise, als sie dachte. Doch woher sollte der Mörder wissen, was Apollonia mir bereits erzählt hatte und was nicht? Womöglich hatte er ja in Panik gehandelt, ohne solche Überlegungen anzustellen.

Ich musste noch einmal meine Notizen durchgehen, vielleicht würde ich dort irgendeinen Hinweis finden. Und vielleicht würde ich auch das finden, was sich so gegen meine Erinnerung sperrte! Es war schon gegen halb vier, als ich noch einmal aus dem Bett stieg, in mein Arbeitszimmer ging und die beiden Blöcke, die ich bei Apollonia bereits voll geschrieben hatte, von der Ablage nahm.

Gegen halb fünf hatte ich endlich gefunden, wonach ich suchte.

Ich machte mir einen Espresso, ging noch einmal die Aufzeichnungen und den Artikel im Ärzteblatt durch, und als es endlich halb sieben war, rief ich meine Mutter an. Es klingelte sehr lange, bis der Hörer abgenommen wurde.

»Ja?«, meldete sie sich schwer atmend. Ich bekam ein schlechtes Gewissen, weil ich selbstverständlich davon ausgegangen war, dass sie wie zu Lebzeiten meines Vaters immer noch um halb sieben aufstehen würde. Offensichtlich war das nicht mehr so, aber jetzt war es zu spät.

»Mama, ich bin's, Polli!«

»Du? Um Gottes willen, ist etwas passiert? Was ist denn los?«

»Neinnein, keine Angst. Ich wollte dich nur etwas fragen.«

Sie atmete tief durch.

»Und deswegen rufst du um diese Zeit morgens an? Nur um etwas zu fragen? Ich bin wie eine Verrückte ins Wohnzimmer ans Telefon gerannt, hab's kaum verschnauft ...«

Ich unterbrach ihr Lamento: »Mama, es tut mir ja auch Leid, aber es ist sehr wichtig! Bitte!«

»Was willst du denn fragen?«

»Hast du mitbekommen, wer in letzter Zeit alles bei Apollonia zu Besuch war?«

Ihre Antwort bestätigte mir, was ich schon vermutet hatte. Ein weiteres Mosaiksteinchen war an seinen Platz gerückt. Trotz ihrer eindringlichen Nachfragen hatte ich keine Zeit, ihr alles zu erklären.

»Heute Abend!«, versprach ich und legte auf.

Als nächstes rief ich bei Martin an.

»Martin Manz ist momentan nicht zu Hause. Bitte hinterlassen sie ...« Ich legte auf. Vielleicht hatte er um diese Zeit schon Dienst. Da ich kein Telefonbuch von Ravensburg hatte, rief ich die Auskunft an und fragte nach der Nummer der Ravensburger Polizeidienststelle. Dort meldete sich sein Kollege. Martin sei ab acht Uhr da. Also musste er noch zu Hause sein und hatte es vielleicht nicht geschafft, ans Telefon zu gehen, bevor der Anrufbeantworter ansprang. Ich versuchte es noch mal bei ihm daheim. Beim dritten Anlauf murmelte er persönlich, aber noch ganz verschlafen: »Ja, hallo?«

Ich versuchte, ihm in drei Sätzen zu schildern, was ich entdeckt hatte, aber offensichtlich war er noch nicht wach genug, um alles zu verstehen, oder ich nicht ausgeschlafen genug, um es sinnvoll zu erklären.

»Hör zu«, sagte ich schließlich, »ich erzähle dir alles später in Ruhe, okay? Jetzt fahre ich gleich los nach Weissenau, und anschließend komme ich zu dir aufs Polizeirevier. Bitte tu mir nur einen Gefallen, such die Akte von deinem Großvater noch mal raus. Den Obduktionsbericht vor allem!«

»Okay, mach ich«, versprach er gähnend. »Also, bis nachher.« Er war eindeutig eine Nachtigall und keine Lerche.

Ich packte ein paar Klamotten ein, setzte meine Blumen unter Wasser und fuhr gegen sieben los. Es war ein Freitag. Der Schnee war inzwischen vom Regen weggespült worden, der aber wieder zu Schneeregen wurde, je weiter ich in Richtung Ravensburg fuhr. So konnte ich nicht allzu schnell fahren und kam erst gegen acht in der Weissenau an. Trotzdem war ich viel zu früh da.

»Dr. Spengler kommt um 9 Uhr«, teilte mir eine Krankenschwester schnippisch mit. Sie war vermutlich Anfang dreißig, wirkte aber mit ihren streng zusammengebundenen Haaren und dem völlig ungeschminkten, etwas verkniffenen Gesicht eher wie Ende vierzig. »Und wenn er kommt, dann macht er erst mal Visite!« Gottversprich: Dann hat er keine Zeit für nervende Angehörige.

»Na gut«, gab ich zurück, »da komme ich ja dann genau richtig!«

Ich drehte mich um und ging. Blöde Kuh! Die ging bestimmt zum Lachen in den Keller! Immerhin hatte sie mir noch erzählt, dass Apollonia eine ruhige Nacht gehabt hatte und schlief. Nun würde ich wenigstens zu einem Frühstück kommen! Ich stapfte durch den nassen Schnee zur Cafeteria. Aber da hatte ich mich zu früh gefreut. Sie öffnete erst um 9.30 Uhr. Ratlos ging ich durch den Park in Richtung Dorf. Vielleicht gab es ja irgendwo eine Bäckerei mit Stehcafé. Ich lechzte nach Kaffee und einer frischen Butterbrezel. Der Wind kam nun von vorne und blies mir die nassen Schneeflocken direkt ins Gesicht. Es nützte nichts, dass ich Schal und Kragen ins Gesicht hochzog; bis ich den großen Park durchquert und endlich ein Stehcafé gefunden hatte, war ich völlig durchgefroren. So erschien es mir geradezu paradiesisch, kurze Zeit später in der Ecke der Bäckerei an einem Bistrotisch zu lehnen, aus dem Fenster zu schauen, unter dem eine Heizung dampfende Wärme verströmte, dazu gemütlich einen heißen Kaffee zu trinken und eine echte oberschwäbische Butterbrezel zu essen.

›Ich möchte nur wissen, warum kein Bäcker in Konstanz solche Brezeln hinkriegt!‹, dachte ich, nahm genüsslich noch einen Bissen und atmete tief durch. Jetzt konnte der Tag weitergehen, der so früh begonnen und an dem ich mir so viel vorgenommen hatte. Zuerst musste ich mit Dr. Spengler sprechen, dann wollte ich bei Martin vorbeifahren, danach noch mal ins Kloster. Und wenn alles gut ging, würde Apollonia wieder gesund werden und ich am Ende des Tages auch das Ende von Apollonias Geschichte kennen.

Dr. Spengler war im Gegensatz zu seiner Krankenschwester ausgesprochen freundlich, als ich ihn begrüßte.

»Ihrer Tante geht es schon viel besser!«, verkündete er mir gleich in väterlichem Ton, als ob er mir deutlich machen wollte, dass er alles im

Griff habe und es keinen Grund gebe, so früh am Morgen schon auf der Matte zu stehen.

»Und haben Sie herausgefunden, was die Anfälle ausgelöst hat?«, untergrub ich seine Sicherheit.

Er wiegte den Kopf hin und her: »Nun, da sind wir uns noch nicht ganz sicher, aber ...«

»Ich hätte eine Idee!«, unterbrach ich ihn triumphierend und zog das Ärzteblatt aus meinem Lederrucksack.

Er schaute mich stirnrunzelnd an und ihm stand ins Gesicht geschrieben: ›Diese Laien! Lesen irgendwo irgendetwas und denken gleich, sie können unseren Job besser machen als wir selber!‹

»Ja?«, sagte er müde lächelnd.

»Ergotismus convulsivus!« Mein Triumph war perfekt. Ich konnte sogar den lateinischen Namen richtig aussprechen!

Er war überrascht.

»Ergotismus? Sie meinen Mutterkornvergiftung?«

»Ja«, antwortete ich wichtig. »Schauen Sie hier«, ich schlug den Artikel auf, »das Mutterkorn ist wieder auf dem Vormarsch!«

Die umherstehenden Krankenschwestern und Assistenzärzte sahen ihn gespannt an, als er die Zeitschrift in die Hand nahm und anfing, den Artikel zu überfliegen. Sie drängten sich hinter ihn und versuchten, auch einen Blick zu erhaschen. Nach einigen Augenblicken zuckte er die Schultern: »Hm, möglich wär's schon. Da hatte ich tatsächlich nicht dran gedacht.«

»Lesen Sie denn das Ärzteblatt nicht?«, wollte ich wissen.

»Wir haben es natürlich abonniert, aber was glauben Sie, wie viele Exemplare bei mir im Büro auf dem Stapel liegen, ungelesen! Vor lauter Arbeit kommt man zu nichts. Dabei wär es manchmal doch gut, wie man sieht.«

Er gab mir das Heft zurück, und ich freute mich, dass er meine Idee zumindest in Betracht zog.

»Hören Sie, ich werde gleich eine Blutuntersuchung machen lassen bei Frau Katzenmaier, wobei ich allerdings nicht weiß, ob man jetzt noch etwas feststellen kann. Außerdem werden wir mal ihre Beine röntgen und ihr vorher ein Kontrastmittel spritzen. Anhand der Schlagaderverengungen kann man den Ergotismus eventuell auch nachweisen. Aber wie sind Sie nur drauf gekommen? Und wie kommt jemand heute noch zu einer Mutterkornvergiftung?«

Es wäre zu schwierig gewesen, ihm alles zu erklären, deshalb sagte ich nur: »Sehen Sie, das möchte ich auch gern herausfinden, aber wichtig ist zunächst einmal, dass wir wissen, ob es auch stimmt. Ich gehe nachher gleich zur Polizei.«

»Zur Polizei? Ja, glauben Sie denn, man hat es ihr absichtlich gegeben?«

»Ich weiß es nicht genau, vielleicht. Aber wie gesagt, erst einmal müsste ich wissen, ob die Diagnose überhaupt richtig ist.«

»Also, die Blutuntersuchung, die wird mindestens bis morgen dauern, das Labor ... ach, Mist, heute ist ja Freitag, also werden wir die Ergebnisse frühestens am Montagnachmittag bekommen! Das Röntgen geht schneller, da kann ich Ihnen schon in zwei Stunden Näheres sagen.«

»Das wäre wirklich toll!«, bestärkte ich ihn. »Könnte ich denn jetzt meine Tante noch besuchen?«

»Sie können natürlich zu ihr reingehen, aber sie wird noch nicht viel mitbekommen. Sie hatte gestern sehr schlimme Kopfschmerzen ...« Er überlegte einen Augenblick, dann fuhr er fort: »Ja, klar, die Nachwirkungen der Vergiftung. Da hab ich ihr ein starkes Schmerzmittel gegeben, das sehr müde macht. Ich denke, dass sie das auch noch eine Weile bekommen wird, das ist vermutlich das Beste!«

Er schien nun doch erleichtert, dass er wenigstens eine Idee hatte in Bezug auf Apollonias Diagnose.

Als ich ihr Zimmer betrat, lag sie ganz still im Bett und schlief. Ihre Haare waren gekämmt worden und nicht mehr so verschwitzt wie beim letzten Mal. Um ihren Mund spielte fast ein Lächeln, und dieser Anblick erleichterte mich dermaßen, dass ich am liebsten geheult hätte.

»Gottseidank, Apollonia!«, flüsterte ich und nahm ihre Hand. Sie war warm, und ich hielt sie mit beiden Händen fest. Apollonia atmete ruhig weiter. So saß ich ein paar Minuten, dann kam die Krankenschwester, nicht die schnippische, sondern eine nette.

»Wir müssen Ihre Tante jetzt leider wecken, damit wir die Untersuchung machen können«, sagte sie mit echtem Bedauern.

Ich drückte noch einmal Apollonias Hand, dann stand ich auf und ging. Es war kurz nach halb zehn.

Das Rote Haus war nicht mehr ganz so düster wie damals, als Apollonia den Ferdinand Walser besuchen wollte. Man hatte offenbar neue Fenster eingebaut, deren weiße Rahmen sich frisch vom Rot der Ziegelmauern absetzten. Auch die Babalu-Bar, von der sie mir erzählt hatte, gab es nicht mehr; gegenüber der Polizeidienststelle befand sich nun ein Copyshop. Ich fragte mich, ob dieser Dienstleistungsbetrieb hier wirklich dringender gebraucht wurde als der vorhergehende.

An der Pforte sagte ich, dass ich zu Kommissar Manz wolle.

»Hauptkommissar Manz!«, verbesserte mich der Pförtner.

»Ah, das hat er mir gar nicht gesagt!«

Der junge Polizist telefonierte kurz, dann ging der Türsummer, und ich konnte eintreten.

»Zweiter Stock, Zimmer 209!«, rief er mir noch nach.

Während ich die Treppen hochging, befiel mich leichtes Herzklopfen. Während der letzten Stunden hatte ich nicht viel Zeit gehabt, an Martin zu denken, aber jetzt, wo ich ihn gleich wiedersehen würde, waren meine Gefühle ein Gemisch aus Freude und Beklemmung. Hoffentlich würde es nicht wieder so eigenartig werden wie gestern am Telefon.

Bevor ich klopfte, holte ich noch rasch meinen Lippenstift aus dem Rucksack und zog mir die Lippen nach. Als er auf mein Klopfen »Herein« sagte, machte mein Herz einen Sprung, und als ich eintrat und ihn hinter dem Schreibtisch sitzen sah, von wo aus er mir entgegenlächelte, da verschwanden alle meine Beklemmungen und ich zerfloss in Zärtlichkeit für ihn. Ich schloss die Tür.

»Schön, dich zu sehen«, sagte er leise, als ob er Angst hätte, jemand könnte uns hören.

»Ich freu mich auch!« Wir sahen uns an, und ich stand noch einen Moment unschlüssig herum. Dann konnte ich nicht anders, ich ging um den Schreibtisch herum, nahm seinen Kopf in meine Hände und küsste ihn. Sein Widerstand war minimal, gerade so, wie es sich für einen Hauptkommissar in seinem Büro gehört.

Danach setzte ich mich auf einen Stuhl gegenüber von seinem Schreibtisch und wir lächelten uns an.

»Sorry«, sagte er, »ich hab gestern Abend noch lange ferngesehen, bin in einem Actionfilm hängen geblieben. Deshalb war ich heute Morgen noch ziemlich verschlafen und hab nicht so ganz kapiert, was du mir erzählt hast. Irgendwas vom Chinesischen Zirkus und von Roggenkorn ...«

»Ja«, lachte ich, »das hab ich schon gemerkt. Aber das Ganze ist auch nicht einfach, weder zu erklären noch zu verstehen.«

Ich versuchte es also noch einmal, begann mit meinem Besuch im Kloster und dem Gespräch mit Schwester Katharina und erzählte ihm von meinem Abend mit Angelika und wie wir auf den Ergotismus gekommen waren.

»Ergotismus? Antoniusfeuer?«, fragte er. »Dann war es vielleicht das, was Apollonia gemeint hat, als sie im Halbschlaf von Antonius gesprochen hat?«

»Ja, vielleicht!«, stimmte ich zu. »Daran habe ich noch gar nicht gedacht!«

»Aber das mit dem Zirkus, Mensch, echt tolle Kombinationsgabe! Super, Miss Marple!«

Dieses Lob aus dem Mund eines Hauptkommissars machte mich dann doch etwas verlegen.

»Ach, weißt du, es war purer Zufall, dass mich das eine an das andere erinnert hat. Und dass Angelika sich da auskannte und sofort nachgehakt hat. Purer Zufall!«

Er lachte.

»Was glaubst du, wie oft wir durch Zufall etwas herausfinden? Du kennst ja den dummen Spruch vom ›Kommissar Zufall‹. Ist aber oft gar nicht so dumm! Und was ist nun mit Apollonia?«

»Der Arzt macht gerade eine Röntgenuntersuchung, und in zwei« – ich sah auf die Uhr – »in einer Stunde kann er uns sagen, ob wir Recht haben oder nicht! Aber er schien die Diagnose gar nicht so abwegig zu finden.«

»Mensch, das wäre ja furchtbar, wenn jemand tatsächlich versucht hätte, unsere alte Hebamme umzubringen! Aber wieso nur?«

»Ich hab da so eine Idee!«

»Ach ja? Und wirst du sie mir sagen?« Er lächelte. Noch.

»Zuerst muss ich einen Blick in die Akte von deinem Großvater werfen, ob dort mein Verdacht bestätigt wird!«

»Was hat denn mein Großvater damit zu tun? Was hast du denn für einen Verdacht?«

Vor ihm auf dem recht aufgeräumten Schreibtisch lag neben anderen Papieren eine ockerfarbene Mappe aus einer Hängeregistratur. Sie trug eine Nummer und die Aufschrift: »Todesfall Anton Walser, 27. Juli 1958«.

»Darf ich?«, fragte ich und griff nach der Akte.

»Eigentlich nicht«, sagte Martin und sah mich streng an.

»Ich suche etwas ganz Bestimmtes, mich interessiert nur das!« Zur Beruhigung lächelte ich verbindlich. Da ließ er mich gewähren, und ich blätterte die Akte rasch durch. Bericht von der Fundortbesichtigung, Vernehmungsprotokolle, Bericht der Spurensicherung.

Es stand im Obduktionsbericht. »Extremitäten unnatürlich verkrampft, vor allem die Hände. Ursache nicht eindeutig.«

Was hatte Fina zu Apollonia gesagt? Ich hatte es mir notiert, weil es so ein seltsamer Vergleich war und weil es auch Apollonia aufgefallen war: »Seine Hände waren völlig verkrampft, sie sahen aus wie Vogelkrallen!« Das war es, was in mein Bewusstsein gedrängt hatte, seit ich auf dem Bild des heiligen Antonius den Bettler mit seinen verkrümmten Gliedmaßen gesehen hatte. Fina hatte es auf Antons großen Schreck geschoben, dass er sich so verkrampft hatte, weil der Matthes ihm erschienen war. Der Arzt, der damals die Obduktion gemacht hatte, ging der Sache offensichtlich nicht weiter nach. Nur Apollonia hatte den Zusammenhang erkannt. Aber wie war sie darauf gekommen? Ich jedenfalls hatte jetzt die Bestätigung für meinen Verdacht und gab Martin die Akte zurück.

»Und, hast du's gefunden?«

Ich nickte und sah ihn an. Er wartete.

»Und?«, fragte er schließlich, drängender als zuvor.

Ich ging zum Fenster und sah auf einen Innenhof hinaus, der mit großen Bäumen bestanden war. Sie waren schwarz und nass. Die Bewohner der gegenüberliegenden Häuser hatten regelmäßige Gartenparzellen angelegt, auf denen noch Schnee lag. Halb abgeerntete Rosenkohlstrünke stachen daraus hervor und trugen kleine Schneehäubchen. Ich wunderte mich, dass mitten in der Stadt so ein Grundstück noch nicht bebaut war.

»Wirst du es mir nun sagen, oder bist du gekommen, um die schöne Aussicht zu bewundern?«, fragte er, nun schon mit einem ärgerlichen Unterton in der Stimme.

Ich sah ihn wieder an.

»Was würdest du tun, wenn ich es dir sage?«

»Das kommt darauf an. Irgendetwas müsste ich tun. Jemanden befragen, im Zweifel verhaften. Ich weiß nicht.«

Ich nickte. »Aber ich weiß jetzt, was Apollonia gemeint hat, als sie sagte, sie habe Gott spielen müssen, als sie mich gefragt hat, ob ich an die Hölle glaube.«

»Mensch, Polli, was heißt das denn nun wieder? Wenn du etwas weißt, musst du es mir sagen!« Seine Stimme wurde lauter.

Ob es an dem Schreibtisch zwischen uns lag oder an seinem Tonfall, Martin wirkte plötzlich so amtlich auf mich. Und das gefiel mir nicht. Ich fühlte mich in der gleichen Situation, in der Apollonia sich vor vielen Jahren befunden haben musste. Sie wusste etwas und es lag an ihr, ob die Polizei es erfuhr oder nicht, ob die schuldige Person bestraft würde oder frei davonkam und höchstens in einem ungewissen Jenseits der göttlichen Gerechtigkeit anheim gestellt würde. Sie hatte sich entschieden und der Polizei nicht erzählt, was sie bei ihren Nachforschungen am Ende entdeckt hatte, sie hatte dieses Wissen als schwere Bürde mit sich herumgetragen, bis sie nicht mehr konnte und es wenigstens einem Menschen mitteilen wollte, damit er die Last mit ihr teilte. Trotzdem war ihr die Entscheidung wahrscheinlich leichter gefallen als mir; ihr hatte die Polizei nicht in Form eines attraktiven Hauptkommissars mit einer kleinen Zahnlücke gegenübergesessen.

»Polli, hör zu«, sagte Martin jetzt in regelrechtem Befehlston, »wenn jemand versucht hat, Apollonia umzubringen, dann will ich das wissen. Der muss bestraft werden! Ich verstehe überhaupt nicht, was du da jetzt für eine Geheimniskrämerei darum machst!«

Obwohl mich seine Art eher zum Widerstand reizte, sah ich ein, dass er Recht hatte. Hier ging es nicht mehr nur um eine weit zurückliegende Sache, sondern um eine gegenwärtige Bedrohung für eine Frau, an der mir viel lag. Meine Entscheidung war gefallen.

»Hör zu, ich sage dir alles, was ich weiß und vermute, aber unter einer Bedingung: Ich will dann erst einmal selber und allein mit der betreffenden Person sprechen.«

»Bist du verrückt? Mit einem Mörder?« Er schrie jetzt fast. »Und wenn dir etwas passiert?«

»Martin, mir wird nichts passieren, da bin ich ganz sicher. Ich sag's dir nur unter dieser Bedingung.« Ich sah ihm fest in die Augen.

Er erkannte, dass er so nicht weiterkam. Nachdem er tief durchgeatmet hatte, schien er sich wieder im Griff zu haben und sagte ruhig: »Also?«

»Die Person, die versucht hat, Apollonia umzubringen, hat auch deinen Großvater auf dem Gewissen!«

Als ich fertig war mit meinen Ausführungen, schüttelte Martin nachdenklich den Kopf.

»Das hätte ich im Leben nicht für möglich gehalten!«, sagte er leise. »Aber es scheint alles plausibel, so wie du es schilderst. Wie bei einem Puzzle, ein Teil passt zum anderen.«

»Ja, aber das wichtigste Puzzleteil fehlt noch!«, wandte ich ein und sah auf die Uhr. »Würdest du jetzt mal Dr. Spengler anrufen? Die zwei Stunden sind zwar noch nicht um, aber vielleicht weiß er ja schon etwas. Denn nur wenn die Diagnose wirklich stimmt, ergibt auch alles andere einen Sinn.«

Ich hatte mir die Durchwahl notiert und gab ihm den Zettel.

Offensichtlich meldete sich zuerst eine Krankenschwester. Dann sagte er: »Ja, hallo, Herr Dr. Spengler, hier Hauptkommissar Manz von der Kripo Ravensburg ... Ja, die ist hier bei mir, und jetzt wollte ich fragen, ob bei Ihrer Röntgenuntersuchung schon etwas herausgekommen ist! ... Ja, ich weiß schon, wegen Datenschutz ... Hören Sie, suchen Sie doch im Telefonbuch die Nummer der Kripo raus und rufen Sie mich an. Dann haben wir kein Problem mit dem Datenschutz ... Ja, ja, bis gleich!« Dann legte er auf. Wir warteten gespannt.

Als das Telefon klingelte, nahm Martin sofort ab.

»Hauptkommissar Manz ... ja, hallo, Herr Dr. Spengler. So, können Sie mir jetzt sagen, was herausgekommen ist?«

Während der andere sprach, nickte Martin hin und wieder. Ich hing an seinen Lippen, als ob ich von ihnen ablesen könnte, was der Arzt sagte.

»Ja ... ach ja ... aha. Ja, bitte schicken Sie uns die Ergebnisse doch rüber. Nein, lassen Sie, ich komme nachher selbst vorbei und hole sie ab ... ja, danke, bis dann, auf Wiedersehn!«

»Und?«, wollte ich wissen.

Er nickte. »Bingo! Du hast Recht gehabt. Er hat gesagt, ihre Beinschlagadern sind verengt, aber ganz glatt und nicht uneben, wie das bei einer Arteriosklerose der Fall ist. Das ist ein ziemlich deutliches Indiz für Mutterkornvergiftung, sagt er. Zusammen mit den anderen Symptomen ist er sich zu neunzig Prozent sicher.«

»Dann fahre ich jetzt nach Sauerbrunn!« Ich stand auf und zog meine Jacke an.

»Warte einen Augenblick, ich komme mit!« Er griff nach dem Telefonhörer.

»Martin, du hast mir versprochen, dass ich erst mal allein mit ihr sprechen kann!«, widersprach ich laut und sehr deutlich. Er ließ sich nicht beirren.

»Ich kann ja an der Pforte warten, aber mitkommen tu ich auf jeden Fall! Warte einen Augenblick, ich will jemanden nach Baselreute schicken, sie sollen Apollonias Wohnung durchsuchen.« Dann wählte er eine interne Nummer.

»Andreas? Könntest du mal einen Augenblick rüberkommen?«

Bevor Martins Kollege zur Tür hereinkam, zog ich rasch ein Tempotaschentuch aus meiner Jackentasche, entfaltete es und beugte mich über den Schreibtisch. Martin schaute mich irritiert an und wich zurück, aber dann verstand er und hielt mir lachend seinen Mund hin, damit ich die Lippenstiftspuren entfernen konnte.

Zwei Minuten später stand ein junger, blonder, etwas geschniegelter Polizist mit gelbem Pullunder und Glencheckjacke vor Martins Schreibtisch. Der versuchte, ihm die ganze Angelegenheit so kurz und bündig wie möglich zu erklären.

Dann wies er ihn an: »Hör zu, nimm dir zwei Leute von der Spurensicherung mit. Durchsucht die ganze Wohnung, ob ihr irgendetwas findet, wo das Gift drin sein könnte!«

»Und wie kommen wir da rein?«, fragte der andere etwas unlustig.

»Meine Mutter hat einen Schlüssel!«, mischte ich mich ein und nannte ihm die Adresse. Da würde Mama schön staunen, wenn plötzlich die Polizei bei ihr vor der Tür stand! Der zweite Schreck nach heute Morgen! Ich würde ihr abends einiges zu erklären haben.

»Also dann, gehen wir.« Martin ließ mir galant den Vortritt. Wir nahmen seinen Wagen, und eigentlich war es mir nicht unrecht, dass er fuhr. Nach der durchwachten Nacht genügte meine Aufnahmefähigkeit wahrscheinlich nicht mehr für eine Teilnahme am Straßenverkehr. Ich war völlig übermüdet, und so sprachen wir während der Dreiviertelstunde Fahrt nicht viel. Jeder hing seinen Gedanken nach, wobei ich mich nach der Ankunft an die meinen nicht mehr erinnern konnte. Die Wärme in Martins Auto und seine Anwesenheit erzeugten in mir ein so wohliges Gefühl, dass ich wohl eingeschlafen war. Jetzt war ja alles klar. Aber ich hatte mich zu früh in Sicherheit gewiegt.

Wieder fragten wir an der Pforte nach Elis alias Schwester Antonia. Aber diesmal wusste die Dienst habende Schwester sofort, dass sie nicht da war.

»Wo ist sie denn?«, wollte Martin wissen.

»Sie sagte, sie müsse einen Krankenbesuch machen«, antwortete die Pförtnerin.

»Einen Krankenbesuch?«, hakte ich nach.

»Ja, bei einer alten Freundin, sagte sie. Der ginge es zwar wieder besser, aber man wisse ja nie, vielleicht sei sie ja schon bald im Himmel, meinte sie noch.«

»Komm!«, rief ich Martin zu und war schon auf dem Weg zu seinem Auto.

Aber der kam nicht sofort, sondern fragte die Pförtnerin, wann Schwester Antonia denn weggegangen sei, und wann die Züge von Saulgau nach Ravensburg fuhren. Sie hatte einen Fahrplan und konnte ihm genaue Auskunft geben.

›Gut gemacht, Martin!‹, dachte ich anerkennend. Umso mehr ärgerte ich mich über mich selbst. »So ein Mist! Und ich hab ihr auch noch ausrichten lassen, dass es Apollonia besser geht! Das war ja geradezu eine Aufforderung, sie noch einmal zu besuchen!«

»Das konntest du doch nicht wissen!«, versuchte Martin mich zu beruhigen, während er schneidig aus der Parklücke herausfuhr. Unterwegs erklärte er mir, dass sie wahrscheinlich mit dem Neunuhrfünfzigzug nach Ravensburg gefahren war, weil man da nicht umsteigen musste.

»Damit war sie um drei viertel elf in Ravensburg am Bahnhof, und von dort hat sie den Stadtbus zur Weissenau genommen, nehme ich an. Der fährt – soweit ich weiß – jede Viertelstunde und braucht etwa zehn Minuten. Dann muss sie noch durch den Park und sich zu Apollonia durchfragen.«

»Jetzt ist es schon kurz vor zwölf!« Ich hatte mitgerechnet. »Sie ist zwar schon klapprig und braucht sicher für alles etwas länger, aber sie könnte trotzdem schon dort sein!«

»Ruf auf der Station an!«, drängte er, während er durch Altshausen raste. Zum Glück hatte es aufgehört zu schneien und die Bundesstraße war gestreut.

Ich kramte in meinem Rucksack nach der Telefonnummer, nahm den Hörer des Autotelefons und wählte. Nach einer Weile meldete sich eine weibliche Stimme. Es war die Schnippische.

»Hören Sie, hier ist Katzenmaier. Es kann sein, dass meine Tante Besuch bekommt. Lassen sie ihn auf keinen Fall zu ihr!«

»Was denken Sie! Natürlich nicht! Dazu geht es ihr noch nicht gut genug. Nur die Schwester war hier. Die habe ich kurz zu ihr gelassen, aber sonst kommt da niemand rein!«

»Ihre Schwester? Sie hat doch gar keine Schwester!«

»Ich meine eine Ordensschwester, Franziskanerin. Ich kenne das Habit, meine Tante ist auch im Kloster!«, sagte sie mit unterschwelligem Stolz in der Stimme.

»Was?« Meine Stimme überschlug sich. »Ist sie noch da?«

»Wer?«, fragte Schwester Schnippisch etwas begriffsstutzig.

»Die Franziskanerin!«

»Nein, die ist schon wieder gegangen. Wie gesagt, sie war nur ganz kurz da.«

»Geben Sie mir sofort Dr. Spengler!«, schrie ich sie an.

»Jetzt hören Sie mal, in was für einem Ton reden Sie denn mit mir! Dr. Spengler ist in der Röntgenabteilung, der ist nicht hier!«

Ich versuchte ganz ruhig zu bleiben, während Martin den Wagen die Blitzenreuter Steige hinabjagte.

»Hören Sie, bitte«, flehte ich sie an, »gehen Sie ins Zimmer meiner Tante. Schauen Sie, ob die Schwester ihr irgendetwas gebracht hat. Etwas zu essen oder zu trinken. Schnell! Ich warte am Telefon!«

Ich hörte, wie sie den Hörer hinlegte. Nach der nächsten Kurve kamen die Türme und die Kuppel der Weingartner Basilika in Sicht. Martin raste vorbei an Niederbiegen in Richtung Weingarten. Ich hielt mich am Gurt fest.

»Sie war also tatsächlich schon da?«, wollte er wissen.

»Ja!«, antwortete ich nur.

Kurz vor dem Ortsschild Weingarten sagte er: »Mach mal das Handschuhfach auf und gib mir das Blaulicht heraus. Steck das Kabel in den Zigarettenanzünder!«

Ich gab ihm die blaue Lampe, er öffnete sein Fenster und setzte sie auf das Autodach, wo sie magnetisch festgehalten wurde. Als ich das Kabel einsteckte, schrak ich zusammen, weil das Martinshorn automatisch zu heulen anfing.

»Mensch, mach doch!«, stöhnte ich in den Telefonhörer.

Die Ampel an der Hauptstraße stand auf Rot, aber die anderen Autos hatten schon angehalten und Martin fuhr durch.

Endlich hörte ich, wie die Schwester den Hörer wieder aufnahm.

»Hören Sie«, sagte sie in verängstigtem Ton. »Da ist überhaupt nichts. Was ist denn los?« Offenbar hatte sie das Martinshorn gehört.

Da ich sie so schlecht verstand wegen des Lärms, brüllte ich fast in den Hörer: »Rufen Sie Dr. Spengler! Er soll nach meiner Tante schauen. Wir sind in zehn Minuten da!«

Jedenfalls hoffte ich das, aber so wie Martin auf der linken Spur überholte, konnten wir das tatsächlich schaffen. Wir waren immerhin schon am Vierzehn-Nothelfer-Krankenhaus.

Dass die Krankenschwester im Zimmer von Apollonia nichts gefunden hatte, besagte gar nichts. Es wäre ja dumm gewesen von Elis, wenn sie etwas dagelassen hätte. Sie konnte der wehrlosen Kranken alles Mögliche eingeflößt haben und dann wieder gegangen sein.

Auf der Umgehungsstraße durch das Industriegebiet musste Martin an den Ampeln immer wieder runterbremsen, weil so viel Verkehr war, um dann erneut zu beschleunigen. Das Martinshorn jaulte zum Verrücktwerden. Endlich tauchte *Ravensburger* auf, der große Spieleverlag, danach bogen wir rechts ab und sahen die Türme der Weissenauer Kirche.

Martin raste durch das Dorf, vorbei an der Bäckerei, wo ich morgens noch gemütlich meinen Kaffee getrunken hatte, und fuhr wieder direkt vor die Kirche. Das Horn heulte aus, wir sprangen aus dem Auto und hasteten die Kirchenmauer entlang durch den Park zur geriatrischen Station. Vor lauter Aufregung spürte ich nicht einmal die Kälte des immer gleich scharfen Windes.

Dr. Spengler war noch nicht da, aber die Schwester, die plötzlich gar nicht mehr schnippisch, sondern eher schuldbewusst wirkte, sagte mit weinerlicher Stimme: »Sie ist wieder so unruhig! Was ist denn passiert?«

Ich lief an ihr vorbei den Flur entlang in Apollonias Zimmer.

»Dr. Spengler kommt gleich!«, rief sie mir noch nach.

Die Schwester hatte Recht, Apollonia schlief nicht mehr friedlich wie noch am Morgen, sondern stöhnte und warf sich hin und her.

»Oh, nein!« Ich hätte heulen können.

Stattdessen nahm ich ihre Hand und beugte mich über sie. Sie roch nach Schweiß, Medikamenten und nach etwas, das mir bekannt vorkam. Schnuppernd bückte ich mich noch näher zu ihrem Gesicht und dann fiel es mir ein. Der Klosterlikör! Diesen gesunden Geruch nach Kräutern hatte ich an dem Abend bei meiner Mutter gerochen, als wir beide mit dem Likör angestoßen hatten, den ich aus Sauerbrunn mitgebracht hatte.

»Sie hat von dem Klosterlikör getrunken!«, sagte ich aufgeregt zu Martin, der hinter mir stand.

»Klosterlikör?«, fragte er verständnislos.

»Sie riecht nach dem Klosterlikör aus Sauerbrunn. Den kenne ich, weil ich meiner Mutter neulich welchen mitgebracht und mit ihr getrunken habe!«, erklärte ich ihm ungeduldig. »Man muss ihr den Magen auspumpen!«

»Wann ist die Nonne wieder gegangen?«, wollte Martin von Fräulein Schnippisch wissen, die inzwischen auch ans Bett von Apollonia getreten war.

»Naja, sie war nur ganz kurz da, ist gleich wieder weggegangen, vielleicht vor einer halben Stunde!«

In diesem Moment kam Dr. Spengler zur Tür herein.

»Was ist passiert?«

Martin war schneller als ich.

»Hauptkommissar Manz!«, stellte er sich rasch vor und hielt dem Arzt die Hand zum Gruß hin. Der nahm sie, während Martin in knappen Sätzen versuchte, ihm die Situation zu erklären.

»Ach Gott!«, war seine Reaktion. »Ja, da müssen wir den Magen auspumpen. Der armen Frau bleibt auch nichts erspart!«

Danach wurde es hektisch.

»Bitte verlassen Sie den Raum!«, wies Dr. Spengler mich und Martin an. »Schwester Anna, machen Sie eine Kochsalzlösung bereit ...«

An der Tür drehte ich mich noch einmal um. »Wird sie es denn überleben?«

»Ich hoffe schon!«, war seine Antwort.

Draußen seufzte Martin: »Eigentlich wollte ich ja die Röntgenaufnahmen mitnehmen, aber dann sollen sie sie halt doch zu uns schicken. Ich denke, die Sache ist ohnehin klar.«

»Wie meinst du das?«

»Naja, offensichtlich war Schwester Antonia ja hier und hat Apollonia etwas von ihrem Klosterlikör eingeflößt. Und so wie Apollonia aussieht, waren da nicht nur gesunde Kräuter drin!«

Wir standen beide etwas unschlüssig herum. Wo konnte Elis jetzt sein?

»Ich rufe mal im Kloster an!«, schlug Martin vor.

Im Schwesternzimmer war ein Telefon.

»Dass du als Polizist noch kein Handy hast, wundert mich!«, zog ich ihn ein bisschen auf.

»Ich hasse die Dinger! Ich finde sie einfach affig!«, gab er voller Abscheu zur Antwort.

Eine junge Schwesternschülerin reichte uns ein Telefonbuch, ich suchte die Nummer des Klosters heraus und Martin wählte. Aber die Pförtnerin hatte Elis noch nicht zurückkommen sehen.

»Ob sie noch am Bahnhof sein könnte?«, schlug ich vor.

»Wir können auf jeden Fall mal hinfahren und schauen, wann die Züge fahren. Vielleicht hat sie dort auch jemand gesehen. Eine Klosterschwester fällt doch bestimmt auf. So viele gibt's davon ja nicht mehr!«

Am Bahnhof erinnerte sich zwar die Frau am Kiosk, dass eine Nonne im schwarzen Habit am Vormittag angekommen und bei ihr vorbeigegangen war, aber niemand hatte Elis wieder abfahren sehen. Da sich bei mir langsam der Hunger meldete, kaufte ich zwei Schokoriegel. Einen davon reichte ich Martin, der sich mit einem charmanten Lächeln bedankte.

»Wo mag sie nur stecken?«, rätselte er kauend. »Ob sie in die Kirche gegangen ist?«

»Das wäre natürlich möglich. Wir können ja mal hinfahren!« Als wir ins Auto einstiegen, kam mir aber eine andere Idee.

»Hier ist doch gleich der Busbahnhof. Halt doch einen Moment an, dann schau ich, wann die Busse nach Baselreute fahren!«

»Warum sollte sie nach Baselreute wollen?«

»Ich weiß auch nicht, ist so ein Gefühl von mir. Da ist sie daheim, da liegt der Matthes – es ist einfach ein Gefühl!«

Martin grinste ein bisschen: »Aha, weibliche Intuition! Naja, soll ja schon manchmal funktioniert haben.«

Er fuhr ein Stück vor bis zu den Haltebuchten der Überlandbusse. Ich stieg aus und suchte die Haltestelle für den Baselreuter Bus. Auf dem Schild stand, dass morgens drei Busse nach Ravensburg fuhren und abends drei zurück; mittags gab es einen, der war vor zwanzig Minuten gefahren. Er würde in einer Viertelstunde in Baselreute eintreffen.

Als ich Martin berichtet hatte, mussten wir entscheiden, in welche Richtung wir fahren wollten.

»Weißt du was, ich ruf mal Andreas an, vielleicht sind sie ja noch in Baselreute, dann könnten sie Schwester Antonia an der Bushaltestelle abfangen, falls sie tatsächlich gefahren ist«, schlug Martin vor. »Der hat übrigens ein Handy. Und das passt auch zu ihm!«, brummte er. Offenbar hatte er keine sehr hohe Meinung von seinem geschniegelten Kollegen.

Er wählte und sagte nach einer Weile: »Andreas? Wo bist du denn? ... Ach, ihr seid schon wieder zurück? Also ist niemand mehr in Baselreute? ... Witzbold, das weiß ich selber, dass da Leute wohnen, ich meine natürlich von uns! ... Okay, dann fahren wir hin. ... Wir? Ich und – ähm, Frau Katzenmaier. Habt ihr denn was gefunden? ... Ah, ja. ... Ist eine Flasche mit Klosterlikör dabei? ... Klos-ter-li-kör! ... Ja! Schau gleich mal nach, ich bleib dran!«

Er hielt den Hörer zu und sagte zu mir gewandt: »So ein Blödmann. ›Außer den Leuten, die da wohnen, ist niemand mehr da!‹«, wobei er den Tonfall von Andreas imitierte. »Meint, das sei witzig!«

Ich musste trotz der ernsten Situation ein bisschen lächeln über seine Unduldsamkeit. Er erwiderte mein Lächeln nicht, sondern schaute weiterhin sehr dienstlich drein.

»Sie haben alles mitgenommen, was ess- oder trinkbar war, und ins Labor gebracht. Jetzt will er auf der Liste nachschauen, ob eine Flasche mit Klosterlikör dabei war. Ja, hallo?« Offenbar war Andreas wieder dran.

»Aha, die lasst ihr als Erstes untersuchen! Bis nachher, tschüss!« Er legte auf.

»Sie haben eine Likörflasche gefunden. Fast leer. Jetzt fahren wir nach Baselreute!«

Wir trafen zehn Minuten nach dem Bus an der Baselreuter Haltestelle hinter der Kirche ein. Dort stand ein kleines Wartehäusle, aber es war weit und breit niemand zu sehen. Dafür hatte es wieder angefangen zu schneien. Dicke, weiche Flocken tanzten im Wind.

»Vielleicht ist sie zum Friedhof hochgegangen«, überlegte ich. »Bitte, warte hier, ich schau mal nach!«

Bevor er protestieren konnte, war ich schon ausgestiegen. Vom Parkplatz hinter der Bushaltestelle führte eine Treppe hoch zur Südfront der

Kirche. Sie war zum Glück gestreut. Ich lief hoch und ging mit raschen Schritten an der Kirchenmauer entlang zu dem Teil des Friedhofs, wo sich das Grab von Matthes befand. Es schneite zwar heftig, aber man konnte erkennen, dass hier kurz vor mir schon jemand gegangen war, der sehr kleine Füße hatte und kurze Schritte machte. Trotzdem war der Friedhof leer. Hatte ich mich doch getäuscht?

Ich beschloss, den Abdrücken im Schnee zu folgen, und sie führten mich zunächst zu der Stelle an der Mauer, an der Matthes seine letzte Ruhestätte gefunden hatte. Von dort gingen sie weiter zu der kleinen Pforte, deren Gittertür angelehnt war. Den Spuren nach war sie vor kurzem geöffnet worden. Als ich sie langsam aufdrückte, quietschte das Scharnier.

Elis saß auf der Bank, in einen schwarzen Umhang gehüllt, hatte sie sich einfach auf den Schnee gesetzt, ihre Füße waren im Schnee versunken, weil außerhalb der Friedhofsmauer natürlich nicht geräumt wurde, und auf ihrer Haube und ihrem Buckel begannen sich Häubchen aus Schnee zu bilden. Die bloßen Hände hatte sie im Schoß gefaltet. Immerfort fielen weiche Flocken auf die kleine, schwarze Gestalt herab. Doch sie schien die Kälte nicht zu spüren. Als sie mich hörte, wandte sie mühsam den Kopf. Dann schrak sie zusammen.

»So, du bist's, Apollonia«, sagte sie nach einer Weile und blickte wieder nach vorn. Einen Augenblick lang stand ich unschlüssig da. Hielt sie mich tatsächlich für Apollonia? Ob sie auch Halluzinationen hatte?

»Komm, setz dich zu mir!«, forderte sie mich schließlich mit ihrer hohen, etwas heiseren Stimme auf, als ob der schönste Frühlingstag wäre und sie mit mir gemeinsam die Aussicht auf die grünen Wiesen und den Wald genießen wollte. Alles um uns war weiß.

Ich setzte mich neben sie auf die Schneebank und sagte: »Ich bin nicht Apollonia, Apollonia liegt in der Weissenau und ich weiß nicht, ob sie überleben wird, Elis.«

»Heißt du nicht auch Apollonia? Nach ihr benannt? Das hat sie mir doch erzählt!«

Sie hatte also doch keine Halluzinationen, sondern erinnerte sich nach dem einmaligen Zusammentreffen auf dem Friedhof tatsächlich noch an mich und meinen Namen.

»Elis, warum hast du ihr das angetan? Warum hast du versucht, Apollonia umzubringen?«, fragte ich leise.

»Was?« Sie sah mich unsicher von der Seite an. Dann schüttelte sie langsam den Kopf. »Ich habe sie gewarnt. Ich habe ihr gesagt, dass sie nicht mit dem Feuer spielen soll! Das hab ich mir nämlich gleich gedacht, als ich euch beide auf dem Friedhof gesehen habe, dass sie am Ende doch das Maul nicht halten kann. Wie sie von dir gesprochen hat! ›Die Polli ist so gebildet, die Polli schreibt Bücher.‹« Ihr Ton war voller Sarkasmus.

»Wahrscheinlich dachte sie, dass sie jetzt berühmt wird, dass du ein Buch über sie schreibst! Ich weiß nicht, was sie dir alles erzählt hat, aber egal was, der heilige Antonius hat sie dafür bestraft. Er lässt nicht zu, dass die Menschen mich richten! Er weiß, dass ich unschuldig bin, dass ich nur sein Werkzeug war. Ich habe meine Seele in seine Hände gegeben. Nun muss er den Engel beschützen!«

Sie machte einen sehr verwirrten Eindruck, und es schien mir das Beste, sie nicht zu unterbrechen, sondern ihr einfach zuzuhören, obwohl mir langsam kalt wurde.

»Schwester Margarethe ist Gemeindeschwester in Baselreute und die hat mir erzählt, dass du ständig bei Apollonia warst. Da hab ich gewusst, was sie vorhatte, dass sie dir alles verraten wollte. Dabei hat sie mir geschworen, niemandem davon zu erzählen! ›Gott weiß, ob er dich bestrafen muss oder nicht‹, hat sie damals gesagt. Sie hat mich regelrecht zur Rede gestellt, als sie es herausgefunden hatte, hat sich aufgespielt, als Polizistin, als Richterin! Bestrafen! Ha! Als ich ihn gebraucht habe, war Gott nicht da.« Sie schwieg einen Augenblick, dann sagte sie plötzlich lächelnd: »Aber der heilige Antonius, der hat mir geholfen, der hat den Teufel vernichtet.«

Ich ahnte, worauf sie hinaus wollte.

»Elis, wen hat er vernichtet? Und warum?«

»Wen? Warum? Willst du das wirklich hören?«

***

Elis stand hinter dem Wagenschuppen und wartete. Es war ein schöner Sommerabend, noch warm. Der Tag war anstrengend gewesen, sie hatten geheut und dabei geschwitzt wie verrückt. Aber jetzt hatte sie sich sauber gemacht und eine frische Schürze angezogen, die mit den großen Blumen. Ihre strohblonden Haare hatte sie frisch gezopft und hochgesteckt. Der Matthes war da! Er war so lange weg gewesen, an der Front, wo man nie wusste, ob er wiederkam. Der Anton spottete zwar manchmal, in die Schreibstube würden sie sowieso nicht hineinschießen und zum Gewehrtragen sei der Matthes viel zu schwach. Aber ihr war es gerade Recht, da brauchte sie wenigstens nicht ganz so viel Angst haben. Ihrer Freundin Rosa war der Verlobte erschossen worden; es war furchtbar gewesen, als die Nachricht kam.

Und Matthes war heute auf Urlaub gekommen! »Nach dem Stallmachen!«, hatte er ihr im Hausgang zugeflüstert, »hinter dem Schuppen! Dann gehen wir spazieren!«

Sie war zu früh dran, in der Küche waren sie eher fertig geworden; der Matthes war mit den Knechten im Stall noch mit Melken beschäftigt, aber das machte ihr nichts aus. Sie setzte sich auf eine Obstkiste, die herumstand, und wartete. Es war schön, auf den Matthes zu warten. So konnte sie die Vorfreude auf den Spaziergang noch etwas genießen; sie würden zum Herrenweiher spazieren, Hand in Hand, und dort würde er sie vielleicht wieder küssen, und nach dem Krieg würden sie heiraten und ...

Da kam er!

Aber es war nicht der Matthes, sondern Anton, der um die Ecke des Schuppens bog. Es war auch fast unmöglich, dass sie schon fertig waren im Stall. Elis war ein wenig verlegen; Anton wusste natürlich, auf wen sie wartete, alle wussten um ihre Liebe zum Matthes, aber er war der Bauer auf dem Hof, und Elis fürchtete sich immer ein bisschen vor ihm. Er war ein verschlossener Mann, und wie er sie manchmal anschaute, war ihr unheimlich.

»Guten Abend, Elis!«, sagte er nun überraschend freundlich.

»Guten Abend!«, antwortete sie schüchtern.

»So, hast du dich schön gemacht! Nett siehst du aus!«, lobte er sie und kam näher. Sie wurde rot und schaute vor sich hin und wusste nicht, was sie sagen sollte. Sie hatte sich ja nicht für ihn hübsch gemacht.

Dann stand er vor ihr und schaute auf sie hinab.

»Ganz schön hast du dich gemacht!«

Er legte seine Hand auf ihr Haar und begann, darüber zu streichen.

Sie wurde immer verlegener, versuchte ihren Kopf zur Seite wegzudrehen und sah ihn immer noch nicht an.

»Du brauchst doch keine Angst vor mir haben; ich habe noch nie einer Frau etwas zuleid getan!«, sagte er und lachte über seinen Witz, den sie nicht verstand. Ihr wurde unbehaglich zumute. Sie stand auf, wollte weggehen. Aber er hielt sie am Arm fest und sagte:

»He, wohin denn so eilig! Du hast doch hier eine Verabredung mit deinem Schatz. Jetzt ist halt ein anderer gekommen!«

Dann zog er sie an sich und versuchte, sie zu küssen. Sie wand sich und bog verzweifelt ihren Kopf zur Seite, um seinen Lippen und dem stachligen Schnurrbart auszuweichen.

»Nein ... bitte ... Bauer ... ich ...«

»Na komm schon, sei doch nicht so, ich bin doch auch ein fescher Kerl. Und den Matthes kannst du noch lange genug haben!«

Er drückte sie jetzt heftig an sich. Sie stemmte ihre Hände gegen seine Brust, um ihn abzuwehren, und begann zu schreien. Da hielt er ihr den Mund zu und starrte in ihre vor Angst weit aufgerissenen Augen. Mit unterdrückter Stimme herrschte er sie an: »Sei still! Was glaubst du eigentlich, wer du bist! Eine dahergelaufene Magd! Sei froh, dass sich einmal ein rechter Mann für dich interessiert, nicht bloß so ein Schlappschwanz wie der Matthes!«

Sie wurde vor Angst völlig starr. Der Anton war ein kräftiger Mann, und nun schob er sie durch die Tür in den Schuppen hinein und drückte sie auf einen Haufen von Abdeckplanen hinab, die dort in einer Ecke lagen. Elis begann zu weinen: »Bitte, bitte!«

Aber Anton kannte keine Gnade, zu lau war der Abend, zu rosig ihre Wangen und zu günstig die Gelegenheit, als dass ihn noch etwas hätte abhalten können.

Als er mit einem Grunzlaut in sie hineinstieß, schrie sie auf, sodass er ihr wieder den Mund zuhalten musste. Aber dann wimmerte sie nur noch und Tränen liefen ihr übers Gesicht. Irgendwann begann sie Gebete zu murmeln: »HeiligeMariaMutterGottes ...« Unentwegt schaute sie zur Balkendecke, aber die tat sich nicht auf und weder Gott noch seine Mutter kamen ihr zu Hilfe.

Als Anton endlich fertig war mit Grunzen und Ächzen und Stoßen, zog er seine Hose hoch und sagte: »Jetzt tu doch nicht so! Ihr habt es doch gern, ihr Weiber! Ich kenn euch doch!«

Dann stand er auf und wandte sich zum Gehen.

»Der Matthes braucht es ja nicht zu wissen!«, bemerkte er noch.

Elis lag einfach da und wollte sterben. Dann hörte sie den Matthes draußen nach ihr rufen. Sie bedeckte sich mit einer schmutzigen Plane und gab keinen Laut von sich, bis er verschwunden war.

***

»Ich wollte einfach nur sterben.« Ihre Stimme war vor Anstrengung fast tonlos geworden. »Aber man stirbt halt nicht einfach so. Der Matthes hat mich tagelang gelöchert, was denn mit mir los sei, er hat mir so lange keine Ruhe gelassen, bis ich ihm alles erzählt habe. Was der Anton mit mir gemacht hatte und dass ich ein Kind bekommen werde. Das habe ich nämlich sofort gespürt, dass da etwas anders war mit mir.«

»Ja, das kenne ich«, warf ich ein. Ich musste an meine eigene Schwangerschaft denken, auch mir war ab dem ersten Tag klar gewesen, was passiert war, ganz ohne Schwangerschaftstest.

Elis wandte sich mühsam zu mir um und sah mich an, wie erstaunt, dass ich immer noch dasaß und ihr zuhörte. Und dass ich sogar eine Erfahrung mit ihr teilen konnte.

»Aha«, meinte sie nur trocken.

Dann schaute sie wieder auf ihre Hände und murmelte nach einer Weile: »Der Matthes konnte das nicht ertragen. Darum hat er den Strick genommen.«

»Und du bist schwanger zurückgeblieben.«

»Ja, und dann bin ich zu Apollonia gegangen. Sie war immer so nett, und sie war doch Hebamme, und ich dachte, sie kennt sich aus mit Schwangerschaft und Kindern, und vielleicht auch, wie man sie nicht bekommt. Aber sie hat die Moralische gespielt!« Elis lachte bitter, während ich langsam das Gefühl in meinen Füßen verlor. »Sie bringe die Kinder zur Welt, aber nicht um, hat sie gesagt. Ich solle es doch bekommen, es sei vielleicht ein Ersatz für den Matthes. Ein Ersatz für den Matthes!« Sie schüttelte den Kopf. »Aber ich hab's trotzdem weggemacht! Auch ohne ihre Hilfe! Der heilige Antonius hat mir geholfen.«

»Du hast Mutterkorn geschluckt, nicht wahr?«, fragte ich.

»So, das hat sie dir also gesagt«, stellte sie nüchtern fest.

»Nein, sie hat mir so gut wie nichts von dir erzählt, Elis«, verteidigte ich Apollonia, obwohl sie es mir wahrscheinlich tatsächlich irgendwann erzählt hätte, »da bin ich von selber drauf gekommen.«

»Jaja, du bist schlau, da hat Apollonia schon Recht gehabt«, sagte sie daraufhin voller Bitterkeit.

»Woher wusstest du, dass man damit abtreiben kann?«, wollte ich wissen.

»Woher, woher. Schwester Radigundis hat's mir erzählt!«

Ich war verblüfft.

»Schwester Radigundis? Das war doch die Hanna? Das versteh ich nicht ... eine Nonne hat dir geholfen, abzutreiben?«

Sie lachte ein bisschen vor sich hin. »Das hätte sie nicht gedacht, die Radigundis. Sie wusste nicht, dass ich schwanger war, als sie mir davon erzählt hat. Die Geschichte des heiligen Antonius hat sie mir erzählt, wegen dem schönen Bild, das in Sauerbrunn hängt. Ich hab sie damals gern besucht in Sauerbrunn, so oft es halt ging; es war so friedlich dort, und die Hanna war immer nett zu mir. Und sie war so belesen! ›Man muss aufpassen, dass man nicht aus Versehen Mutterkorn ins Getreide bringt‹, hat sie gesagt, ›bei einer Schwangeren reichen schon ein paar Zapfen aus, dann gibt's eine Fehlgeburt! Und manche werden zu Krüppeln. Wie auf dem Bild.‹ Sie hat gesagt, dass man sogar daran sterben kann.«

»Hat Hanna denn irgendwann erfahren, dass sie dir praktisch geholfen hat, das Kind abzutreiben?«

Wieder schmunzelte sie, als ob sie Hanna einen lustigen Streich gespielt hätte. »Ja, ich habe es ihr erzählt, wie der heilige Antonius sie zu seinem Werkzeug gemacht hat.«

Ich konnte mir vorstellen, wie dieses Geständnis auf Hanna gewirkt haben musste. Kein Wunder wollte sie von Apollonia nicht an jene Zeit erinnert werden.

»Und woher hattest du das Mutterkorn?«, wollte ich weiter wissen.

»Ach, davon gab's genug. Ich bin die Kornfelder entlanggegangen, hab an den Wiesenrainen gesucht.«

Ich musste an das denken, was Angelika mir erzählt hatte, und unwillkürlich nahm die Kornmutter, die durch die Felder geht und das schwarze Gift auf den Getreidehalmen sprossen lässt, in meiner Phantasie das Antlitz von Elis an.

»Dann hab ich das Antoniusbrot eingenommen und die Frucht meines Leibes ist von mir gegangen.«

»Und so viele Jahre später hast du Anton damit vergiftet? Warum?«, bohrte ich weiter.

»Anton?« Sie versank wieder in Gedanken, und ich überlegte schon, wie ich sie zum Weitererzählen animieren konnte, als sie aufseufzte, als ob sie aus einem tiefen Wasser wieder an die Oberfläche gekommen wäre. Dann fuhr sie fort, flüsternd, wie aus Angst, den toten Anton auf dem Friedhof hinter uns zu wecken.

»Er war der Teufel! Manchmal habe ich ihn gehört, wenn er die Stiege zu den Schlafkammern heraufgekommen ist, wie er mit seinem Huf gegen die Stufen geschlagen hat. Dann habe ich das Kreuz gemacht und mich mit Weihwasser besprengt. Die anderen haben es nicht gehört, er war schlau, aber mich hat er nicht getäuscht!«

Die Frau auf der Antoniustafel mit ihrem Pferdefuß kam mir in den Sinn.

»Hat er dich weiterhin bedrängt?«, wollte ich wissen.

Sie schwieg einen Augenblick. Ich sah auf die Hände in ihrem Schoß, die blau gefroren waren. Es war unverantwortlich, noch länger hier zu sitzen, wir würden uns beide den Tod holen.

»Nein«, sagte sie leise, »das hat er sich nicht mehr getraut. Der Matthes hat mich beschützt.«

Es war erstaunlich, wozu Matthes nach seinem Tod noch alles in der Lage gewesen sein sollte. Aber vielleicht hatte Anton sich ja aus schlechtem Gewissen wegen Matthes' Tod tatsächlich nicht mehr getraut, der Elis zu nahe zu treten, sodass man ihn zumindest als ihren indirekten Beschützer ansehen konnte.

»Hättest du nicht weggehen können?«

»Weggehen!« Sie schnaubte verächtlich. »Wo hätte ich denn hingehen sollen? Zu einem anderen Bauern? Da wäre es mir auch nicht besser gegangen! Und dann hätten die Leute sich ihr Maul zerrissen und es wär alles rausgekommen!«

»Ins Kloster?«, schlug ich vor. »Das hast du ja später dann gemacht!«

»Ja, als er tot war. Als keine Gefahr mehr war für den Engel.«

Nun schien sie völlig abzudrehen, vielleicht wegen der Kälte. Ich musste sie unbedingt von hier wegbringen. Aber meine Neugier war stärker als die Vernunft.

»Den Engel?«, fragte ich.

»Als der Engel in Erwartung war, wusste ich, dass die Zeit gekommen war. Und als der Teufel den Engel geschlagen hat, da hat Antonius ihn vernichtet.«

Sie gab nur noch sinnloses Gefasel von sich, und ich war endgültig entschlossen zu gehen.

»Der Engel war Marie, nicht wahr?«, ließ sich plötzlich eine dunkle Stimme neben uns vernehmen. Diesmal schraken wir beide zusammen.

Martin war hinzugekommen, ohne dass wir es bemerkt hatten. Offenbar hatte er schon eine Weile gelauscht.

»Und der Engel des Herrn brachte Maria die Botschaft ...«, murmelte Elis vor sich hin.

»Als Marie schwanger war und mein Großvater sie bedrohte, hast du ihn vergiftet, nicht wahr, Elis?«, fragte er gequält.

Elis wiegte ihren Oberkörper vor und zurück. Ich sah von ihr zu Martin und wieder zurück. Martin hatte einen Gesichtsausdruck, als ob er vor lauter Anspannung und Kälte gleich weinen würde. Ich wollte aufstehen, aber da antwortete sie ihm endlich: »Das Brot des heiligen Antonius hab ich ihm gegeben. Sie war doch in Erwartung, das hat sie mir erzählt, mir allein! Und sie hatte solche Angst vor ihm, vor dem, was er tun würde, wenn er es erfährt. Da wusste ich, dass die Zeit des Gerichts gekommen war! ›Hab keine Angst, mein Engel‹, habe ich zu ihr gesagt. ›Hab keine Angst, wir geben ihm das Brot des heiligen Antonius. Antonius hilft uns, mein Engel!‹ Er hat uns geholfen. Antonius hat Anton vernichtet!« Dann stieß sie ein so obszönes Lachen aus, dass es mir eiskalt den Rücken hinablief.

»Wusste Marie, was das bedeutete? Wusste sie, dass ihr meinen Großvater umgebracht habt?«, fragte Martin verzweifelt.

Aber Elis stammelte nur noch vor sich hin. »Der Engel des Herrn ... brachte Maria die Botschaft ...«

Dann kippte sie plötzlich zur Seite und rutschte von der Bank. Ich versuchte vergeblich, sie festzuhalten, und Martin lief hinzu.

»Wir müssen sofort einen Krankenwagen rufen, Martin, sie stirbt!« Ich geriet fast in Panik. Wäre ich nur nicht so lange mit ihr in dieser Kälte sitzen geblieben!

»Nein«, widersprach Martin in sachlichem Tonfall. »Wir bringen sie zu Dr. Zoller.«

Dr. Zoller war der Dorfarzt. Er war schon über sechzig, ein alter Bruttler, und wehe, man konnte nicht mit einer ernsthaften Krankheit aufwarten, wenn man seine Dienste in Anspruch nahm. Dann konnte es durchaus passieren, dass er einen der Praxis verwies, mit dem Hinweis, man solle wiederkommen, wenn es sich lohne. Aber er war kein schlechter Arzt, und vor allem war er der nächste. Denn Martin hatte natürlich Recht, bis der Krankenwagen kam und dann wieder nach Weingarten oder Ravensburg gefahren war, dauerte es viel zu lange.

Er hob Elis vorsichtig auf. Sie war ja ein kleines Weible, und so trug er sie auf seinen Armen über den Friedhof die Treppe hinab zum Auto. Ich griff mir noch ihre schwarze Tasche, die neben der Bank im Schnee versunken war. Dann lief ich hastig an den beiden vorbei und öffnete die Tür des Rücksitzes, sodass er sie, wenn auch mühsam, hineinheben konnte. Auf dem Weg zu Dr. Zoller öffnete ich die Tasche, während Elis auf dem Rücksitz stöhnte.

»Schau!« Ich zog eine fast leere Flasche Klosterlikör heraus.

»Aha!« Martin nickte. »Dann war es nicht nur die Kälte.«

Das Wartezimmer bei Dr. Zoller war voll, erstaunlich viele hatten sich mit einem Husten oder Schnupfen her getraut. Martin trug Elis in die Praxis, ich ging ihm voraus und öffnete die Türen bis zum Sprechzimmer. Die Huster und Schnupfer sahen uns neugierig nach; jetzt hatte sich der Arztbesuch schon gelohnt, da gab es doch etwas zu erzählen heute Abend beim Vesper.

Dr. Zoller wollte zuerst protestieren, weil wir einfach so hereinplatzten, aber Martin rief: »Notfall!« Da machte die Sprechstundenhilfe schnell eine Liege frei, und er bettete Elis darauf. Die Patientin, die gerade in Behandlung war, wurde hinauskomplimentiert.

Martin war ganz außer Atem, und ich erklärte dem Arzt, dass sie wahrscheinlich Gift zu sich genommen hatte, und zwar Mutterkorn.

»Mutterkorn?«, fragte Dr. Zoller erstaunt. »Gibt es das denn heutzutage noch?«

»Offenbar ja!«

Der Arzt fühlte Elis den Puls und hob ihre Lider an. »Sie hat offensichtlich einen Kreislaufzusammenbruch erlitten, außerdem ist sie ja völlig durchgefroren. Christina, bringen Sie eine Decke! Und dann ziehen Sie ein Kreislaufstärkungsmittel auf die Spritze! Hat sie sich verlaufen?«

»Hören Sie nicht?«, mischte sich Martin ein. »Sie hat sich vergiftet!«

»Mit Mutterkorn ...« Dr. Zoller wirkte etwas ratlos. Vielleicht ging seine Kompetenz doch nicht über Husten und Schnupfen hinaus.

»Hören Sie! Es gab heute schon einen solchen Vergiftungsfall in der Weissenau. Vielleicht können Sie ja da anrufen und fragen, was die gemacht haben!«, schlug ich vor. »Hier ist die Nummer!«

Ich kramte wieder einmal in meinem Rucksack und reichte ihm den inzwischen schon etwas verknüllten Zettel mit der Telefonnummer der Gerontopsychiatrie. So konnten wir auch gleich erfahren, wie es Apollonia ging.

Der Arzt schien endlich den Ernst der Lage begriffen zu haben und rief tatsächlich bei Dr. Spengler an. Nachdem er von Elis berichtet hatte, lauschte er aufmerksam den Ausführungen seines Kollegen, wobei er immer wieder nickte: »Aha ... ah ja ... jaa ... jaja ... gut!« Als er sich schließlich bedankte, bat ich, auch noch kurz mit Dr. Spengler sprechen zu dürfen.

Während Dr. Zoller Elis die Kreislaufspritze gab und seine Sprechstundenhilfe anwies, alles bereit zu machen zum Magenauspumpen, berichtete mir Dr. Spengler am Telefon, dass Apollonia dieses Prozedere schon hinter sich hatte und jetzt wieder etwas ruhiger war.

»Sie wird es überleben!«, beruhigte er mich. »Wir haben das Zeug noch rechtzeitig rausgebracht, und außerdem hat sie allem zum Trotz eine Konstitution wie ein Pferd!«

Etwas beruhigter legte ich auf und schaute zu Elis hinüber. Bei ihr war ich mir nicht sicher, ob sie es überleben würde. Sie lag auf dem Schragen, ein kleines Häuflein Mensch unter einer braunen Wolldecke. Ihr Schleier war verrutscht, sodass man das schüttere weiße Haar sehen konnte, nass vom Schnee, ihre Augen waren geschlossen und Nase und Wangen ganz blau von der Kälte. Ich fragte mich, ob sie all das überhaupt noch mitbekam oder ob sie schon in das Reich des heiligen Antonius eingegangen war. So viel Liebe und so viel Hass in einem so kleinen Menschen!

»Und was wirst du jetzt tun?«, fragte ich Martin. Wir saßen nebeneinander im Auto, auf dem Parkplatz vor der Praxis von Dr. Zoller, aber er starrte nur vor sich hin zum Fenster hinaus, ohne den Zündschlüssel zu drehen. Langsam schüttelte er den Kopf.

»Keine Ahnung. Was würdest du tun?« Er sah zu mir herüber.

»Kannst du denn mit der Ungewissheit leben darüber, ob Marie es wusste oder nicht?«, fragte ich.

Er seufzte tief und schüttelte wieder leise den Kopf.

»Ich weiß es nicht.« Und nach einer Weile: »Nun bin ich schon zwanzig Jahre Polizist. Und ich hatte immer das Gefühl, klar, die Welt ist nicht schwarz-weiß, aber letztendlich wusste ich dann doch irgendwie, was gut und was böse ist. Aber hier ... sie hat mir so Leid getan, wie sie da eben lag, und mein Großvater war so ein brutaler Mensch ... er hatte es doch verdient, zu sterben. Und trotzdem ist es nicht recht, sie hat ihn umgebracht, und womöglich war meine eigene Mutter daran beteiligt ...«

Plötzlich hielt er sich die Hand vor die Augen und fing an zu weinen. Ich war schockiert und gleichzeitig hilflos. Eben hatte er noch so stark gewirkt, aber sein Verhältnis zu Marie schien doch enger zu sein, als ich geahnt hatte, sonst hätte ein gestandenes Mannsbild wie er nicht einfach losgeheult. Schließlich nahm ich ihn unsicher in den Arm und zog seinen Kopf zu mir herüber. Nun schluchzte er hemmungslos, während ich ihm über die Haare strich und auf ihn einredete wie bei einem Kind. Es fehlte nicht viel, und ich hätte mitgeweint. Er schien einen heftigen inneren Kampf auszufechten, der Sohn gegen den Polizisten, aber langsam beruhigte er sich.

Die Patientin von vorhin ging an unserem Auto vorbei und schaute neugierig herein.

›Stell dir vor, der Martin Manz hat vor dem Haus vom Doktor am helllichten Tag im Auto rumgeknutscht!‹, würde sie wahrscheinlich ihrem Mann beim Abendessen erzählen. Wobei der Tag inzwischen nicht mehr so helllicht war. Es musste schon gegen vier sein. Trotz aller Dramatik spürte ich plötzlich, wie hungrig ich war. Vor meinem inneren Auge erschien ein großer Teller mit Kässpätzle. Martin zog umständlich ein Stofftaschentuch aus der Hosentasche und schnäuzte sich.

»Jetzt warten wir erst mal ab, was mit Elis wird.« Er hatte offensichtlich einen Entschluss gefasst. »Und je nachdem werde ich mit meiner Mutter sprechen oder nicht.«

»Je nachdem?«

»Wenn Elis stirbt, dann soll sie das Geheimnis mit ins Grab nehmen. Aber wenn sie überlebt, wird sie angeklagt. Ich weiß nicht, ob sie verurteilt werden kann, aber jedenfalls wird dann der ganze Fall neu aufgerollt. Und dann muss ich auch mit Marie sprechen.« Der Polizist hatte mit dem Sohn einen Kompromiss geschlossen. Aber es sollte ihm nicht viel nützen.

Die Christmette war zu Ende. Der Schnee hatte dieses Jahr tatsächlich bis Weihnachten gehalten. Endlich wieder einmal weiße Weihnachten! Die Gräber trugen frische Schneehauben, dabei war die Luft kalt und klar heute Nacht, und viele Sterne glitzerten über dem Zwiebelturm der Kirche. Die Menschen, die das Gotteshaus verließen, nachdem ›Stille Nacht‹ verklungen war, trugen brennende, weiße Kerzen mit nach Hause. Der junge Pfarrer hatte diesen Brauch analog zur Osternacht eingeführt. Es waren viele Lichtlein, die in dieser Nacht über den Kirchhof wandelten; die Kirche war nie so voll wie zu Weihnachten. Der Kirchenchor sang, und sogar ich war mit Mutter hingegangen. Sie hatte sich sehr darüber gefreut.

Da meine Mutter wie immer in einer der vorderen Reihen Platz genommen hatte, verließen wir fast als Letzte das Gotteshaus, was mir gar nicht unrecht war, denn die Sänger kamen auch immer erst später von der Empore herunter. Als wir von der Menge geschoben schließlich an die große Außentreppe gelangten, stand ein Lichtlein an der obersten Stufe und erwartete uns.

»Apollonia!«, entfuhr es mir. »Ich dachte, du bist noch im Krankenhaus!«

Sie sah klein und schmal aus, ganz eingemummt in ihren schwarzen Mantel und in ein braunes, gehäkeltes Wolltuch, aber sie lächelte, und ihre Falten bildeten einen Kranz um die Augen, in denen sich jeweils zwei Lichtlein spiegelten. Ich freute mich so, sie zu sehen, dass ich sie umarmte und kräftig drückte.

»Pass auf! Die Kerzen!«, rief sie und machte sich los. »Weißt du, ich hab gedacht, heute ist Weihnachten, und da hab ich mich selber entlassen. Mir geht's doch schon wieder gut!«

Dr. Spengler war nicht ganz dieser Meinung gewesen, als ich am Tag vorher mit ihm telefoniert hatte. Er hatte gesagt, die Vergiftung hätte sie wohl überstanden, aber er wolle sie lieber noch bis nach Neujahr dabehalten, damit es nicht gleich zu anstrengend für sie würde mit den ganzen Feiertagen. Ich selber hatte an Heiligabend noch vormittags arbeiten müssen, deshalb hatte ich mir den Weihnachtsbesuch bei Apollonia für den ersten Feiertag vorgenommen. Doch nun war sie mir zuvorgekommen.

»Aber wo warst du denn dann heute Abend? Warum bist du nicht zu uns gekommen zum Essen?«

»Ach, ich hab gedacht, da ist bestimmt die ganze Familie da, da wollte ich nicht stören. Ich war bei der Gemeindeschwester, Schwester Margarete. Sie ist immer so nett, und da waren noch zwei andere Frauen, Obermeiers Senz und Briemals Lisbeth. Es gab Bratwürste mit Kartoffelsalat und wir haben zusammen gesungen. Das war wunderbar!«

Ein vages Bild von zwei schwarz gekleideten, weißhaarigen, knitterfaltigen Duttdamen entstand bei diesen Namen in meinem Kopf, und mir kamen leichte Zweifel, ob ein so verbrachtes Weihnachtsessen wirklich »wunderbar« war.

»Mama und ich waren allein, du hättest ruhig zu uns kommen können!«, sagte ich daher mit vorwurfsvoller Stimme. Und meine Mutter war erst recht aufgebracht.

»Also wirklich, Apollonia, wie kannst du nur! Was da die Leute sagen, als ob sich die Verwandtschaft nicht um dich kümmern würde!«

»Ihr hättet mich ja doch nur ins Krankenhaus zurückgeschickt«, wandte Apollonia in kläglichem Tonfall ein.

Vielleicht hatte sie damit nicht ganz Unrecht, es wäre ja auch vernünftiger gewesen, wenn sie dort geblieben wäre.

Während wir noch diskutierten, verebbte langsam der Strom der Kirchheimgänger. Die Sänger kamen als Letzte von der Empore und grüßten im Vorbeigehen, aber die Familie Manz war offenbar nicht zum Christmettsingen angetreten.

Seit jenem schrecklichen Tag Anfang Dezember hatte ich Martin nicht mehr gesehen. Am nächsten Morgen hatte ich erst einmal ausgeschlafen und war dann zurück nach Konstanz gefahren, wo ich plötzlich vier Aufträge daliegen hatte für Artikel und Übersetzungen, die alle noch vor Weihnachten erledigt werden mussten. Mein Friedhofsbesuch war jedoch nicht ohne Folgen geblieben, ich hatte mir eine dicke Nasennebenhöhlenentzündung eingehandelt. So musste ich noch drei Tage das Bett hüten, aber sobald es irgendwie ging, saß ich in Morgenmantel und Schals gehüllt mit einer Kanne Kamillentee am Schreibtisch, um meine Aufträge zu erledigen.

Mit Martin hatte ich nur noch ein paar Mal telefoniert. Bei einem dieser Telefonate berichtete er mir, dass Elis ihren Zusammenbruch nicht überlebt hatte. Sie war zwei Tage danach gestorben, ohne noch einmal das Bewusstsein zu erlangen. Wegen meiner Arbeit hatte ich jedoch nicht zur Beerdigung kommen können, die nach Martins Worten im ganz kleinen Kreis auf dem Klosterfriedhof stattfand.

Auch Apollonia hatte ich nicht mehr besucht, was mir ein ziemlich schlechtes Gewissen bereitete. Aber ich rief fast jeden Tag an und bekam dadurch mit, dass es ihr langsam immer besser ging.

Außerdem war ich auch zu beschäftigt gewesen, um über mein Verhältnis zu Martin gründlicher nachzudenken. Bei seinen Anrufen hatte ich zwar jedes Mal dieses Magenflimmern gehabt, aber unsere Gespräche waren relativ sachlich geblieben. Ich war mir nicht sicher, ob der gemeinsam verbrachte, aufregende Tag die Distanz zwischen uns vergrößert oder verringert hatte. Ich hatte seine dienstliche, seine Polizistenseite, aber auch seinen wunden Punkt, das Verhältnis zu seiner Mutter, kennen gelernt, ein Wechselbad der Gefühle und Eindrücke, und ich wusste nicht recht, ob ich mich wirklich mit all dem anfreunden konnte.

Und dann hatte er sich plötzlich nicht mehr gemeldet. Bei seiner Dienststelle hieß es, er habe Urlaub genommen, aber wenn ich bei ihm daheim anrief, war immer nur der Anrufbeantworter angesprungen. Ich fragte mich, ob er vielleicht Skifahren gegangen war, fand es aber verwunderlich, dass er mir nichts davon erzählt hatte. Langsam schlich sich ein ungutes Gefühl bei mir ein; irgendetwas stimmte nicht. So hatte ich den Weihnachtstagen geradezu entgegengefiebert in der Hoffnung, ihn zu treffen.

Doch nun war er nicht da.

Ich fragte einen der Sänger, der mir im Vorbeigehen ›Frohe Weihnachten‹ gewünscht hatte, was denn mit Martin sei. Aber er zuckte nur die Schultern.

»Keine Ahnung! Er war schon die ganze Woche nicht in der Probe.«

Meine Unruhe wuchs.

»Hört mal«, ließ sich da meine Mutter vernehmen, »bevor wir hier festfrieren, wollen wir nach Hause gehen und noch einen kleinen Weihnachtsumtrunk machen?«

Das hatte ich ihr gar nicht zugetraut, sie war sonst nicht so gesellig.

»Ja gerne«, meinte Apollonia, »dann bin ich nachher auch gleich daheim in meiner Wohnung zum Schlafen.«

»So weit kommt's noch!«, polterte da Mutter los. »Deine Wohnung ist doch total kalt! Du schläfst bei uns, ich hab genug freie Zimmer!«

Das stimmte, sie wohnte ja inzwischen allein in dem großen Haus, nur hätte ich nicht geglaubt, dass sie einmal so nachdrücklich auf Apollonias Gesellschaft bestehen würde. Vielleicht hatte ich ihr ja doch unrecht getan, was ihre Einstellung zu ihrer Schwägerin anbelangte. Oder die schrecklichen Ereignisse waren ihr näher gegangen, als ich geglaubt hatte. Ich hatte ihr an jenem Abend ja alles erklären müssen, und wenn ich auch nicht alle Details berichtete, rief sie doch eins ums andere Mal aus: »Mein Gott, das ist ja furchtbar! Das arme Weible!« Einmal auf Apollonia, dann wieder auf Elis gemünzt.

Apollonia war noch sehr zittrig auf den Beinen, als wir mit ihr die Treppe in unserem Haus hochgingen. Sie hatte sich bei Mutter und mir eingehängt, und so führten wir sie ins Wohnzimmer im ersten Stock und setzten sie in einen Sessel. Mutter hatte in den Achtzigerjahren eine dieser typischen Wohnlandschaften mit türkisblauem Muster gekauft, die auf den Fernseher ausgerichtet war wie auf einen Altar. Rechts neben dem Gerät stand das Christbäumchen. Es war nicht groß, hatte aber eine sehr schöne gleichmäßige Form. Wir hatten es mit roten Kerzen, Silberlametta und vielen Strohsternen geschmückt. Darunter lagen noch fünf, sechs Päckchen bereit.

Mutter legte Apollonia eine Decke über die Knie, dann ging sie in die Küche, um Gläser und etwas zum Knabbern zu holen. Für Apollonia wollte sie einen Kräutertee aufbrühen.

»Hoffentlich nicht aus Sauerbrunn!«, meinte diese trocken.

Als Mutter draußen war, sah sie mich an.

»Soso, Polli, nun weißt du also Bescheid. Eine traurige Geschichte, nicht wahr? Kompliment, dass du das alles allein rausgefunden hast, Martin hat es mir erzählt!«, meinte sie anerkennend.

»Nicht alles und nicht allein!«, widersprach ich ihr. »Ohne Martins Hilfe hätte ich wahrscheinlich nicht viel rausgekriegt.« Durch Martin hatte ich mit Marie sprechen können, und durch ihre Erzählung war ich auf Elis gekommen, was mich dazu bewogen hatte, nach Sauerbrunn zu fahren, wodurch wiederum ...

»Naja, dafür sind Polizisten ja da, dass sie herausfinden, wie Verbrechen passiert sind, oder? Lang genug hat sie sowieso gebraucht, die Polizei, bis sie drauf gekommen ist«, lästerte sie ein bisschen.

»Die Polizei weiß es ja gar nicht, nur Martin.«

Wo er jetzt wohl war?

»Ja, und darüber bin ich auch froh. Das hatte ich ja auch gar nicht gewollt, als ich angefangen hab, dir davon zu erzählen, dass die Polizei sich wieder einschaltet. Ich wollte einfach, dass es außer mir noch jemand weiß, dass jemand die Wahrheit kennt. Aber nun, wo Elis tot ist, spielt es ohnehin keine Rolle mehr!«

»Sag mal, Apollonia, wie bist du eigentlich drauf gekommen? Bei mir war es ja reiner Zufall. Aber hat dir Marie mehr erzählt als die Geschichte von dem Streit zwischen ihrem Vater und Matthes?«

Sie griff sich an die Stirn und versuchte, sich zu erinnern, aber das fiel ihr offenbar nicht leicht; so ganz auf der Höhe war sie noch nicht.

»Nein«, begann sie schließlich zögernd, »sie hat mir nur erzählt, was sie als Kind zwischen den beiden beobachtet hatte, und was für Schlüsse sie später daraus gezogen hat. Aber da ist mir natürlich klar geworden, warum Elis ihr Kind nicht hatte bekommen wollen, und ich hatte fast ein schlechtes Gewissen, weil ich ihr damals nicht geholfen hatte. Sie musste Anton unendlich gehasst haben, und damit hätte sie ja auch einen Grund gehabt, ihn umzubringen. Andererseits konnte sie ihn unmöglich in die Grube gestoßen haben. Und die tragische Geschichte mit dem Matthes war ja auch schon sechzehn Jahre her. Trotzdem hat es mich beschäftigt und ich habe mich gefragt, wie sie es damals wohl weggemacht hatte. Als die Elis dann kurze Zeit später ins Kloster gegangen ist, habe ich sie mal besucht. Aber als ich sie gefragt habe, wie das denn gewesen sei mit ihrem Kind, hat sie nur gesagt, der heilige Antonius habe ihr geholfen. Ich hab das zuerst nicht recht verstanden. Und dann ... wie war das denn ... warte, ... ja, da war dieses Bild in dem Empfangsraum. Martin hat gesagt, du hättest es auch gesehen, mit dem heiligen Antonius und den Kranken. Ich wollte noch mit Hanna sprechen und hab auf sie gewartet in dem Raum und mir das Bild angeschaut. Und da ist mir eingefallen, dass mir eine alte Hebamme einmal etwas über das Antoniusfeuer und die Wirkung von Mutterkorn erzählt hatte, dass man damit abtreiben kann, dass es aber auch Krämpfe und Halluzinationen macht. Ich hätte mir nie träumen lassen, dass ich einmal selbst in den Genuss kommen würde, aber ich kann dir nur bestätigen, dass das etwas vom Schrecklichsten ist, was du dir vorstellen kannst!«

Sie seufzte tief, und ich legte ihr die Hand auf den Arm und lächelte sie an. Auf ihre schelmische Art lächelte sie zurück und sagte: »Aber ich bin dem Tod ja noch einmal von der Schippe gesprungen! Tja, und dann in Sauerbrunn. Ich stand vor diesem Bild. Da kam Hanna rein. Ich wusste, dass Elis sie öfter besucht hatte, und mir kam eine Idee. Ich fragte sie, ob sie mit Elis über dieses Bild und das Antoniusfeuer gesprochen hatte. Hannas Vorliebe für Heiligenbilder kannte ich ja. Sie hat als Kind schon immer Andachtsbildchen gesammelt, und sie kannte alle Heiligenlegenden. Bestimmt auch die des heiligen Antonius. Zuerst sagte sie nichts, stand eine Weile einfach so da, aber schließlich hat sie genickt. Sie wusste, dass mir in dem Moment alles klar war. Und ich wusste, dass auch ihr alles klar war. Wie Elis damals abgetrieben und wie sie jetzt den Anton in den Tod getrieben hatte. Wahrscheinlich hat der arme Kerl tatsächlich geglaubt, der Matthes verfolge ihn, als er den Ferdinand gesehen hat, nachdem alle davon gesprochen hatten, dass der Geist des Erhängten wieder aufgetaucht sei. Was ich nicht verstand, war, warum Elis so lange gewartet hatte.

›Weißt du, warum jetzt?‹, habe ich Hanna gefragt.

›Wegen Marie‹, hat sie leise geantwortet. Sie wusste alles. Ich kann mir nicht vorstellen, dass sie Elis absichtlich auf die Idee gebracht hatte mit der Abtreibung, aber hinterher hat sie wohl erfahren, welch unfreiwillige Hilfe sie dafür geleistet hatte. Und als ich sie an die Geschichte mit dem Matthes erinnert habe beim Leichenschmaus, da fing es ihr zu dämmern an, dass wohl auch der Tod von Anton damit zusammenhing. Es muss die Hölle für sie gewesen sein, dass mit ihrer Hilfe zwei Verbrechen begangen worden waren, wobei ich nicht weiß, was für sie schlimmer wog, die Abtreibung oder der Mord. Kein Wunder hatte sie mich so angefahren.

Hanna ist nie mehr richtig glücklich geworden. Sie wollte mit niemand vom Dorf mehr groß zu tun haben. Ich hab sie höchstens noch ein-, zweimal gesehen, bevor sie Anfang der Sechzigerjahre gestorben ist.«

»Und sie hat niemandem von ihrem Verdacht erzählt?«

Apollonia schüttelte nur den Kopf.

»Apollonia, was ich trotz allem nicht recht verstehe, ist, warum Elis versucht hat, dich umzubringen und dann selber das Zeug geschluckt hat. Warum sollte sie so etwas tun, jetzt nach so langer Zeit? Hat sie denn noch irgendetwas zu dir gesagt?«

Sie seufzte.

»Ach, ich weiß auch nicht, ich kann mich nicht mehr erinnern, worüber sie im Krankenhaus gesprochen hat. Das ist alles wie hinter einem Schleier. Aber vielleicht hat sie mir nie verziehen, dass ich sie damals mit ihrer Schwangerschaft im Stich gelassen habe. Wenn ich ihr geholfen hätte, dann wäre sie gar nicht auf die Idee mit dem Mutterkorn gekommen. Auch bei Anton nicht. Dann wäre sie wahrscheinlich nicht zur Mörderin geworden. Weißt du, als mir damals klar geworden war, dass sie nicht nur ihr Kind, sondern auch Anton damit umgebracht hatte, da hab ich versucht, mit ihr zu reden. Aber sie kam mir vor, als ob sie einen religiösen Wahn hätte. Sie hat die ganze Zeit von Antonius gesprochen, dass er sie beauftragt habe. Ich hab mich gefragt, ob es nicht sinnvoll wäre, sie in die Weissenau einweisen zu lassen, aber dann hab ich gedacht, ach komm, jetzt ist sie im Kloster, da ist sie ja im Grunde auch eingesperrt und kann keinen Schaden mehr anrichten. Ich hab's einfach nicht übers Herz gebracht.«

Und nach einer Pause fuhr sie leiser fort: »Wahrscheinlich wegen meines schlechten Gewissens.« Sie sah mich an. »Gewissen kommt von Wissen. Ich wusste ja nun, warum sie ihr Kind abgetrieben hatte. Und irgendwie konnte ich es auch verstehen. Aber das mit dem Anton hätte sie trotzdem nicht tun dürfen! Sag, Polli, hättest du sie angezeigt?«

Ich konnte nur mit den Schultern zucken. »Ich weiß es nicht.«

»Verstehst du nun, warum ich gesagt habe, ich musste Gott spielen? Ich war diejenige, die entscheiden musste, ob sie bestraft wird oder nicht, dafür, dass sie einem anderen Menschen das Leben genommen hat. Oder sogar zwei, wenn man es recht bedenkt.«

»Ja, und du warst eine gnädige Richterin. Aber gerade deswegen hätte sie dir doch dankbar sein müssen! Warum hat sie sich dann so verhalten? Nach vierzig Jahren?«

»Dankbar? Ich glaube, in ihrem Wahn hat sie das nicht so gesehen. Sie hatte wohl irgendwie das Gefühl, im Recht zu sein. Du musst denken, sie hat vierzig Jahre mit dem Wissen gelebt, eine Mörderin zu sein.

Damit kann man nicht leben, nicht wenn man im Grunde ein guter Mensch ist wie die Elis. Also hat sie sich eine eigene Welt geschaffen, nach deren Regeln sie richtig gehandelt hatte. Und alle anderen waren im Unrecht.«

»Und wenn die Geschichte durch unsere Gespräche rausgekommen und sie womöglich sogar angeklagt worden wäre, dann wäre ihre Wahnwelt eingestürzt.«

»Ja, da muss sie wohl Panik bekommen haben. Und am Ende ist ihr dann alles zu viel geworden.«

Sie schüttelte leise den Kopf.

»Was für eine Last! Kein Wunder war sie ganz krumm. Da wollte sie wohl nur noch fort, in eine bessere Welt, zu Antonius.«

Apollonia schien nicht böse zu sein auf Elis trotz aller Schmerzen, die sie ihretwegen hatte ertragen müssen. Ich nickte traurig.

»›Ich habe meine Seele in seine Hand gegeben‹, hat sie zu mir gesagt, und ich hab nicht kapiert, dass sie schon auf dem Weg ins Jenseits war!«

»Wie hättest du das auch wissen können!«, tröstete sie mich.

Dann fiel mir noch etwas anderes ein.

»Sag mal, eine Sache ging mir noch mal im Kopf herum. Wer hat eigentlich damals diesen anonymen Brief wegen Rudolph geschrieben?«

»Ich hab dir ja gesagt, dass man es niemals rausgefunden hat.«

»Aber du hattest doch einen Verdacht?«, erinnerte ich sie.

»Ja, aber es war wirklich nur ein Verdacht. Wir hatten damals einen neuen Lehrer im Ort bekommen, den Lehrer Weingärtner. Der sang auch im Chor, und mir ist ein paar Mal aufgefallen, wie er um die Marie rumscharwenzelt ist. Und weil in dem Brief doch von einem Liebhaber die Rede war, dachte ich, das muss einer geschrieben haben, der viel liest. So ein Wort hätte kein normaler Baselreuter verwendet. Aber genau weiß ich es wirklich nicht!«

In diesem Augenblick kam Mutter mit einem Tablett herein. Sie war erstaunlich lange in der Küche geblieben, aber vielleicht hatte sie ja schon länger an der Tür gestanden und mitgehört. Wenn ja, ließ sie sich jedenfalls nichts anmerken.

Sie stellte zwei Weingläser auf den Tisch und vor Apollonia eine große Tasse mit dampfendem Tee. Diese schnupperte etwas und sagte dann: »Riechen tut er ja gesund. Hoffentlich ist er es auch!«

So stießen wir an, Mutter und ich mit Rotwein und Apollonia mit Kräutertee, und wenn ich nicht dieses leichte Ziehen im Magen gehabt hätte wegen Martin, wäre es ein richtig netter Weihnachtsabend gewesen.

»Martin Manz ist momentan nicht zu Hause. Bitte hinterlassen sie eine Nachricht nach dem Signalton ...« Ich legte auf. Er ging auch heute nicht ans Telefon.

Mutter sah mich tröstend an.

»Vielleicht ist er ja bei Marie zum Weihnachtsfrühstück!«

Seit seinem Einsatz für Apollonia war Martin in Mutters Gunst merklich gestiegen. Sie fand ihn nun »im Grunde doch einen sauberen Kerl«. Und außerdem hatte sie inzwischen festgestellt, »dass ja die Frau gegangen ist«, was ihr die Tatsache, dass er geschieden war, offenbar in einem milderen Licht erscheinen ließ. Ich fragte mich zwar kurz, woher sie das mit Conny überhaupt wusste, aber solche Dinge in Erfahrung zu bringen, war im Dorf ja nicht schwierig. Und im Moment interessierte es mich auch nicht sonderlich, wer in diesem Fall das Auskunftsbüro gewesen war. Vielmehr beschäftigte mich, warum der saubere Kerl sich so plötzlich zurückgezogen hatte. Es konnte doch nicht einfach nur Überarbeitung sein.

Ich warf mein Cape über und setzte die selbst gestrickte, bunte Inkamütze auf, die Mama mir – »nach den neuesten Entwürfen in Carina!« – zu Weihnachten geschenkt hatte.

»Zum Mittagessen bin ich wieder da, Mama!«, beruhigte ich sie. Meine Schwester würde heute mit Mann und Kindern kommen, da musste man pünktlich essen.

»Sag mal«, fragte Mutter plötzlich, »hast du eigentlich Geschenke für deine Patenkinder?«

»Oh, Mist! Vor lauter Lassmichauchmit ist mir das völlig durch die Lappen gegangen.« Ungeduldig und gleichzeitig ratlos stand ich im Flur und biss mir auf die Fingernägel. »Was soll ich denn jetzt machen?«

»Komm mit!«, sagte Mama kopfschüttelnd über so viel akademische Vergesslichkeit. Sie war zum Glück immer für alle Notfälle gerüstet, denn wenn sie irgendwo ein Sonderangebot sah mit Dingen, die man vielleicht irgendwann einmal gebrauchen konnte, dann griff sie zu.

Ihre Sonder-Kiste bewahrte mich vor einer echten Blamage. Ein Buch über die »Wilden Kerle« für meinen Neffen und ein Schmuckset für meine Nichte bekamen noch rasch eine Sternenpapierverkleidung und wurden dann zu den anderen Sachen unter den Baum gelegt. Das Geschenk, das ich für Martin besorgt hatte, einen Katzenkalender, nahm ich dafür an mich und steckte es in meinen Lederrucksack.

»Du bist echt ein Schatz!« Ich drückte Mutter noch einen Kuss auf die Wange, dass sie strahlte, dann ging ich zum Auto.

Während meiner Fahrt zum Rauhbühl packte mich wieder das Magenflattern, und als ich in Martins Straße einbog, überlegte ich, ob ich nicht besser umdrehen sollte. Wenn er sich nicht meldete, wollte er halt nichts mehr von mir wissen. Was sollte ich mich da aufdrängen. Aber dann dachte ich an unser Frühstück mit Blick aus dem Küchenfenster, auf die Vögel und den Garten, und wie er mich anschließend liebevoll umarmt hatte. Seltsam, es war weniger die Nacht, die mir in den Sinn kam, sondern immer wieder dieser Morgen, der mir in der Erinnerung so ruhig und warm erschien, so als würden wir selbstverständlich zusammengehören. Oder schien das nur in meiner Erinnerung so, und in Wirklichkeit war es gar nicht so gewesen? Jedenfalls war es dieses Bild, das mir schließlich den Mut gab, mein Auto am Straßenrand abzustellen und auszusteigen. Als ich mich dem Haus näherte, sah ich, dass die Rollläden halb heruntergelassen waren. Martins Auto war nirgends zu sehen. Aber das Haus hatte natürlich eine Garage, es konnte auch drin stehen. Der Fußweg zur Haustür war nicht geräumt, und es sah nicht so aus, als ob jemand seit gestern dort langgegangen wäre. Also war er doch nicht da.

Ich wandte mich schon zum Gehen, als ich ein Miauen hörte. Quer durch den Schnee kam seine Katze auf mich zugerannt. Sie strich mir um die Füße und begann sofort zu schnurren.

»Ja, hallo, Katerchen, was ist denn mit dir?«

Ich beugte mich hinab, streichelte den muskulösen Körper des kleinen Tigers, der sich nun regelrecht gegen meine Beine warf, und redete leise mit ihm.

Da sah ich plötzlich aus dem Augenwinkel eine Bewegung am Fenster neben der Tür. Ich blieb zunächst verblüfft stehen, während die Katze immer weiter meine Beine liebkoste. Dann ging ich langsam auf die Tür zu. Mein Herz klopfte wie verrückt, als ich auf den Klingelknopf drückte. Dreimal musste ich läuten, bis ich schließlich das Geräusch heranschlurfender Schritte hörte.

Als er aufmachte, war das Erste, was ich wahrnahm, seine Fahne. Ich konnte mich gar nicht erinnern, dass er geraucht hatte, aber jetzt verschlug der Geruch nach Rauch und Alkohol mir fast den Atem.

›Scheiße!‹, dachte ich, ›hier ist etwas ganz und gar nicht in Ordnung!‹

»Hallo«, sagte er leise und versteckte sich fast hinter der aufgehaltenen Tür. »Komm rein.«

Er ging vor mir her in die Küche, angezogen nur mit einer alten Jogginghose, einem weißen Unterhemd und Pantoffeln.

»Hallo«, antwortete ich ebenso schüchtern, schloss die Tür und ging hinter ihm her.

Als ich die Küche betrat, fiel mein Blick auf eine Batterie von leeren Flaschen, die neben der Spüle stand – Wein, Schnaps, Bier. War Martin über Nacht zum Trinker geworden? Oder hatte er eine große Party gefeiert ohne mir etwas zu sagen?

Er bemerkte meinen Blick und lächelte mich hilflos an, während er sich auf einen Stuhl an den Tisch setzte.

In der Spüle stapelten sich unordentlich schmutzige Teller, Gabeln und Messer. Daneben lagen mehrere Pizzaschachteln. Es herrschte ein ziemlicher Gestank nach altem Rauch.

Das Schlimmste aber war die Veränderung, die mit Martin selbst vorgegangen war. Im Licht, das aus dem Garten einfiel, sah er nicht nach Party aus, sondern eher, als habe er seit Tagen nicht mehr geschlafen und sich auch nicht mehr gewaschen. Sein grau durchwachsener Bart war stoppelig, seine Haare hingen fettig über die Ohren. Er steckte sich eine Zigarette an.

»Martin!«, flüsterte ich entsetzt.

»Setz dich doch!« Er versuchte wieder ein Lächeln, das aber nicht so recht gelang.

»Was ist denn los? Bist du krank?«, fragte ich.

»Kommt drauf an, was man unter Krankheit versteht«, gab er mit freudlosem Auflachen zurück.

Ich ging langsam zu ihm hin und legte schließlich meinen Arm um seine Schulter. Als er sich mir zuwandte, schlug mir seine Fahne ins Gesicht, sodass ich rasch das Gesicht wegdrehte. Ich schwankte zwischen Mitleid und Ekel. Aber Mitleid wofür? Er schien nicht wirklich krank zu sein. So legte ich ihm schließlich mein Geschenk auf die Knie, die mir noch sauberer vorkamen als der Tisch, und setzte mich auf den Stuhl gegenüber.

»Was ist los, Martin?«, wiederholte ich meine Frage und sah ihn eindringlich an.

Er antwortete nicht, sondern schlug die Hände vors Gesicht.

Ich wartete. Er hatte mich hereingelassen, also würde er auch irgendwann mit mir sprechen. Ich sah nach draußen, aber die Vögel waren verschwunden. Wahrscheinlich hatte er kein Futter nachgefüllt.

»Es ist ... wegen ... Marie!«, brach es plötzlich aus ihm heraus, halb unter Tränen.

»Hast du mit ihr gesprochen?«

Da nickte er langsam, und schließlich hatte er sich wieder gefasst.

»Ja, das habe ich, und es war nicht leicht, das kann ich dir sagen. Aber ich wollte einfach Gewissheit haben, verstehst du?«

Er nahm einen tiefen Zug von seiner Zigarette.

»Sie erinnerte sich an die Sache mit dem Antoniusbrot, von dem Elis gesprochen hat. Und sie hat mir versichert, dass sie das damals gar nicht verstanden habe. Sie habe geglaubt, Elis spreche von Anisbrot und sie habe sich gewundert, wie das helfen solle. Aber dann hätte sie gedacht, dass Elis halt langsam ein wenig komisch werde.«

»Womit sie ja nicht Unrecht hatte.«

»Nein, natürlich nicht. Aber weißt du, was seltsam war? Dass sie sofort wusste, was ich meinte. Verstehst du? Ich hab ihr gar nicht gesagt, was das Antoniusbrot eigentlich sein sollte, aber sie wusste es. Sie wusste es! Und was sie mir erzählt hat, klang so, als ob sie sich genau überlegt hätte, was sie auf meine Fragen antworten sollte.«

War dieser Verdacht der Grund, dass er sich hatte so gehen lassen? Das wäre aber eine wirklich extreme Reaktion gewesen.

»Hör mal, Martin, sie war ein junges Mädchen in einer furchtbaren Situation. Schwanger, nicht verheiratet, ein gewalttätiger Vater ...«

»Aber sie durften ihn trotzdem nicht umbringen, es war nicht recht!«, fuhr er mich an.

Ich verdrehte die Augen. Zwanzig Jahre Polizistensozialisation ließen sich offenbar nicht so leicht abschütteln.

»›Sie‹ haben ihn ja gar nicht umgebracht! Es war Elis. Und was heißt hier recht! War es recht, was er Elis angetan hat? Und Matthes? Und deiner Mutter ja auch, immerhin hat er sie geschlagen!« Ich wurde lauter. »Nenn es einfach höhere Gerechtigkeit, was mit deinem Großvater passiert ist!«

»Ach ja, jetzt musst du nur noch sagen, der heilige Antonius hat es so gewollt!«, entgegnete er sarkastisch. Ich war fassungslos.

»Martin, das ist nicht dein Ernst! Du weißt genau, dass ich das nicht so gemeint habe! Aber vielleicht gibt es tatsächlich eine Gerechtigkeit, die sich nicht mit normalen Rechtsmaßstäben messen lässt. Außerdem geht es ja nur um einen ganz vagen Verdacht! ›Es klang so, als ob ...‹ Komm, mach dir selber ein Weihnachtsgeschenk. Glaub ihr einfach! Deine Mutter ist doch keine Mörderin!«

Er schaute mich an, dann zum Fenster hinaus, dann wieder mich an. Dabei kaute er auf seinen Lippen, als wolle er verzweifelt verhindern, dass der folgende Satz herauskam.

»Im Likör war kein Gift.«

»Was?« Ich fragte mich, ob er immer noch betrunken war.

»Im Klosterlikör war kein Gift. Nach einer Woche kam das Ergebnis vom Labor. Sie haben alles Mögliche gefunden, aber sie können mit Sicherheit ausschließen, dass Mutterkorn drin war.«

Ich war für einen Moment sprachlos, während meine Gedanken sich überstürzten bei dem Versuch, zu erfassen, was diese Feststellung für Konsequenzen hatte.

»Dann hatte Apollonia gar keine Mutterkornvergiftung? Das hätte mir Dr. Spengler aber doch gesagt!«

»Doch, sie ist mit Mutterkorn vergiftet worden. Aber nicht von Elis.«

Während er mich verzweifelt ansah, fügten sich ganz langsam die verschiedenen Teile der Geschichte in meinem Bewusstsein zusammen wie Steine zu einer festen Mauer.

»Aber dann ... dann ... Das ist ja grauenvoll!«

Er zog heftig an seiner Zigarette.

»Verstehst du, Elis hatte Apollonia offenbar tatsächlich nur warnen wollen. Vielleicht wollte sie ihr den Likör zur Stärkung bringen. Er war harmlos.«

»Aber woran ist dann Elis gestorben?«

»An Unterkühlung und Herzversagen. Die Obduktion hat keinen Hinweis auf Gift erbracht.«

Ich wollte einfach nicht glauben, dass wir uns so geirrt hatten.

»Aber Apollonia ging's doch wirklich wieder schlechter, nachdem Elis bei ihr war! Ich meine, du hast sie doch auch gesehen!«

Wenn es stimmte, was er sagte, dann war ich schuld, dass den beiden alten Frauen völlig umsonst der Magen ausgepumpt worden und Elis gestorben war. Die Vorstellung war entsetzlich.

»Vielleicht hatte sie der Besuch von Elis so aufgeregt, dass sie wieder einen leichten Rückschlag erlitten hat. Oder der Alkohol im Likör hat zusammen mit den Medikamenten eine heftigere Wirkung gehabt. Der Likör selber war jedenfalls in Ordnung. Und zwar beide Flaschen, die in Apollonias Wohnung und die von Elis.«

»Mein Gott, Martin, das ist ja furchtbar, da hab ich ja etwas Schreckliches angerichtet!«

Trotz seiner Verzweiflung bekam seine Stimme einen tröstlichen Ton. »Nein, komm, beide sind nicht am Magenauspumpen gestorben! Und wir haben es ja gut gemeint.« Offenbar fühlte er sich mitschuldig.

»Aber woher kam dann das Gift in Apollonias Körper?«

Er machte seine Zigarette aus und stand auf.

»Willst du einen Kaffee?«

»Ja ... nein ...« Ich war völlig konfus, während er sich offenbar wieder etwas gefangen hatte. Er legte einen Filter in die Kaffeemaschine ein, gab Kaffee darauf und ließ Wasser in die Kanne laufen. Dann schaltete er die Maschine ein und setzte sich wieder zu mir.

»Das habe ich mich natürlich auch gefragt, woher das Gift kam. Und da bin ich zu deiner Mutter gegangen.«

Davon hatte sie mir gar nichts erzählt. Eigenartig, aber vielleicht hatte sie sich ja ein bisschen geschämt, weil sie neulich noch so abfällig über Martin geredet hatte. In diesem Fall hatte sie ihre Informationen also tatsächlich aus erster Hand erhalten.

»Sie ist sehr nett, deine Mutter, hat mich gleich zum Kaffee eingeladen!« Ich freute mich, dass auch sie einen guten Eindruck hinterlassen hatte.

»Und ihr seid ja direkte Nachbarn von Apollonia. Also hab ich sie gefragt, wer denn außer Elis immer sonst noch zu Besuch gekommen war.« Er stockte.

»Und?«

»Marie war einmal da.«

»Marie?«

Er nickte. Seltsam, ich konnte mich nicht erinnern, dass Mama mir das erzählt hatte, als ich sie nach den Besuchen gefragt hatte. Oder hatte sie mir davon erzählt, und ich hatte nur nicht darauf geachtet, weil ich so auf Elis fixiert war?

»Sie hat ihr Weihnachtskekse und Wein gebracht.« Seine Stimme war nun so ruhig, als ob er von Maries Weihnachtseinkäufen erzählen würde.

Ich stand auf und ging ans Fenster.

Also Marie. Die freundliche, patente Marie. Ich musste an die These meines Professors mit dem Liebespaar denken, das nie schuldig ist in Krimis. Und an Apollonia, die fast beleidigt gewesen war, weil ich ihre Geschichte einen Krimi genannt hatte. Aber auch sie hatte das Liebespaar nicht im Verdacht gehabt. Für sie war Elis allein die Mörderin gewesen. Offenbar hatte auch sie sich getäuscht. Mein Gespräch mit Marie kam mir in den Sinn, wie sie für einen Moment lang die Maske hatte fallen lassen, als ich ihr erzählte, was Apollonia mir berichtet hatte.

Dann fiel mir etwas ein.

»Aber ich habe doch auch von Maries Keksen gegessen. Apollonia hat mir noch gesagt, dass sie von Marie sind! Und mir ist nichts passiert!«

»Das Mutterkorn war nur im Wein. Offenbar wollte sie die Kekse nicht vergiften, weil sie sie auch in der Familie verteilt hat. Und sie wusste, dass Apollonia abends gerne mal ein Gläschen trank.«

»Mein Gott, Apollonia hat mir noch von dem Wein angeboten, aber ich wollte nicht! Aber warum hat Marie ihr das angetan?«, fragte ich.

Nach einem tiefen Seufzer kam fast unhörbar: »Meinetwegen.«

Ich wartete.

Martin zündete sich eine neue Zigarette an.

»Ich hab drei Tage gebraucht, bis ich den Mut hatte, mit ihr zu sprechen. Drei Tage, in denen ich nur getrunken und geraucht habe. Irgendwann habe ich es nicht mehr ausgehalten. Ich hab den Wisch mit den Untersuchungsergebnissen genommen, bin zu ihr hinmarschiert und hab sie ihr auf den Tisch geknallt. Zuerst hat sie natürlich nicht verstanden.«

***

»Was soll das, Martin, was ist das? Und wie siehst du überhaupt aus? Du hast eine Fahne!«

»Mama, Apollonia ist mit Mutterkorn vergiftet worden.«

Sie zuckte die Schultern.

»Ja, das hast du mir doch schon gesagt. So wie mein armer Vater. Furchtbar, dass die Elis so etwas gemacht hat! Gottseidank hat Apollonia überlebt.«

»Mama, soll ich dir sagen, was hier drin steht?« Martin wies mit dem Zeigefinger auf das Schriftstück, das vor Marie auf dem Tisch lag.

Sie sah ihn an, und ihre Augen bekamen einen unsicheren Ausdruck. Fast tonlos fragte sie: »Was?«

»Der Klosterlikör von Elis hat kein Mutterkorn und auch kein sonstiges Gift enthalten. Da waren nur ganz normale Kräuter drin!« Während er sprach, war er immer lauter geworden.

Marie verrückte den Küchenstuhl etwas, auf dem sie saß.

»Ja, und?«

Martin setzte sich nun auf den Stuhl gegenüber, sodass er auf gleicher Augenhöhe mit Marie war. Er sah sie eindringlich an und sagte überdeutlich jedes Wort betonend: »Elis hat Apollonia nicht vergiftet!«

Marie wischte sich eine Haarsträhne aus der Stirn und öffnete den Mund, sagte dann aber nichts.

Martin seufzte tief. Dann fragte er: »Mama, was war in dem Wein, den du Apollonia gebracht hast?«

Marie sah ihn an und zunächst schien es, als ob sie anfangen würde zu weinen. Aber dann nahm ihr Gesicht einen trotzigen Ausdruck an, sie holte tief Luft, und schließlich brach es aus ihr heraus: »Da kommt er daher, mein Herr Sohn, der Polizist« – fast spuckte sie dieses Wort aus – »kommt einfach daher und macht mir Vorwürfe, dass ich Apollonia vergiftet hätte! Wo ich alles für dich getan habe, dich großgezogen habe, meinen einzigen Sohn, deinetwegen habe ich mich von ihm schlagen lassen müssen, von diesem Schwein, deinetwegen haben wir ihm das Zeug gegeben, wegen dem er dann gesprungen ist, alles nur deinetwegen! Und nun kommst du daher und willst mich ... ja, was willst du denn eigentlich, hä?« Sie hieb mit der Faust auf den Tisch, während Martin sie bestürzt ansah.

»Dann hast du es also gewusst mit Großvater?«

Da stützte sie den Kopf in die Hand und begann ihn langsam hin- und herzuwiegen. Weinerlich fuhr sie fort: »Natürlich hab ich's gewusst, aber es musste doch sein. Du warst doch in Gefahr! Wenn er mich noch mehr geschlagen hätte ...«

»Aber Mama, wahrscheinlich hat sich Großvater so verhalten, *weil* er das Mutterkorn bekommen hatte. Das führt zu psychischen Veränderungen!«

»Was? Aber Elis hat doch gesagt ... Wir wollten doch ...« Sie überlegte einen Augenblick. »Dann hatte sie ihm schon vorher etwas gegeben?!«

»Warum? Ab wann wusstest du denn davon?«

»Nachdem er mich geschlagen hatte, ist sie zu mir gekommen mit dieser Geschichte vom Antoniusbrot und hat gesagt, ich müsste keine Angst haben, das würde er nicht noch mal tun, wenn wir ihm das Mutterkorn geben.«

»Und du warst einverstanden?«

Sie nickte.

»Elis hat damit angefangen, als sie mitbekommen hat, dass du schwanger bist. Er war ja wohl vorher schon cholerisch gewesen und du hattest offensichtlich Angst vor ihm, sodass sie dir helfen wollte. Aber diese extrem gewalttätige Reaktion kam wahrscheinlich vom Mutterkorn.«

Nun liefen ihr die Tränen über die Wangen.

»Das hab ich nicht gewusst. Das hab ich doch nicht gewusst! Ich dachte doch ...« Nach einer kurzen Pause schaute sie Martin an: »... dass ich dich beschützen muss.«

Martin holte tief Luft und schüttelte den Kopf.

»Mensch, Mama, das könnte ich ja alles noch verstehen, aber Apollonia! Was hat sie dir denn getan?«

Maries Züge verhärteten sich wieder.

»Sie hat angefangen, mit Polli über diese alten Geschichten zu reden. Elis hat es mir erzählt, als ich sie einmal im Ort getroffen habe. Sie hat gar nicht viel gesagt, musste sie auch nicht. Nur, dass Apollonia alte Geschichten erzählt, von damals, von Anton. Da hab ich schon verstanden. Und ich hab mir vorgestellt, wie Polli alles aufschreibt und dann zur Polizei geht und dort natürlich auf dich trifft. Und wie du dann anfängst, alles wieder aufzuwühlen und irgendwann auf die Wahrheit stößt.«

Sie lachte bitter.

»Ich wollte doch nicht, dass du das alles erfährst! Ich hatte das alles doch nur für dich getan! Und nun würdest du deine Mutter plötzlich als Mörderin sehen. Das konnte ich nicht ertragen! Ich hab hin und her überlegt. Es hat mich völlig fertig gemacht. Und schließlich hab ich gedacht, was einmal funktioniert hat, funktioniert vielleicht auch ein zweites Mal!«

»Aber hat dir Apollonia denn nicht Leid getan?«

»Ja schon, aber dann hab ich gedacht, sie ist ja schon so alt und hat Krebs, da muss sie vielleicht viel schlimmer sterben als an ein bisschen Gift. Und außerdem war es ihre eigene Schuld, sie hätte ja nicht darüber reden müssen!«

›Kein Mörder kann die Schuld ertragen. Immer findet er Gründe, warum das Opfer schuld ist!‹, ging Martin ein Satz aus irgendeinem Workshop durch den Sinn.

»Aber woher hattest du denn das Mutterkorn, jetzt im Winter?«

»Ich hab Elis danach gefragt. Ich bin nach Sauerbrunn gefahren und habe ihr gesagt, ich brauche wieder das Brot des heiligen Antonius. Sie hat nichts gesagt, nur eine kleine Dose aus ihrem Wandschrank geholt. Da lagen sie drin: kleine, schwarze Zapfen, schon etwas trocken, aber offenbar noch in Ordnung.«

Sie schüttelte den Kopf, über die verrückte Elis.

»Anscheinend hat sie immer noch Mutterkorn gesammelt. Als ob sie damit gerechnet hätte, dass sie es noch brauchen würde. Sie hat mir auch keine Fragen gestellt, weshalb und wozu. Es war ihr ohnehin klar.«

Nun verstand Martin auch, warum Elis Apollonia warnen konnte, obwohl sie sie nicht selbst vergiftet hatte. Sie hatte dennoch genau gewusst, in welcher Gefahr die alte Hebamme schwebte. Vielleicht hatte ja irgendein Teil ihres Ichs Bedauern verspürt, und ihre Warnung war sogar ernst gemeint gewesen, ja, vielleicht hatte sie geglaubt, mit dem Kräuterlikör könne sie Apollonia irgendwie helfen.

»Aber Mama, Apollonia wusste doch gar nicht, dass du beteiligt warst! Sie hat ihre Aussagen gemacht, als sie jetzt wieder bei Bewusstsein war, aber sie kannte nur die Geschichte von Elis. Du hättest sie überhaupt nicht zu fürchten brauchen!«

»Das wusste ich doch nicht!«, stieß Marie verzweifelt hervor. »Ich hatte doch keine Ahnung, was sie alles herausgefunden hatte. Sie hat doch immer herumgeschnüffelt und alle ausgefragt! Ich weiß noch, damals nach dem Tod von Vater, wie sie ständig auf den Hof herauskam und überall ihre Nase reingesteckt hat. Es hätte genauso gut sein können, dass sie alles weiß!«

Marie begann wieder zu weinen.

»Und ich hab immer nur gedacht, wenn Martin das erfährt, dann muss er mich ins Gefängnis bringen! Er ist doch Polizist! Ein guter Polizist! Das wäre doch das Furchtbarste, was ihm passieren könnte!«

Martin saß hilflos da. Dann fragte er: »Wenn du so Angst hattest vor dem, was ich herausfinden könnte, warum hast du Polli dann die Geschichte mit Großvater und Matthes erzählt?«

Marie lachte bitter.

»Ich konnte ja nicht ahnen, dass sich mein lieber Sohn ausgerechnet von der Frau ins Bett zerren lässt, die gerade dabei war, in meiner Vergangenheit herumzuwühlen! Aber ich dachte, vielleicht hat sie mich ja noch nicht im Verdacht. Und wenn ich ihr das von Vater und Matthes erzähle ...«

»... lenkst du den Verdacht endgültig auf Elis!«, ergänzte Martin ihren Gedankengang.

»Verstehst du das nicht? Elis war so alt und auch ein bisschen verrückt. Ihr wäre sicher nichts mehr passiert! Vielleicht hätte man sie in die Weissenau gebracht, aber bestimmt nicht ins Gefängnis! Und die Weissenau ist ja auch ein ehemaliges Kloster, da wäre der Unterschied nicht so groß gewesen.«

»Ich fasse es nicht!«, erwiderte Martin angeekelt. »Wie du dir alles so schön hindrehst! Sind ja nur zwei alte Frauen, da ist es ja nicht so schlimm, wenn die eine stirbt und die andere in die Psychiatrie kommt, Hauptsache, Marie Manz ist aus dem Schneider!«

»Nicht Marie – Martin Manz!« Seinen Namen hatte sie mit großer Zärtlichkeit ausgesprochen und nun griff sie über den Tisch und versuchte, ihm über die Wange zu streichen. Er wich aus.

»Lass das!«, sagte er scharf.

Da ließ sie ihren Arm auf den Tisch sinken und fragte sachlich: »Und was wirst du nun tun?«

***

Das Telefon läutete. Martin verstummte, ging aber nicht hin. Es läutete sechs Mal, dann schaltete sich der Anrufbeantworter ein. Nachdem das Band Martins Ansage abgespielt hatte, hörte man ein Schluchzen und dann die Stimme von Marie: »Martin, bitte, geh doch ran. Ich mach mir solche Sorgen! Heute ist doch Weihnachten und ...« Man hörte sie noch eine Weile schluchzen, dann legte sie auf.

Martin zündete sich eine neue Zigarette an und sagte nichts.

»Und?«, fragte ich.

»Was und?«

»Was wirst du jetzt tun?«

Er drehte die Zigarette zwischen den Fingern und fragte: »Sehe ich so aus, als ob ich das wüsste?«

Ich konnte ihm auch nicht raten.

»Martin, es tut mir so Leid! Aber es ist nicht deine Schuld!«

»Dass meine Mutter einen Mord und einen Mordversuch begangen hat? Meinetwegen?«

»Egal, ob sie es deinetwegen getan hat oder nicht, *sie* hat es getan. Und welche Gedankengänge sie auch dazu bewogen haben, sie sind in ihrem Kopf abgelaufen und du hast sie nicht beeinflussen können. Du bist nicht schuld!«

Er schnaubte.

»Was glaubst du, wie oft ich mir das schon selbst vorgesagt habe? Wie oft ich versucht habe, mir klar zu machen, dass sie ein eigener Mensch ist, mit eigener Verantwortung, mit eigenen Entscheidungen, dass ich nicht schuld bin ... Hier« – er hieb sich mit den Fingerknöcheln gegen die Stirn – »hier ist mir das alles klar, aber diese Erkenntnis kommt da nicht an!« – und sein Finger tippte schmerzhaft heftig gegen seine Brust.

»Verstehe!«

Diesen Zwiespalt zwischen vernünftigen Einsichten und trotzig-standhaften Gefühlen, vor allem Schuldgefühlen, kannte ich sehr gut aus eigener Erfahrung.

»Und außerdem«, fuhr er fort, »ganz abgesehen davon, dass sie alles wegen mir gemacht hat, sie ist meine Mutter. Und ich bin Polizist. Aber ich kann doch nicht meine eigene Mutter verhaften!«

Ich wusste nicht, was ich sagen sollte, und wir schwiegen beide eine Weile. Dann kam mir eine Idee: »Hör mal, ihr habt doch bestimmt einen Polizeipsychologen. Vielleicht kannst du dich dort mal beraten lassen!«

Er verdrehte die Augen.

»Ich bin ja nicht plemplem oder nervenkrank; so ein Seelenklempner kann mir auch nicht aus der Situation raushelfen!«

Mit Blick auf die Flaschenbatterie sagte ich: »Jaja, hab schon verstanden, du lässt dich lieber von Johnnie Walker beraten!«

Martin biss sich auf die Lippen und atmete tief durch, entgegnete aber nichts. Da fing der Kater an, leise zu miauen. Martin stand auf, nahm eine Dose mit Katzenfutter aus dem Kühlschrank und während er den Napf auffüllte, murmelte er vor sich hin: »Tja, sieht so aus, als ob meine Polizeikarriere an ihr Ende gekommen wäre.«

»Warum das denn?«, protestierte ich. »Das hat doch nichts mit deinen Fähigkeiten als Polizist zu tun. Du steckst in einer Konfliktsituation, das passiert bestimmt jedem Polizisten mal.«

»Ach ja? Du meinst, jeder Polizist kommt mal in die Verlegenheit zu entdecken, dass seine Mutter eine Mörderin ist?«

»Naja, das vielleicht nicht gerade. Aber dass man überlegen muss, ob man jemanden verhaftet oder nicht, ob man alle Beweise auf den Tisch legt oder nicht!«

Er setzte sich wieder an den Tisch.

»Ich kann so nicht leben, Polli, ich kann sie nicht ins Gefängnis bringen, aber wenn ich es nicht tue, kann ich auch nicht weiter Polizist spielen mit diesem Wissen. Ich werde meinen Dienst quittieren.«

Ich nahm seine Hand.

»Mensch, willst du das echt tun?«

»Ja, Polli, und dann verkauf ich das Haus und geh weg von hier. Vielleicht kann ich woanders neu anfangen, irgendwas anderes machen. Ich wollte sowieso weg.«

Wehmütig schaute er aus dem Fenster. In diesem Haus hatte er nicht viel Glück erlebt. Außer vielleicht in der Nacht mit mir?

»Und was ist mit uns?«, fragte ich vorsichtig.

Er sah mich an und zuckte die Achseln.

»Weiß nicht.« Und nach einer Weile: »Was denkst du denn?«

»Ich hab dich vermisst.«

Er streckte seine Hand aus und strich mir über die Wange.

Das Telefon klingelte erneut. Er zuckte zusammen und zog seine Hand zurück, rührte sich aber nicht vom Fleck. Diesmal wurde aufgelegt, als der Anrufbeantworter ansprang.

»Sie ruft ungefähr zehn Mal am Tag an.«

»Warum kommt sie nicht her?«

»Sie war da, aber ich hab nicht aufgemacht.«

»Hat sie keinen Schlüssel?«

»Doch, aber anscheinend traut sie sich nicht, einfach hereinzuplatzen.«

Ich seufzte. Was sollte ich noch sagen? Was konnte ich ihm raten? Ich hatte mich so nach ihm gesehnt, mir Sorgen um ihn gemacht, und jetzt? War es mir wirklich um den Mann gegangen, der da stinkend und dreckig und verzweifelt vor mir saß? Oder hatte ich wieder mal irgendeiner Illusion nachgehangen, einem Ideal nachgeträumt, einem schicken Tatortkommissar?

Martin hatte offenbar in der letzten Woche nicht viele Gedanken an mich verschwendet, sondern sich ausschließlich Sorgen wegen seiner Mutter gemacht; nicht mal ein Weihnachtsgeschenk hatte er für mich! Ich war ihm offensichtlich völlig egal. Und plötzlich tat ich mir selber schrecklich Leid.

Ich stand auf. Mal sehen, ob er mich zurückhalten würde.

Er blieb sitzen.

Dann nahm ich mein Cape und schwang es mir um die Schultern. Lächerlich, dieser Miss-Marple-Schwung!

Martin rührte sich nicht.

Während ich die Mütze aufsetzte, sagte ich:

»Ich geh dann.«

Seine Antwort war nur:

»Okay.«

Nachdem ich die Tür hinter mir geschlossen hatte, kam ich mir feige vor, als ob ich ihn im Stich ließe, und gleichzeitig stieg so etwas wie Trotz in mir hoch. Wenn er mich nicht zurückhielt, dann musste er halt ohne mich klarkommen. Dann hatte er es so gewollt!

Betont langsam ging ich zum Auto. Die Tür blieb geschlossen.

Beim Mittagessen mit der Verwandtschaft fiel es mir schwer, mich auf das Gespräch zu konzentrieren. Mein Bruder hatte sich dem Weihnachtsfamilienrummel entzogen, indem er mit seiner neuen Freundin einen Last-minute-Flug nach Tunesien gebucht hatte, aber meine Schwester Anna und ihr Mann sowie die beiden halbwüchsigen Kinder waren da. Sie wussten von den Vorgängen um Apollonia nichts; Apollonia, Mama und ich waren uns einig gewesen, dass es nicht nötig war, sie zu informieren. Zum Glück wohnten sie in Wangen, und so war auch die Gefahr nicht allzu groß, dass sie zufällig im Bäckerladen etwas erfuhren. Die Tischkonversation verlief in den üblichen Bahnen, von denen meine Gedanken ständig abschweiften.

»Peter ist jetzt stellvertretender Direktor bei der Sparkasse ...«

Wie hatte Marie das nur tun können? Die Verzweiflung, die sie als junge Frau empfunden haben musste, konnte ich nachvollziehen. Aber Apollonia? Offenbar war Maries Liebe zu Martin stärker als alles andere. Er war ihr Erstgeborener, ihr Einziger. Er musste die Liebe für all die Nichtgeborenen mit ertragen. Anscheinend hatte es ihn bisher aber nicht gestört. Er war eben doch ein ›Mammone‹, ein Muttersöhnchen! Ich musste tief seufzen.

»... und nach Weihnachten können wir das neue Auto abholen, einen Opel Zafira, mit fünf Türen ...«

Ich sah verstohlen zu Apollonia hinüber. Sie lächelte mich an mit ihrem Faltenkranz um die Augen. Der Schluck Tischwein, den wir ihr zum Anstoßen aufgenötigt hatten, zeigte bereits Wirkung, ihre Wangen waren leicht gerötet. Ich würde ihr auf keinen Fall von Maries Anschlag erzählen. Sie hatte schon genug durchgemacht.

»Jessica braucht im Frühjahr eine Zahnspange ...«

Aber dann würde sie für immer glauben, dass Elis versucht hatte, sie umzubringen. Arme Elis! Sie war bereit gewesen zu töten für den Menschen, den sie nach Matthes am meisten liebte, Marie, aber die hatte es ihr schlecht vergolten. Raffiniert hatte sie mich auf Elis' Spur gebracht, und letztendlich war die alte, kranke Frau deshalb gestorben.

»In den Herbstferien auf Gran Canaria, das Hotel war spitzenklasse! All inclusive, ganz toll ...«

Wie es Martin jetzt wohl ging? Wie schrecklich musste es für ihn gewesen sein, zu entdecken, dass seine heiß geliebte Mutter noch eine ganz andere, dunkle Seite hatte! Wie würde er es ertragen, keinen Kontakt mehr zu ihr zu haben? Plötzlich fragte ich mich, wie viel eigentlich Martins Vater von alldem gewusst hatte. Ob er eingeweiht gewesen war, damals, als er sich auf dem Heustock vor der Polizei versteckte und selber in Verdacht kam? Vermutlich wohl eher nicht. Aber es war natürlich nicht verwunderlich, dass Marie dem Kommissar gegenüber so überzeugend gewesen war bei Rudolphs Entlastung. Sie wusste ja, warum ihr Vater gestorben war.

»Und wie läuft's bei dir so???«

Es dauerte einen Augenblick, bis ich merkte, dass die Frage mit dem leicht zweifelnden Unterton an mich gerichtet war. Ich beeilte mich, zu versichern, dass es bei mir echt super lief und ich ganz toll zurechtkam, echt super.

Offenbar erleichtert, dass sie an das Sorgenkind der Familie mit seinen ungeregelten Lebensverhältnissen keine weiteren Gedanken verschwenden mussten, kamen sie auf die neue Lehrerin in der fünften Klasse zu sprechen, die so furchtbar ungerecht zu Jessica war ...

Ich erbot mich, allein den Abwasch zu machen – »bleibt doch noch sitzen, ich mach einen Kaffee!« – und verzog mich mit dem Geschirr in die Küche. Nach kurzer Zeit kam Apollonia zu mir heraus.

»Sag mal, was ist denn los?«, wollte sie wissen.

Meine Mundwinkel begannen wie von selbst zu zucken, und ich musste losheulen. Sie legte den Arm um mich und streichelte mir über den Rücken.

Plötzlich stand meine Nichte artig mit den letzten zwei Tellern in der Küche. Als sie mich weinen sah, stellte sie das Geschirr verlegen auf den Küchentisch und ging wieder zu den anderen. Anscheinend sagte sie etwas, denn das Gespräch verstummte plötzlich, und Mutter erschien im Türrahmen.

»Was ist denn los?«, fragte sie, eher verärgert über die Störung der weihnachtlichen Harmonie als mitleidig.

»Nix!«, antwortete ich trotzig mit weinerlicher Stimme. Apollonia winkte ihr ab, und Mutter ging wieder ins Wohnzimmer.

»Komm, setz dich mal her, was hast du denn?«

Wir setzten uns an den Küchentisch, und langsam ließ mein Schluchzen nach.

»Ist es wegen Martin?«

Ich nickte.

»Warst du bei ihm?«

Noch ein Nicken.

»Ja, und dann?«

»Es ist vorbei«, sagte ich und kramte nach einem verknüllten Tempo in meiner Hosentasche, in das ich hineinschnäuzte.

»Bist du da sicher? Was hat er denn gesagt? Warum denn so plötzlich?«

»Es ist halt so!«

Ich wollte ihr auf keinen Fall erzählen, was ich an diesem Morgen erfahren hatte. Erstens war es unnötig, sie noch mehr zu belasten, und außerdem schien es mir, dass hier allein Martin Richter spielen durfte. Wie immer er sich letztendlich entscheiden würde, ob er Maries Schuld publik machen oder für sich behalten würde, ich wollte es ihm überlassen.

Aber das hatte im Grunde gar nichts mit der Beziehung zwischen ihm und mir zu tun. Ich war verliebt und hatte es wieder einmal vermasselt, indem ich einfach gegangen war, als er mich am meisten brauchte.

Da läutete das Telefon. Mein Herz begann zu rasen, und Apollonia und ich lauschten beide, was meine Mutter antwortete: »Ja, ... ja, ... dir auch noch schöne Weihnachten! Ja, sie ist hier, ich geb sie dir grade!«

Ich schnäuzte mich schnell noch mal und wischte die Tränen ab.

Da kam Mutter schon in die Küche und brachte das Telefon.

»Martin!«, flüsterte sie und zeigte auf den Hörer.

Ich musste mich zuerst räuspern, dann sagte ich: »Ja?«

»Polli, hör mal, es tut mir Leid wegen heute Morgen, ich meine ... ich wollte fragen, ... hättest du nicht Lust, nachher noch auf einen Kaffee vorbeizukommen?«

Etwas zögerlich antwortete ich: »Jaa, schon, wann denn?«

»Naja, ich wollte noch duschen und ein bisschen aufräumen ... so um vier?«

»Gut, um vier. Ich komm dann. Und, Martin, ich bring dann was mit zum Kaffee, okay?«

»Ja, okay. Bis dann also!«

Ich konnte nicht anders, ich musste breit grinsen, als ich aufgelegt hatte. Und Apollonia lächelte mit, während Mutter, die genau zugehört hatte, nur den Kopf schüttelte.

Es dämmerte bereits wieder, als ich vor Martins Haus hielt. Mutter hatte mich eingedeckt mit einer halben Schwarzwälder-Kirsch-Torte und einem Strauß mit dekorierten Tannenzweigen.

»Er hat ja doch keinen Baum!«, meinte sie nur. Das war eben ihre Art, mir Glück zu wünschen.

Das Haus sah nicht mehr so abweisend aus wie noch am Vormittag. Einige Fenster waren beleuchtet, und in einem stand sogar eine Kerze.

Als ich läutete, wurde mir fast augenblicklich aufgemacht. Frisch rasiert und nach Duschgel duftend – Davidoff? – stand Martin vor mir, mit verlegenem Lächeln.

»Hallo, komm rein!«

»Wow, da hat sich aber was verändert!«, platzte ich heraus.

»Gib mir dein Cape!«, antwortete er nur.

»Nimm lieber den Kuchen und den Strauß!«

Ich übergab ihm beides und hängte den Umhang selber auf.

In der Küche die nächste Überraschung: Nicht nur ich hatte heute Küchendienst geleistet. Die Flaschen waren verschwunden, Messer, Gabeln und Teller lagen sauber im Spülkorb, und die Pizzaschachteln waren weggeräumt. Offenbar hatte er auch gründlich gelüftet, denn es roch kaum mehr nach Rauch; jetzt zog ein leichter Kaffeeduft durch die Wohnung. Meinen Kalender hatte er ausgepackt und ans Fenster gestellt. Der Kater saß dekorativ daneben.

»Hör mal«, begann er verlegen, »tut mir echt Leid, dass du mich in so einem Zustand gesehen hast heute Morgen. Das war mir echt peinlich!«

»Ist schon okay. Nach all dem kann ich es schon irgendwie verstehen. Tut mir Leid, dass ich einfach gegangen bin.«

Wir mussten plötzlich ein wenig lachen, wegen unserer beider Entschuldigungen.

»Komm, setz dich! Magst du einen Kaffee?«

»Ja, gerne!«

Während er mir einschenkte, sprang der Kater auf meinen Schoß.

»Hallo, Katerchen«, begrüßte ich ihn, und er begann unter meinen Händen behaglich zu schnurren.

Ich traute mich nicht zu fragen, wie es Martin nun ging; für eine Weile wollte ich die harmonische Stimmung genießen. Wir machten Smalltalk, kein Telefon läutete und die Schwarzwälder-Kirsch-Torte schmeckte ausgezeichnet.

Draußen wurde es langsam dunkel, und Martin zündete ein paar Kerzen an. Dann kam er zu mir, nahm mich an der Hand, zog mich vom Stuhl hoch und strich mir zärtlich das Haar aus dem Gesicht.

»Hast du keinen Hunger?«, wollte er wissen und streichelte mir über den nackten Bauch. Tatsächlich begann mein Magen bereits zu rumoren. Es musste schon ziemlich spät sein.

»Mjaa, doch, schon«, gab ich zur Antwort. Aber als er aufstehen wollte, hielt ich ihn zurück. Wie machten Männer das nur, über schwierige Dinge einfach nicht mehr zu reden, so als ob sie dann von selber verschwänden? Ich hielt es nicht länger aus, musste nach all den Umarmungen einfach fragen: »Martin, was ist denn jetzt mit Marie? Was hast du vor?«

Er sank wieder aufs Bett und seufzte.

»Ich hab das Telefon ausgesteckt. Ich will nichts mehr sehen und hören. Das hab ich vor. Ich will nichts mehr mit ihr zu tun haben. Sie ist für mich gestorben. Nächste Woche werde ich ein Versetzungsgesuch stellen. Nach Tübingen. Oder vielleicht nach Konstanz ...« Er schaute mich an, und ich verspürte einen kleinen Knoten im Magen, der nicht vom Hunger kam.

»Das wär ja super!«, beeilte ich mich zu versichern. Er sah mich prüfend an, dann wandte er sich ab.

»Naja, so einfach wird's nicht werden. Außerdem will ich das Haus verkaufen. Und ...« Er machte ein Pause. »Und dann ist ja noch die Frage, was du tun wirst.«

»Wie meinst du das?«

»Naja, du weißt genauso viel wie ich. Du könntest ja auch Anzeige erstatten.«

»Hör zu, Martin, das ist deine Sache. Ich weiß nur, was du mir erzählt hast, sozusagen aus zweiter Hand. Und dieses Wissen werde ich schön für mich behalten. Die Entscheidung, wem du was mitteilst, liegt allein bei dir.«

Offensichtlich erleichtert über meine Haltung stand er schließlich auf, und ich hörte ihn in der Küche hantieren. Ich warf mir seinen Bademantel über und folgte ihm. Etwas ratlos stand er vor dem Kühlschrank.

»Es ist ehrlich gesagt nicht viel da. Ich hab letzte Woche praktisch nichts eingekauft. Junggesellenhaushalt halt!« Er versuchte ein Grinsen. »Was hältst du davon, wenn ich uns eine Pizza holen gehe? Die von der Krone sind echt gut. Kannst du mir glauben, das hab ich letzte Woche zur Genüge ausgetestet.«

»Ja, warum nicht, nach dem Feiertagsmenü bei Mama fänd ich eine Pizza gar nicht schlecht!«

»Okay, was für eine?«, fragte er, bereits auf dem Weg ins Schlafzimmer, um sich anzuziehen.

»Quattro stagioni! Aber nicht vier Bahnhöfe, sondern ›stagioni‹, Jahreszeiten, okay?«

»Jaja, ist ja gut, Frau Lehrerin. Wahrscheinlich kann der Mike von der Krone das selber nicht richtig aussprechen. Trotzdem macht er gute Pizza!«

Er hatte sich in Windeseile Jeans und Pulli übergeworfen, und während er die Jacke anzog, lachte er mich provozierend an: »Also, kwattro schtazioni, kommt sofort!«

Da musste ich auch lachen und gab ihm einen Kuss. Gleich darauf rollte das Garagentor hoch und der Wagen fuhr weg. Ich ging zurück ins Schlafzimmer und zog mich an. Dann begann ich, in der Küche den Tisch zu richten. Ich stöberte noch nach den Tellern, da hörte ich den Schlüssel in der Haustür. Das war ja verdammt schnell gegangen mit der Pizza!

Ich ging zum Flur und blieb wie angewurzelt stehen. In der offenen Tür stand Marie. Aber zum zweiten Mal an diesem Tag erlebte ich einen völlig veränderten Menschen. Dabei war es nicht so sehr ihr Äußeres, das verwandelt schien; ihre kurzen, grau melierten Haare saßen wie immer, und auch an ihrer Kleidung bemerkte ich nichts Außergewöhnliches. Es waren ihre Augen, ihr Gesichtsausdruck, der erschreckend anders war. Diesen Blick hatte ich bereits einmal gesehen, zwar nur kurz aufblitzen, an jenem Tag, als ich bei ihr zum Essen eingeladen war und sie nach ihrer Vergangenheit befragte hatte. Aber damals hatte sie sich sofort wieder gefangen, war wieder die liebe, freundliche Marie geworden, die Chorsängerin, die mit mir ein Schnäpsle getrunken hatte auf die Liebe. Jetzt hingegen schien jene andere Seite sich ihrer vollständig bemächtigt zu haben. Ihre Augen waren aufgerissen und ihr kalter Blick schien mich zu durchbohren. Der Mund war völlig verzerrt, und die zusammengepressten Lippen zitterten vor Anstrengung oder vor Kälte. So starrte sie mich einen Augenblick an, dann schlug sie die Tür zu. Ich bekam eine Gänsehaut.

Maries Gesicht verzog sich zu einer Grimasse zwischen Weinen und Lachen.

»Das hättest du nicht gedacht, gell!«, stieß sie mit rauer Stimme hervor. »Hast gedacht, ich bin Martin, der liebe Martin, mit dem du gerade im Bett warst, mit meinem Martin, du Luder!« Die letzten Worte spuckte sie mir regelrecht ins Gesicht. Ich wich langsam zurück. Wenn nur Martin kommen würde!

»Marie, komm setz dich doch!«, versuchte ich, sie zu beruhigen, indem ich vorsichtig rückwärts auf den Tisch in der Küche zusteuerte.

»Ich hab genug gesessen, draußen in der Kälte, im Auto. Als der Anrufbeantwortet nicht mehr angesprungen ist und Martin auch nicht abgenommen hat, da dachte ich, jetzt ist etwas passiert, jetzt muss ich zu ihm! Und dann komm ich hierher, will mit ihm reden, aber da steht schon ein anderes Auto vor der Tür.«

Ihr Ausdruck wurde zynisch, während sie mir immer näher kam. Ich konnte ihren Atem riechen; sie hatte offenbar getrunken. Hilfe suchend sah ich mich um, aber nicht einmal der Kater war da. Offenbar war er mit Martin rausgegangen.

»Da ist mir klar geworden, dass er nicht vor Kummer vergeht, mein lieber Sohn, er hat das Telefon abgestellt, weil er sich einfach im Bett vergnügen will, ohne gestört zu werden! Im Bett, mit dir! Wo doch jeder im Ort weiß, was du für ein Flittchen bist! Und da hab ich gewartet. Irgendwann wird sie ja wieder herauskommen. Aber dann ist er herausgekommen. Allein!«

Entsetzt zog ich mich langsam hinter den Küchentisch ans Fenster zurück. Ich wollte Abstand gewinnen, nicht mehr diese Augen direkt vor meinen haben, nicht mehr diesen stinkenden Atem spüren.

Sie blieb neben der Spüle stehen und lächelte. »Das hat er mir übrigens selber gesagt, mein Sohn, weißt du das?« Mir wurde bang zumute.

»Was hat er dir gesagt?«

Ich wollte es nicht wissen.

»Dass du ein Flittchen bist, dass das alle wissen, aber dass er ja auch ein Recht hat, sich zu amüsieren!« Sie lächelte immer noch, mit einer Kälte, die mich schaudern ließ.

»Das ist nicht wahr!«, erwiderte ich tonlos. War es möglich, dass im Dorf so über mich gesprochen wurde? Und wenn, es war mir egal! Aber dass auch Martin ...? Ich konnte es einfach nicht glauben. Sie war verletzt und wollte mich auch verletzen, das war alles.

»Du lügst!«, sagte ich mit fester Stimme.

Da begann sie zu lachen. »Ach, Madam hat sich tatsächlich Hoffnungen gemacht! Hast geglaubt, er meint es ernst mit dir. Ausgerechnet mit dir! Was meinst du, wie viele Frauen hinter dem her sind? Hast du gedacht, du bist die Einzige? Das hat Conny auch gedacht, die war auch so blöd! Ein dummes Mensch war sie, genau wie du. Aber ich hab ihr Bescheid gesagt, alles hab ich ihr gesagt! Die ganzen Nachtdienste und der Sport mit den Kollegen, sie hat ihm alles geglaubt. Aber ich hab ihr Bescheid gesagt, und dann ist sie gegangen!«

Ihr Stimme war schrill geworden, und in meinem Kopf ging ein Gewitter ab. Was hatte Martin mir über die Trennung von Conny erzählt? Wegen der Karriere sei sie gegangen und wegen einem anderen Mann. Und weil sie keine Kinder bekommen konnten. Hatte er mich belogen? Und war es die Wahrheit gewesen, dass er an jenem Abend, den ich mit Mutter vor dem Fernseher verbrachte, mit seinem Kollegen Tennis spielte? Zweifel machten sich in mir breit. Doch dann fiel mir Martins Satz ein: »Im Likör war kein Gift!«, dieser einfache Satz, der doch so schrecklich war, dass er ihn fast nicht über die Lippen gebracht hatte, weil er das Urteil über Marie sprach, über ihre Kaltblütigkeit gegenüber Elis und Apollonia, über ihre krankhafte Liebe zu ihrem einzigen Sohn. Und plötzlich sah ich vor mir nur noch eine völlig hysterische Frau, die wie eine Löwin um diesen Sohn kämpfte und dafür alle Register ziehen würde. Vielleicht war es ihr tatsächlich gelungen, Conny auf diese Weise zu vertreiben; bei mir würde sie das nicht schaffen! Ich musste sie irgendwie zum Schweigen bringen.

»Du bist eine Mörderin, und Martin will nichts mehr mit dir zu tun haben!«, hörte ich mich langsam und deutlich aussprechen und erschrak vor meinen eigenen Worten. Marie klappte der Kiefer herab, und das Lachen verschwand schlagartig aus ihrem Gesicht. Es war, als ob jemand einen Schalter in ihrem Kopf ausgeknipst hätte. Dann schluckte sie ein paar Mal, während sie offenbar versuchte, zu begreifen, was ich da eben gesagt hatte, dass Martin offenbar mit mir über ihr Geheimnis gesprochen hatte. Als die Ungeheuerlichkeit seines Verrats in ihr Bewusstsein eingedrungen war, kam aus ihrer Kehle ganz langsam ein Schrei, der zu einem gebrüllten »Waaas?« anschwoll. Sie sah sich um, wie ein gehetztes Tier, dann griff sie nach einem Brotmesser, das im Spülkorb steckte, und ging auf mich los. Ich reagierte instinktiv, lief um den Tisch herum, sodass er zwischen uns stand. Sie beugte sich über den Tisch und versuchte vergeblich, nach mir zu stechen, mit Augen, in denen der Wahnsinn stand. Was hatte ich nur angerichtet!

»Du ... du ...« Sie fand offenbar keine Beleidigung, die ihr schrecklich genug für mich erschien, stöhnte immer nur »du ... du ...«, während sie weiter versuchte, um den Tisch herum mich mit dem Messer zu erreichen. Ich wich vor ihr zurück, und für einen Moment schien es mir, als ob ich uns beiden von oben zuschaute, wie in einem Film – ›was für eine Slapstickszene!‹ musste ich denken und begann hysterisch zu lachen. Mein Lachen schien Marie noch rasender zu machen, und nun fielen ihr eine ganze Menge Schimpfworte ein, die sie mir über den Tisch entgegenschrie. Während ich nicht aufhören konnte zu lachen, begann sie zu schluchzen. Da hörte ich endlich Martins Wagen in den Hof fahren. Auch sie hatte ihn gehört, blieb stehen und sah sich unschlüssig um. Dann warf sie das Messer auf den Tisch und lief zur Tür. Ich sank auf einen Stuhl.

Draußen hörte ich sie weinen und undeutlich reden. Martin antwortete, aber ich konnte nichts verstehen, saß nur da, während mir die Tränen über die Wangen liefen, ich wusste nicht, ob vom Lachen oder vom Weinen. Die beiden wurden immer lauter, bis ich sie schreien hörte: »Du wirst schon sehen!« Dann schlug eine Autotür zu und ein Wagen fuhr rasch weg.

***

Es war ein heller Frühlingstag. Der Matsch war endlich verschwunden und die Wiesen hatten sich mit einem vorsichtigen Grün überzogen. Amsel, Meise und Kleiber zwitscherten in den Bäumen am Katzenwäldele, und zwischen den sonnenwarmen Grabsteinen stürzten sich Bienen in honigsüßer Hoffnung auf die Gestecke von Narzissen und Hyazinthen, die noch von Ostern übrig geblieben waren.

Wir standen vor dem Grab, dem Drittletzten in der Reihe. Die Kränze waren längst abgeräumt, in der Januarkälte erfroren, doch den Grabstein hatte man noch nicht gesetzt. Von dem Sterbebildchen in der Mitte des kleinen Holzkreuzes schaute uns eine Frau mit kurzen, grau melierten Haaren freundlich an. Auf dem linken Kreuzesarm stand: »Marie Manz«, auf dem rechten: »7.05.1937–29.12.1998«.

»Schrecklich, was in letzter Zeit alles passiert ist, nicht wahr?«, fragte Apollonia, mehr rhetorisch.

Ich hatte ihr nichts erzählt von Maries Auftritt am Weihnachtstag und dass sie wohl keinen Ausweg mehr gewusst hatte, als sich in den Tod zu fahren. Niemand wusste davon, außer Martin und mir. Es hatte natürlich Gerede gegeben, wohin Marie in jener Nacht wohl unterwegs gewesen war, als sie auf dem Weg nach Ravensburg in der Todeskurve vom Weg abkam und gegen einen Baum prallte. Vier Tage später war sie im Krankenhaus gestorben. Vor allem Rudolph war untröstlich gewesen, hatte sich und Martin immer wieder gefragt, wieso und warum. Aber in unausgesprochener Übereinkunft hatten Martin und ich geschwiegen.

So wie wir auch gegenseitig geschwiegen hatten über das, was Marie zu uns beiden gesagt hatte, zu mir bei unserer Jagd um den Küchentisch, zu ihm draußen vor der Tür. Sie hatte Zweifel in unsere Herzen gestreut, und ihre böse Saat war langsam aufgegangen. Ich wusste nicht, was sie über mich erzählt hatte, aber es musste etwas Schlimmes gewesen sein. Ich merkte es an manchen Reaktionen, dass Martin mir nicht mehr wirklich vertraute, immer auf der Hut war, so wie ich selbst unsinnige Dinge von ihm forderte, zum Beispiel, mich einmal zum Tennismatch mit seinem Kollegen mitzunehmen oder mich nachts von der Schicht aus noch anzurufen. Wir begannen uns zunehmend wegen Kleinigkeiten zu streiten.

Außerdem war er tatsächlich versetzt worden, aber nicht nach Konstanz, sondern nach Tübingen, sodass die Beziehung, die wir begonnen hatten, nur am Wochenende stattfand, und jeder unter der Woche viel Zeit hatte zum Grübeln über das, was der andere jetzt wohl gerade machte. Schließlich, kurz vor Ostern, hatten wir nach einem heftigen Streit beschlossen, uns wieder zu trennen. So war ich über die Feiertage für ein paar Tage nach Umbrien gefahren, um Abstand zu bekommen.

Nur Apollonia hatte ich bei meinem Nachosternbesuch von der Trennung erzählt.

»So ist halt das Leben!«, hatte sie mich getröstet. »Aber weißt du, eine andere Mutter hat auch ein liebes Kind!« Diesen Spruch bekam ich schon seit meiner Jugend zu hören, und ich hatte seither auch manches liebe Kind kennen gelernt. Aber das änderte nichts daran, dass es immer aufs Neue wehtat, wenn eine Beziehung zu Ende ging.

»Ja, schrecklich!«, antwortete ich nun und seufzte tief. Dann fügte ich leise, zu der Frau auf dem Foto gewandt, hinzu: »Du hast gewonnen, Marie!«

Als Apollonia mich verständnislos ansah, nahm ich ihren Arm und führte sie über den knirschenden Kies weg von Maries Grab. »Lass uns noch dem Vater das Weihwasser geben!«

Eine Amsel stob laut schimpfend zwischen den Grabsteinen vor uns davon, flog auf die Spitze einer Zypresse und begann dort melodisch zu singen.

»Hörst du?«, lächelte Apollonia, »Eine Schwalbe macht zwar keinen Sommer, aber wenn die Amsel so schön flötet, dann wird's bestimmt Frühling!«

***

Das im Text erwähnte Gemälde stammt tatsächlich von Martin Schaffner und ist Teil eines vierflügeligen Altars von 1517. Dargestellt sind Szenen aus dem Leben des heiligen Antonius. Alle vier Flügel befinden sich heute in der Staatlichen Kunsthalle in Karlsruhe. Die hier beschriebene Tafel zeigt Versuchungen und Täuschungen des Eremiten durch den Teufel in Gestalt einer Königin. Textquelle für diese Legende ist das *Väterbuch*, das 1482 bei Anton Sorg in Augsburg gedruckt wurde. Danach sind auch die Kranken nichts anderes als Teufel, die an der Verführung des Heiligen mitwirken.

Ich danke Herrn Dr. Dietmar Lüdke, Oberkonservator für Alte Malerei an der Staatlichen Kunsthalle Karlsruhe, für seine Informationen.

***

Leseprobe »Totgeschrieben«

»Was zum Teufel machen Sie da?«

Hanna fuhr herum. Die schneidende Stimme gehörte zu einem Zweimeter-Mann, der sich wie eine deutsche Eiche vor Hanna aufbaute.

»Ich muss unbedingt Frau Kaya sprechen. Und weil niemand aufgemacht hat, obwohl Licht brannte, wollte ich durchs Fenster sehen, ob ...«

»Was wollen Sie von Ayfer?«, bellte die Eiche.

»Sehen Sie, ich bin Professorin an der Uni und ...«

»Ihr Lebenslauf interessiert mich nicht! Was wollen Sie von ihr?«

»Das versuche ich Ihnen doch gerade zu erklären. Ayfer ist meine wissenschaftliche Hilfskraft. Ich habe ihr meinen Schlüsselbund gegeben. Ayfer hat ihn eingesteckt und dann vergessen, ihn zurückzugeben.«

»Sie wollen also zu Ayfer nur wegen einem Schlüsselbund?«

Hanna unterdrückte ihre spontane Regung, den Grammatikfehler zu korrigieren.

»Kommen Sie morgen wieder!« Die Eiche wandte sich ab und trabte auf die Haustüre zu. Hanna lief hinterher. »Ich brauche meine Schlüssel jetzt sofort! Ich komme weder in mein Auto hinein, noch in meine Wohnung! Soll ich bei diesem Hundewetter vielleicht auf der Parkbank übernachten?«

»Ihr Problem. Wenn sie nicht aufmacht, ist sie nicht da. Basta. Obwohl ..., komisch ist das schon ...«

»Was ist seltsam?«, hakte Hanna pikiert nach.

Die Eiche zeigte auf das erleuchtete Fenster im ersten Stock. »Dass sie nicht aufmacht, obwohl Licht ist.«

»Gibt es hier vielleicht so was wie einen Hausmeister?«, versuchte Hanna zu einer praktischen Lösung zu kommen.

»Der steht vor Ihnen«, grantelte Waldemar.

Leseprobe

Meine liebe Frau! Dem möchte ich nicht in die Hände fallen, wenn ich meine Kehrwoche nicht picobello erledigt habe!

»Und? Würden Sie mir bitte die Haustür aufschließen, damit ich raufgehen und an ihrer Tür klopfen kann? Es wäre doch immerhin möglich, dass einfach nur Ayfers Klingel kaputt ist.«

»In meinem Haus ist keine Klingel kaputt!«, trumpfte Waldemar auf.

»Können wir nicht trotzdem kurz nachsehen?«, blieb Hanna stur.

Im Kopf des Hausmeister arbeitete es heftig.

»Na gut«, brummelte er schließlich. »Von mir aus. Aber wir gehen da zusammen rauf! Klar?«

»Klar.«

»Ayfer ist total nett. Ich will auf keinen Fall Stress mit ihr!«

Hanna nickte eifrig.

Der Hausmeister schloss die Haustür auf. »Da entlang«, deutete er mit dem Daumen zur Treppe. Hanna ging voraus und blieb dann ein Stockwerk höher vor der Wohnungstür stehen. Hannas Blick fiel auf das Emailschild, auf dem A. und K. Kaya zu lesen war. »K. Das ist wohl ihr Bruder Kemal?«, erkundigte sie sich, erntete aber nur ein stummes Nicken. Hanna drückte auf den Klingelknopf neben der Wohnungstür. Ein gedämpftes Ding-Dong tönte aus der Wohnung.

»Na bitte! Die Klingel funktioniert einwandfrei!«, stellte die Eiche befriedigt fest. »Niemand da. Also: Abmarsch!«

»Moment! Vielleicht hört sie Musik.« Hanna hielt beide Hände über die Ohren. »Kopfhörer. Verstehen Sie? Ich mache Ihnen einen Vorschlag: Sie schließen die Tür auf, und wir sehen nach, ob Ayfer da ist.«

»Nein!«

»Wenn sie nicht da ist, verlasse ich die Wohnung sofort wieder«, versprach Hanna.

Leseprobe

»Ohne in Ayfers Sachen zu wühlen?«, bröckelte der Widerstand des Hausmeisters.

»Ja«, versprach Hanna.

»Ohne irgendetwas anzurühren?«

»Ja doch!«

Der Hausmeister öffnete die Wohnungstür, die eine dunkle Diele freigab.

»Frau Kaya? Sind Sie zu Hause? Frau Kaya?«, rief Hanna. Dann blickte sie die Eiche fragend an. Ein stummes Nicken war die Antwort. Hanna fand den Lichtschalter. Sie ging langsam durch die Diele. Die beiden Türen rechts von ihr standen offen. Direkt neben der Eingangstür lag das Badezimmer, in dem es dunkel war, dahinter die Küche, in der Licht brannte. Die Fenster dieser Räume blickten zur Straße hinaus. Ayfer war nicht zu sehen. Links von Hanna befanden sich zwei Zimmer, deren Türen geschlossen waren. Auf Hannas fragenden Blick wies der Daumen zur hinteren Tür. Hanna klopfte. Als keine Reaktion erfolgte, öffnete sie die Tür und blieb auf der Schwelle stehen. Als einzige Lichtquelle leuchtete eine für Studentenbuden typische Klemmlampe lediglich die Platte des Schreibtisches aus, der an der gegenüberliegenden Wand stand.

»Niemand da! Wir gehen!«, gab die Eiche das Kommando zum Rückzug.

»Nur ganz schnell einen Blick auf den Schreibtisch. Ohne Anfassen«, widersprach Hanna und marschierte los, schaffte aber nur drei Schritte, weil sie über ein Hindernis stolperte, das sie nicht gesehen hatte. Hanna konnte ihr Gleichgewicht nicht halten und fiel vornüber auf den Boden. Sie rappelte sich wieder auf und sah, worüber sie gestolpert war, weil die Eiche inzwischen auf den Lichtschalter gedrückt hatte.

»Ayfer! Um Himmels Willen ...«, rang Hanna nach Worten.

»Was ist mit Ihnen? Geht's Ihnen nicht gut?« Hannas Puls stieg an. Sie beugte sich über den regungslosen, zierlichen Körper einer jungen Frau, der in der Mitte des Zimmers auf dem Boden lag. Die Eiche stand mit einem Satz, den Hanna ihm bei seiner Leibesfülle nicht zugetraut hätte, neben ihr und schob sie beiseite. Er drehte die auf der Seite liegende Ayfer auf den Rücken und hob sie hoch, um sie zu ihrem Bett zu tragen. Dabei rutschte Ayfers weißer Schleier ein wenig zur Seite, so dass die bisher bedeckte Gesichtshälfte sichtbar wurde.

»Scheiße! Verdammte Scheiße!«, stammelte der Hausmeister fassungslos und deutete erst auf das kleine, rotumrandete Loch in Ayfers linker Schläfe und dann auf die noch nicht eingetrocknete Blutlache auf dem Boden. Er legte Ayfer wieder zurück. Hanna fühlte, wie ihr Gesicht jede Farbe verlor.

»Sie ist tot! Ayfer ist tot!« Hanna drückte den Rücken ihrer linken Hand gegen den Mund. Die Knöchel traten weiß hervor.

Bitte nicht! Bitte nicht sie! Nicht Ayfer! Scheiße.
Scheiße, Scheiße, Scheiße.

»Ein Spiegel. Haben Sie einen Spiegel dabei?«, schnitt die Eiche Hannas Gedanken ab.

»Ja ... ja, natürlich ...« Hanna fasste mechanisch in ihre Handtasche und förderte einen kleinen Kosmetikspiegel hervor. Der Hausmeister hielt ihn vor Ayfers Mund.

»Nicht beschlagen«, stellte er nach wenigen Sekunden fest.

»Wir müssen die Bullen anrufen!«

Er bewegte sich auf den Schreibtisch zu, auf dem Ayfers Handy lag.

»Lassen Sie!«, murmelte Hanna tonlos. »Mein Ex-Mann ist bei der Kripo.«

Sie nahm ihr Handy und wählte eine eingespeicherte Nummer. »Los, verdammt! Geh' ran!« Hannas rechter Fuß tippte auf dem Boden. »Ich bin's«, meldete sie sich hastig, als die Verbindung endlich zustande kam. »Ich habe eine Leiche gefunden. Ermordet. Vor höchstens 20 Minuten. Das Blut ist noch nicht fest.« Hanna hörte kurz zu und fuhr dann fort: »Du musst sofort hierherkommen, Gartenstraße 89/1, das erste Haus an der Straße, die Wohnung im ersten Stock.« Wieder lauschte Hanna kurz. Die Augenbraue hob sich. »Natürlich bleibe ich hier, bis du da bist!« Hanna drückte die rote Taste, das Gespräch war beendet.

»Und was machen wir jetzt?« Die Eiche wirkte auf einmal ziemlich hilflos.

»Nichts. Wir warten, bis die Polizei kommt.«

Nach qualvollen zehn Minuten unterbrach ein energisches Klingeln das Schweigen. Hanna nahm den Hörer der Gegensprechanlage: »Ja, bitte?«

»Polizei. Bitte öffnen Sie die Tür!«

Hanna drückte auf den elektrischen Türöffner und wenig später betraten zwei uniformierte Polizisten den Raum. Sie warfen einen längeren Blick auf Ayfers Leiche. Der jüngere der beiden fragte dann forsch: »Wie heißen Sie?«

»Waldemar Staudinger.«

»Hanna Kirschbaum.«

Der ältere Polizist zückte einen kleinen Notizblock aus seiner Uniformjacke und notierte die Namen. »Schön, dann hätten wir das schon mal,« übernahm er die Gesprächsführung. »Wir sollten hier drin so wenig Spuren verwischen wie möglich. Gibt es noch anderes Zimmer, in dem wir uns weiter unterhalten können?«

»Gleich nebenan. Dem Kemal seins.«

Hanna zuckte leicht zusammen. Waldemar setzte sich in Bewegung, der Rest folgte im Gänsemarsch.

Kemals Zimmer war eine typische unaufgeräumte Männerbude. Sie fanden einen Platz auf dem ungemachten Bett und setzten sich. Die Beamten blieben stehen. »So, jetzt erzählen Sie uns mal ganz genau, wann, warum und wie Sie die Leiche gefunden haben«, wollte der jüngere Polizist im Verhörton wissen.